KB118082

은의 세계

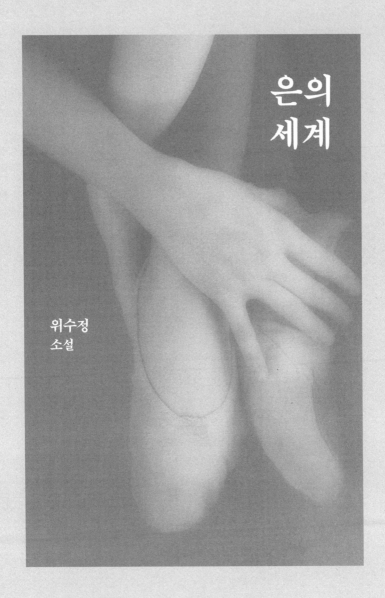

은의
세계

위수정
소설

문학동네

차례

은의 세계

지환과 하나는 엘리베이터 안에서 처음 만났다. 지환은 외근 후 다시 사무실로 올라가는 중이었고 하나는 성우 팀 미팅이 끝나 퇴근하는 길이었다. 삼층에서 엘리베이터 문이 열리고 하나가 들어설 때 지환은 그녀의 입술 옆에 난 까만 점을 보았다. 얼굴을 다시 보려고 곁눈질을 했지만 그녀는 엘리베이터 문이 닫힐 때까지 휴대폰만 보고 있었다. 몇층 가세요? 지환이 묻자 하나가 고개를 들었다. 아, 내려가야 되는데. 그러나 엘리베이터는 오층을 지나 계속 올라가고 있었다. 잘못 탔네. 하나는 지환을 보고 멋쩍게 웃었다. 둘은 처음 눈이 마주쳤고 지환은 자신도 모르게 미소를 지었다. 엘리베이터는 칠층에서 멈췄다. 지환이 내리려고 했지만 기다려도 문은 열리지 않았다. 왜 이러지? 고장인가. 지환은 당황했으나 침착하려 애썼다. 이 상황만큼이나 옆의 여자도 신경이 쓰였다. 휴대폰을 꺼내든 채 119와 112 사이에서 혼란스러워하고 있을 때, 하나의 목소리가 들렸다. 저기요. 하나가 손가락을 들어 어딘가를 가리키고 있었다. ……비상벨.

경비와 통화를 끝낸 후 둘 사이에 어색한 침묵이 흘러 지환이 아, 참 별일도 다 있네, 하필 이 시간에 어쩌고 하면서 혼잣말처럼, 그러나 충분히 들리도록 말을 주워섬기고 있을 때 하나가 말했다. 이런 데서도 엘리베이터가 고장이 나네요? 그녀의 물음에는 이렇게 큰 회사에서도 이런 일이 생기다니 의외라는 뉘앙스가 묻어 있었다. 저도 처음이에요, 엘리베이터 고장난 건. 지환이 난처해하며 말했다. 저는 처음 아닌데요. 하나가 툭 던지듯 말했다. 지환이 무안한 표정을 숨기지 못하자 하나가 급히 말을 이었다. 처음은 아니지만, 그래도 엘리베이터 고장나는 건 좀 무서워요. 떨어질까봐.

하나의 아파트에 있는 엘리베이터는 때때로 고장이 난다고 했다. 처음에는 너무 놀라 식은땀을 흘리며 공포에 떨었는데, 세번째부터는 또 멈췄구나, 하면서 비상벨을 누르고 침착하게 기다리게 되었다고 했다. 그런데 이렇게 튼튼하고 새것 같은 엘리베이터는 절대 안 떨어지겠죠?

그런 일은 영화에서나 있죠, 뭐. 실제로는……

지환은 말을 마무리하지 못했다. 간혹 보았던 뉴스가 떠올랐기 때문이었다. 현실에서도 사람들은 엘리베이터에 탄 채 추락했다. 그런 생각을 하자 손바닥이 차갑게 식는 것 같아 바지 주머니에 손을 넣었다. 엘리베이터 표시등에는 숫자 7이 여전히 붉게 빛을 발하고 있었다. 꺼지지 않는 그 불빛이 지환을 불안하게 했다.

게임에도 있어요.

하나가 침묵을 깼다. 왜, 있잖아요. '엘리베이터 액션'인가. 빈 건물에 들어가서 사람 죽이는 게임. 거기서도 엘리베이터에서 떨어지고 그러잖아요.

맞아요. 그런데 그 게임을 어떻게 아세요? 엄청 오래된 건데.

오빠가 하던 거 옆에서 많이 봤어요. 어릴 때.

그때는 당연히 친오빠를 말하는 줄 알았다. 우리 떨어지는 얘기는 그만하죠. 지환의 말에 하나가 웃었다. 지환은 더이상 초조한 기분이 들지 않았다. 하나의 표정과 목소리에서 설명하기 힘든 안도감을 느꼈다. 잠시 후에 문틈 사이로 누군가의 손이 보였고 이어서 문이 열렸다. 수리 기사가 올라와 문을 열어줄 때까지 둘은 평일 오후 네시, 칠층 높이의 이십사 인승 엘리베이터 안에 약 십오 분간 갇혀 있었다. 이 년도 채 되지 않은 일이었다.

그건 거의 운명 아니었을까?

지환은 그날을 떠올릴 때면 하나에게 묻곤 했다. 거의 그렇지. 거의. 하나는 그날 지환이 얼마나 겁을 먹었는지에 관해 말하기를 좋아했다. 손바닥으로 바지를 어찌나 문질러대던지. 난 폐소공

포증이라도 있는 줄 알았지. 지환은 하나의 기억이 변형된 것이며 그 정도까지는 아니었다고 항변했지만 하나는 듣지 않았다. 귀여웠어.

불과 이 년 전만 해도 타인과 엘리베이터 안에서 마스크 없이 이야기를 나눌 수 있었다는 사실이 둘에게는 종종 낯설게 다가왔고 아주 먼 옛날의 추억처럼 여겨졌다. 지금은 엘리베이터가 고장나면 추락보다도 타인과 밀폐된 공간에 오래 있어야 하는 것이 더 공포스러운 일이 되어버렸다. 팬데믹이 일 년 넘게 지속되고 있었다.

둘은 사귄 지 삼 개월 후 함께 살기 시작했고 육 개월이 지났을 때에는 결혼을 하기로 했다. 그리고 최대한 빨리 결혼 날짜를 잡았다. 둘은 프랑스에서 시작해 스페인에서 끝나는 이 주간의 자동차 여행을 계획했다. 허니문 베이비를 만들자고 합의도 보았다. 들뜬 마음으로 항공편을 예약하고 며칠간 고심해서 루트를 짜고 숙소를 골랐다. 그러나 결혼식을 한 달 앞두고 모든 것이 취소되었다. 결혼식만큼은 어떻게든 진행하려 했으나 무리였다. 모든 이벤트는 기약 없이 연기되었고 둘은 전과 다를 바 없이 그냥 함께 살았다. 지환이 혼인신고라도 먼저 하자고 제안했지만 하나는 모든 걸 연기하는 쪽을 택했다. 시시해. 나중에 다시 해, 막 신나게. 결혼식 끝나고 바로 떠나는 거지. 혼인신고는 허니문 다녀와서 하는 거고. 누가 알아? 여행 다녀와서 맘이 바뀔지. 하나의 눈이 장난기로 반짝였다. 그때만 해도 팬데믹이 이렇게 오래 지속될지 아무도 몰랐다.

일주일에 한 번, 명은이 집안일을 도와주러 온다고 했을 때 지환은 쉽게 찬성할 수 없었다. 처제는 뭐라는데?

걔가 먼저 말 꺼내더라고. 주위에 자기 좀 소개시켜달라고. 하나는 명은의 생활이 어려운 것 같다고 했다. 나도 어차피 도우미 쓰려고 했거든. 모르는 사람보다는 낫겠지. 사실, 명은이를 남한테 소개시켜주긴 좀 그렇잖아. ……괜찮지? 하나는 유리잔에 맥주를 따르고 테킬라를 조금 섞었다. 그러나 술을 마시는 대신 한동안 생각에 잠긴 채 유리잔을 손가락으로 톡톡 건드리기만 했다.

프리랜서 성우인 하나는 일을 시작한 이래로 가장 바쁜 나날을 보내고 있었다. 온라인은 안전한 영역이었다. 놀라울 정도로 다양한 온라인 콘텐츠들이 쏟아져나왔다. 사람들은 집안에서 거의 모든 것을 향유하는 데 빠르게 익숙해졌다. 그러나 하나의 일은 재택근무가 불가능했다. 반면 미국에 본사가 있는 게임 회사의 번역 팀에서 일하는 지환은 재택근무로 전환된 지 꽤 되었다. 지환은 하나의 괜찮겠냐는 물음이 주로 집에 있는 지환의 상황을 염두에 둔 말이라는 것을 알았다. 처제라고 말은 하지만 지환은 명은을 한 번밖에 본 적이 없었다. 지환은 내키지는 않았지만 싫다고 할 이유도 없어서 고개를 끄덕여주었다.

하나의 말에 따르면 명은이 친구와 함께 시작했던 요가 학원이 얼마 전에 문을 닫았다고 했다. 끝까지 버티다가 결국 빚만 졌는데 학원 자리가 아직 빠지지 않아 보증금도 돌려받지 못하고 있다고 안타까운 듯 말했다. 몰랐는데, 도우미 일 한 지 좀 된 거 같아. 왜 요즘 텔레비전에 광고도 하잖아. 그 청소업체 말야. 그런데 그게 수당제라네? 도와주는 셈 치자. 회사가 크니까…… 괜찮겠지.

좀 이상하지 않아?

뭐가?

아니, 이런 일이 생길 걸 미리 알고 있던 사람들이 있는 거 같아서.

또 이상한 동영상 봤구만.

생각해봐, 전염병 돌기 일이 년 전부터 온라인 콘텐츠 업계가 엄청나게 커졌잖아. 그게 다 준비 기간이었던 거라고. 원래는 세계 전쟁이 한번 나야 할 시점이거든. 전쟁은 아니지만 전쟁과 같은 결과를…… 아니, 내가 진짜 그런 걸 백 프로 믿는 건 아닌데……

됐고, 시대가 그냥 그런 거야. 우리는 다행인 줄 알자.

하나는 외동이었다. 하나의 아버지에게는 쌍둥이 동생이 있었는데 결혼하고 몇 년 되지 않아 제수가 아이들을 두고 떠나버렸다. 얼마 후 동생은 형에게 두 살 터울의 남매를 맡기고 외국으로 갔고 몇 년 후에는 소식이 아예 끊겼다. 보통 외동에게 있다는 성격적 단점이 나한테 없는 건 모두 명은이랑 경은 오빠 덕분이야.

지환은 처음에는 고개를 끄덕였지만 지금은 하나가 그렇게 말할 때마다 내심 우스웠다. 그리고 하나는 꼭 이렇게 덧붙였다. 우리 셋은 거의 친남매들처럼 지냈거든.

그 말을 들을 때마다 지환은 언제나 같은 말로 대답했다. 너희 부모님, 정말 대단하셔.

맞아, 대단하시지. 특히 엄마가 힘들었어. 하나는 부모님과 셋만 있을 때 간혹 엄마가 아빠에게 화내는 걸 본 적이 있다고 했다. 그 래도 명은이나 오빠 앞에서는 절대 티내지 않으셨어. 정말 그랬어.

지환은 고개를 크게 끄덕이며 동의를 표했으나 마음은 언제나 다른 쪽으로 흘러 고였다. 그러나 하나에게 이의를 제기하고픈 마음은 전혀 없었다. 하나의 부모님은 말할 것도 없고, 하나 역시 그들에게 내어준 것이 분명 많았을 것이기 때문이었다. 다만 지환은 그들과 관계된 이야기를 들으면 마음 어딘가에 끊임없이 누수가 생기는 기분이 들어 찜찜했다. 정확히 어디에서 새는지 알 수 없어서 더 그랬다. 특히 그 경은 오빠라는 사람이 고등학교 때 사고로 죽었다는 말을 듣고 나서는 더더욱.

아니, 친구네 집에 놀러갔다가 떨어졌대. 십이층인가. 아직도 난 이해가 안 돼. 고등학생이 말야. 말이 돼?

하나는 오빠의 죽음에 대해 말할 때마다 마치 처음 이야기하듯이 날이 선 목소리였고 지환 역시 들을 때마다 처음 듣는 사람처럼 고개를 크게 저었다. 진짜 충격이었겠어.

당연하지. 그때가 어떻게 지나갔는지 진짜 까맣다니까. 완전히 까만색. 알아? 터널이란 게 그런 거지.

그래. 그랬겠어, 정말.

지환은 이야기의 끝에서 언제나 명은을 떠올렸다. 하나도 마찬 가지일 거라 생각했다. 명은의 이야기를 시작하면 하나의 목소리 는 점점 낮아졌다. 가족들은 명은에게 최선을 다했는데 그렇게 일 찍 집을 떠나고, 결혼을 하고 또 이혼을 하고 혼자 저렇게 살게 될 줄은 몰랐다고. 오빠의 이야기를 할 때와는 정반대로 하나는 수도 없이 반복해서 지친 듯한 어조로 말했다. 이해가 안 되는 구석이 많아, 사실. ……그런데 또 조금은 되는 것도 같고.

다음날 하나는 보통 때보다 일찍 일어나 청소기를 돌렸다. 지환 은 화장실 변기에 앉아 맞은편 선반에 놓인 시집을 보았다. 어제 도 저 책이었나. 언젠가부터 화장실 선반에는 시집이, 거실 소파 테이블에는 소설이나 에세이가 놓여 있었다. 하나는 책을 소리 내 어 읽었다. 발음 연습 때문에 시작했는데 버릇이 되었다고 했다. 하나가 책을 펼치면 지환은 자연스럽게 하나 옆에 가서 자리를 잡 았다. 책의 내용보다도 안정적인 저음에 허스키한 하나의 목소리 를 듣는 것이 좋았다. 지환은 그런 시간을 가진 지도 꽤 오래되었 다는 것을 깨달았다. 선반 위에 놓인 시집을 손가락으로 쓸어보았 다. 얇게 먼지가 묻어났다.

기껏 도우미 불러놓고 청소는 왜 해? 어이없네. 욕실에서 나온 지환은 하나를 놀리다가 나중에는 그녀를 도와 다용도실 바닥을 닦았다.

명은은 두시 정각에 벨을 눌렀다. 커트머리에 하늘색 작업복 차림이었다. 마스크를 쓰고 왔는데 들어와서도 벗지 않았다. 눈만 보고 있자니 영 어색했다. 어디가 달라졌나 생각하는데 하나가 말했다. 머리 잘랐네? 잘 어울린다. 지환은 눈밖에 안 보이는데 어떻게 잘 어울리는지 아냐고 물을 뻔했다. 마스크는 계속 하고 있을 거야? 하나의 말에 그제야 명은이 마스크를 턱 아래로 내렸다. 미안. 버릇이 돼서. 명은의 눈이 웃었다.

안 답답해?

안전하잖아. 그리고 일할 때는 원래 써야 해. 규정상.

여기는 안 써도 안전해.

아…… 그런 말이 아니고.

하나가 농담처럼 한 말에 명은은 더이상 대답하지 않고 천천히 실내를 둘러보았다. 이놈의 전염병 때문에 요가니 필라테스니 다 죽었지. 하나는 명은에게 계속 말을 걸었고 지환은 하나와 함께 명은의 뒤를 따라다녔다. 어쨌든 다행이야. 취직도 하고. 유니폼 입으니까 전문가 같다.

하나의 말에 명은은 힘없이 웃었다. 도우미 없는 생활을 상상 못하는 사람들이 생각보다 많더라고. 여긴 넉넉잡아 네 시간이면 되겠다. 건드리지 말아야 할 곳 있으면 미리 알려주고. 특별히 청소해야 하는 곳도. 옷장이라든가 찬장이라든가. 보통은 바닥이랑 보이는 데만 하거든. 발코니 물청소도 원하면 해주고.

명은은 마치 외운 것처럼 줄줄 말을 내뱉고는 링크 하나를 메시지로 전송했다. 링크를 열자 청소업체의 홈페이지가 나왔는데 청소의 종류가 세세하게 분류되어 있고 각 작업의 기본요금과 추가요금이 적혀 있었다. 특별히 건드리면 안 되는 거 있음 알려줘. 책상 위나 그런 데.

없어, 그런 거. 명은아, 오늘 바빠?

하나의 어조에는 일 같은 건 상관없다는 뉘앙스가 배어 있었고 그걸 명은이 알아주길 바라는 마음이 느껴졌다. 처제, 그러지 말고 좀 앉아요. 같이 차라도 한잔하게.

그래. 우리 얼마 만인데. 오늘은 할 것도 없어. 그냥 놀다 가.

하나가 살갑게 명은의 팔을 끌었다. 일당은 입금할게. 이럴 때 언니 써먹지 언제 써먹나?

지환은 명은이 거절할 거라 생각했다. 그런데 명은은 잠깐 생각하더니 고개를 끄덕였다. 그래, 언니. 그러자.

하나는 과일을 가져오겠다고 했다. 명은과 지환은 발코니로 나갔다. 지환은 무슨 말이라도 먼저 꺼내야 할 것 같았다. 오늘 보니까 하나랑 진짜 많이 닮았네요. 명은은 대답 없이 웃기만 했다. 아버님들이 쌍둥이라 그런가. 말을 뱉고 후회한 지환은 얼른 화제를 돌렸다. 일은 할 만해요?

명은이 속한 회사는 대기업에서 발 빠르게 만든 가정 도우미 전문업체로 인기를 끌고 있었다. 집안 청소와 소독을 한 번에 해주는 서비스를 내세워, 최근 개발된 친환경 소독제로 작업을 마무리한다고 했다. 쉽게 말해서 회사랑 소독업체의 콜라보랄까. 요즘엔 안티바이러스 인증 안 들어가면 아무도 자기 집에 안 부르니까요. 명은은 유니폼에 부착된 와펜을 손으로 가리켰다. 이런 걸 사람들은 잘 믿어요. 털 뭉치 같은 보라색 바이러스 위로 빨간 사선이 그어져 있었다. 아래에는 대기업의 익숙한 마크와 '당신을 지켜드립니다'라는 문구가 적혀 있었다. 지환은 마크를 보다가 가슴팍에 묻어 있는 갈색 얼룩에 눈이 갔다. 명은이 지환의 시선을 느꼈는지 이미 말라버린 얼룩을 손으로 터는 시늉을 했다. 아까 뭘 좀 흘려가지고.

지환은 손을 저으며 아니라고, 괜찮다고 말했다. 말하고 나서 아니긴 뭐가 아닌가, 게다가 괜찮다니 말이 되나, 생각하며 혼자 속으로 머쓱해했다.

우리 주된 업무 중에 하나가 택배 소독이거든요. 택배 상자랑 포장 쓰레기 버리고 안에 내용물 소독. 그게 진짜 일이에요. 너무 많아. 요즘엔 장도 다 온라인으로 보거나 배달시키니까. 또 죄다 집밖에서 뜯어서 가져와야 하고. 앉아서 소독하고 있으면 뭐 이렇게까지 해야 하나 싶기도 한데.

그게 일이겠네요. 정말 힘들겠다.

근데, 사실 그건 싫지 않더라구요. 택배 상자 뜯는 거. 안에 뭐 있나 보는 게.

하나가 커피와 과일을 가져왔고 명은은 말을 멈추었다. 셋은 나란히 앉아 초여름의 하늘을 보며 커피를 마셨다. 하나는 평소보다 말이 많았고 더 많이 웃었다. 그럼 초등학교도 같이 다녔겠네? 지환이 묻자 하나가 답했다. 그럼, 다 같이 다녔지, 고등학교까지. 뒤이어 잠깐의 침묵이 셋 사이를 맴돌았다. 명은이 자리에서 일어나 난간에 기대어 아래를 내려다보았다. 조심해! 하나의 날카로운 목소리가 명은의 등에 가서 꽂혔다. 지환이 의아한 눈으로 하나를 바라보았다. 하나는 찌푸렸던 표정을 어색하게 풀고 말했다. 아니…… 위험하잖아. 지환은 일어나 명은의 옆에 가서 섰다. 아래로 텅 빈 놀이터가 보였다. 멈춰 있는 그네가 한없이 무료해 보였다. 명은은 잠시 뒤에 고개를 돌려 하나를 보았다. 언니, 나 담배 피워도 돼? 전자 담배라 냄새 안 나는데.

명은은 다음주부터 매주 수요일 오후에 오기로 했다. 저녁까지 먹고 가라고 하나가 잡았지만 명은은 약속이 있다며 다시 마스크를 썼다. 참, 도어록 비번은 문자로 보내줘.

응? 아, 형부가 집에 있을 거야. 재택근무.

그렇구나.

나가 있을까? 지환이 장난처럼 물었다. 아뇨. 명은의 웃는 얼굴이 피곤해 보였다.

명은은 오래된 습관처럼 가방에서 소독제를 꺼내 손을 닦고 현관문 손잡이를 잡았다. 아, 그리고 언니, 청소하지 마. 진짜 하지 마.

명은이 돌아간 후 하나는 오랫동안 낮잠을 잤고 지환은 소파 위에 놓인 책을 손에 들었다. 한국 작가의 소설집이었는데 작가도 제목도 낯설었다. 무엇보다 손에 닿는 종이의 감촉과 냄새가 익숙하면서도 미묘하게 이질감이 들었다. 책장을 넘길 때엔 설명할 수 없는 온도감 같은 것이 느껴졌다. 책을 직접 펼쳐 읽는 것이 너무 오랜만이라 그런 거라 생각했다. 단편소설 하나를 다 읽었을 때엔 고작 삼사십 분 정도가 지나 있었다. 다시 책을 펼쳤지만 금방 지루해졌고 어느새 소파에서 잠이 들었다. 얼마쯤 지나 지환은 싱크대에서 들리는 쏴, 하는 물소리에 놀라 잠에서 깼다. 그런데 몸을 일으킬 수가 없었다. 이어서 복부에 칼이 쑥 들어오는 서늘한 감각을 느꼈다. 지환은 바짝 긴장한 채 몸을 떨었다. 하나야. 하나야. 지환은 하나를 몇 번이나 불렀지만 하나는 오지 않았다. 지환은 자신이 실제로 말을 한 게 아니라 생각만 했다는 것을 깨달았다. 잠시 후에 겨우 몸을 일으켜 비스듬히 앉은 채로 아랫배를 쓸어내렸다. 칼이 들어왔을 리가 없잖아. 그런데 날이 바짝 선 식칼이 아무런 망설임도 없이 뱃속으로 쑥 들어오는 찰나의 그 낯설고 깊숙한 서늘함은 생생했다. 온몸의 신경이 바짝 긴장했고, 한 번도 느껴본 적 없는 뜨거운 통증이 이어지리라 예감하는 순간 감각은 멈추었다. 이게 뭐지? 지환은 멍했다. 그러다 좀전에 읽었던 소설을 떠올렸다. 소설은 어떤 남자가 길을 가다가 칼을 맞는 장면에서 시작했다. 칼을 맞은 후 남자가, 인생이 어쩌니 삶이 원래 이러니 하면서 썰을 푸는 내용이었다. 아닌가. 썰을 푼 건 칼로 찌른 남자였던가. 어쨌든 읽는 동안은 크게 인상적이지 않았는데. 그런데 왜? 지환은 어리둥절했다. 다시 한번 아랫배를 쓸어보았다. 멀쩡했다. 가렵지도 않은 머리를 괜히 긁어보았다. 설거지를 마친 하나가 부스스한 얼굴로 지환에게 다가왔다. 아, 피곤하다. 피곤해. 하나의 목소리는 평소보다 더 낮고 허스키했다.

그다음 주 수요일, 지환은 명은이 오기 전에 침대를 정리하고 빨래를 세탁 가방 안에 모았다. 어젯밤에 널어둔 빨래 중 속옷은 미리 걷어 개켜 넣었다. 너무 그러면 좀 그러니까 대충, 알겠지? 하나는 급히 신발을 신으며 말했고 지환은 무슨 말인지 안다는 뜻으로 고개를 끄덕여 보였다. 걱정 마. 조심하고.
아침 뉴스에서는 세계 곳곳에서 일어나고 있는 실업자들의 폭동과 시위에 관한 소식이 보도되었다. 어느 지역이 봉쇄되었다거나 사망자가 더 늘어날 전망이라는 뉴스는 광고보다 지루하게 여겨졌다. 뉴스 말미에는 환한 원피스를 입은 기상 캐스터가 좀전의 건조한 목소리들과는 전혀 다른 톤으로 오늘의 날씨를 전했다. 햇살이 뜨겁겠지만 미세먼지 없는 청정한 하루가 되겠습니다.
지환은 책상 앞에 앉아 토스트와 커피로 늦은 아침을 먹으며 엽무 메일을 체크하고 화상회의를 기다렸다. 회의를 마친 후에는 일 년 새 두 배 넘게 오른 회사 주식의 적절한 매도 시기에 관해 동료들과 의견을 교환했다. 수익금으로 무엇을 할 것인지 수다떠는 일은 아무리 반복해도 질리지 않았고 지환의 얼굴에는 자연스레 미소가 떠올랐다. 점심에는 팩에 든 카레를 데워 먹고 빈 접시를 싱크대로 가져갔다. 싱크대 안에는 이미 설거지할 그릇들이 쌓여 있었다. 이걸 치워야 하나, 지환은 잠깐 고민했다. 접시에 카레 물이 들기 전에 닦아야지. 지환은 물을 틀었다. 명은이 오기 전에 바지를 갈아입었다.

약속 시간에서 십 분 정도 지나 벨이 울렸다. 명은은 유니폼 대신 반바지에 헐렁한 티셔츠 차림이었다. 거기는 그만뒀어요. 언니한테 말했는데. 그래도 소독약은 회사 거 가져왔어요, 몇 통 빼둔 게 있어서. 명은은 마스크를 쓴 채 말했다. 이마에는 땀이 맺혀 있었다. 가방을 내려놓고 청소기부터 찾는 명은에게 지환은 아이스커피나 한잔하자고 했다. 이참에 나도 잠깐 쉬게. 지환이 커피를 만드는 동안 명은은 손을 닦고 식탁에 앉았다.

컵라면을 먹었거든요.

지환은 어리둥절했다. 라면? 명은은 고개를 끄덕였다. 커피를 몇 모금 마신 후 작게 한숨을 쉬고 명은이 말을 이었다. 일한 지 좀 된 집이라고 했다. 집주인 부부는 젊은 사업가였고 일주일에 두 번 가서 일을 했는데 보통 아내나 남편 중 한 명은 집에 있었다. 그런데 그날은 아무도 없었어요. 그런 날은 잘 없는데. 하여간 택배 뜯는데 컵라면이 보이더라고요. 왜 그럴 때 있잖아요, 컵라면이 막 너무 땡기는. 게다가 그날은 점심도 못 먹었거든요. 지금 생각하면 내가 돌았었나 싶기도 한데.

그날 명은은 싱크대 앞에 선 채로 컵라면을 먹고 있었다. 그때 남자가 귀가했고, 명은은 인기척을 듣고 컵을 버리려다 급하게 국물을 마셨다. 남자와 명은의 눈이 마주쳤을 때, 명은의 입에서 엉뚱한 말이 튀어나왔다. 냄새 많이 나죠. 남자는 컵라면을 들고 있는 명은을 몇 초간 바라보고는 미소 띤 얼굴로 말했다. 앉아서 먹지 그랬어요. 냉장고에 반찬도 있는데.

말을 마친 명은은 마지막 남은 커피 한 모금을 마셨다. 그런데? 지환이 묻자 명은은 어깨를 으쓱했다. 되게 고마웠죠. 좋은 사람들이라고 생각했고. 명절 같은 때엔 한우 세트도 주고 그랬거든요. 원래 받으면 안 되는 건데, 괜찮다고, 회사에는 비밀로 해준다고, 어차피 먹을 사람도 없다고. 그러기도 쉽지 않은 거잖아요. ……좋은 사람들이었는데.

그러나 명은은 주말에 해고 통보를 받았다고 했다. 눈이 마주쳤을 때 그 사람 표정이 자꾸 생각나요. 명은은 남아 있는 얼음을 볼이 불룩해지도록 입안에 넣었다. 내 잘못이 맞는 거 같아요. 근데, 이 얘기 언니가 안 했어요?

지환은 명은이 일하는 동안 서재에서 업무를 보았다. 문밖으로 명은이 청소기를 돌리는 소리와 왔다갔다 움직이는 소리가 들렸다. 지환은 컴퓨터 화면을 바라보며 같은 문장을 몇 번이나 반복해서 읽어야 했다.

하나는 열시가 넘어서 퇴근했다. 샤워를 마친 하나가 냉장고 문을 열고 맥주를 꺼내왔다. 지환이 명은의 해고에 관해 물었을 때 하나는 맥주 한 잔을 원샷한 후 길게 숨을 내쉬었다.

걔가 막 스마트한 편은 아니야.

뭐라고?

하여간 좀 그런 면이 있다고.

넌 알고 있었다며? 아니, 컵라면 먹었다고 단번에 자르다니. 그거 불법 아니야?

그게 아니라, 마스크 안 썼다고 컴플레인 건 거래.

뭐? 그게 말이 돼? 그럼 라면을 마스크 쓰고 먹어?

거지같은 건 맞는데, 하여간 좀 그래.

뭐가?

지환은 하나의 반응이 미심쩍어 계속 되묻게 되었다. 걔가, 좀, 엄청 빠릿빠릿하고 그렇지는 않다고. 하나의 어조에서 짜증이 묻어났다.

그래서?

뭐가 그래서야. 멍청하단 거지. 아, 답답해.

너 좀 심하다.

하나가 날카로운 눈빛으로 지환을 바라보았다. 나도 화가 나니까 그렇지. 한두 번도 아니고. 아, 몰라. 그런 게 있어. 나 자.

그런 거라니? 그게 뭔데?

하나는 말없이 방으로 들어가버렸다. 지환은 거실에 남아 텔레비전을 켰다. 저녁에도 아침에 본 장면들이 반복되었다. 남미의 어느 나라에서는 헐벗은 무리가 거리로 나와 드러누워 있었다. 가게를 약탈하는 무리 중에는 아이를 안은 여자도 보였다. 유럽의 어디에서는 오늘 하루 사망자만 삼백 명이 넘어 또다시 거리가 전면 통제되었다고 했다. 한국은 그나마 사정이 나은 편이었다. '위생관리와 거리 유지가 잘 지켜지기 때문이라는 분석입니다. 그러나 이번 백신 역시 안정성에 문제가……' 거의 매일 같은 말을 반복하는 의사의 얼굴이 지쳐 보였다. 지방의 한 원룸에서 이십대 남녀 여섯이 동반자살했다는 보도가 나왔다. 올해의 자살률이 최고치를 경신할 것이라는 암울한 진단도 앵커는 건조한 어조와 정확한 발음으로 전했다. 지환은 이 모든 뉴스가 너무도 익숙했다. 마치 수십 년간 같은 뉴스를 본 기분이었다. 지환은 가슴이 갑갑해졌다. 자정이 넘은 시간이었지만 밖으로 나갔다. 초여름이라 밤에는 아직 시원한 편이었다. 오래 타지 않은 자전거에는 먼지가 앉아 있었다. 지환은 타이어에 바람부터 넣었다. 시원하다고 생각했는데 펌프질 몇 번에 금방 땀이 흘렀다. 마스크를 턱 아래로 끌어내렸다.

자전거에 올라 페달을 밟고 앞으로 나아가는 순간 지환은 나오길 잘했다고 생각했다. 자전거가 나아가는 속도만큼 살에 닿는 바람이 좋았다. 지환은 아파트 단지를 빠져나와 한강 산책로를 달리기 시작했다. 점점 속도를 내며 달리다보니 어느새 꽤 멀리 왔다는 것을 깨달았다. 다리 아래 넓은 공터에서 스케이트보드를 타고 있는 무리가 보였다. 지환은 자전거를 세우고 벤치에 앉아 숨을 골랐다. 갈증이 났다. 음수대가 있었지만 참기로 했다. 많아야 스물네댓쯤으로 보이는 남녀 몇몇이 바닥에 앉아 보드 타는 이를 향해 박수를 치거나 야유를 보내고 있었다. 주위에는 그들 중 누군가가 타고 온 것으로 보이는 배달 오토바이가 서 있고 맥주 캔과 음료수 병이 바닥에 흩어져 있었다. 원래는 금방 일어날 생각이었지만, 지환은 좀더 쉬었다 가기로 마음먹었다. 젊은이들의 역동적인 모습을 보며 여름 밤바람을 맞고 있으니 간만에 활기가 차오르는 기분이었다. 보드 기술을 연습하던 남자가 몇 번이나 넘어진 후에 마침내 성공했을 때 지환은 다른 구경꾼들과 함께 박수를 쳤다. 그들 중 몇몇이 돌아보았다.

이리 와서 맥주 한잔하실래요? 머리를 묶고 헐렁한 민소매 티셔츠를 입은 남자가 손짓했다. 지환은 웃으며 자리에서 일어났다. 연인으로 보이는 남녀가 가볍게 입을 맞추었다. 무리 중 누군가가 담배에 불을 붙였고 이어서 카악, 하고 가래침을 뱉었다. 옆에 앉은 이들이 그를 향해 거칠게 욕을 했다. 그러나 아무도 자리를 뜨지는 않았다. 지환은 고맙지만 너무 늦었다고 얼버무리고 자전거에 다시 올랐다. 마스크를 끌어올리고 뒤돌아 페달을 밟는데 사람들의 시선이 따라오는 것 같았다. 지환은 가능한 한 빨리 페달을 밟았다. 한참을 달린 후 마스크를 벗어 휴지통에 버렸다. 살 것 같았다. 아파트 단지가 눈에 들어왔을 때에는 깊은 안도감을 느꼈다. 지환은 길을 건너기 위해 단지 맞은편 횡단보도 앞에 멈추었다. 그때 빠른 속도로 달려오던 검은색 SUV가 지환을 그대로 치고 지나갔다. 지환은 무기력하게 그 속도와 무게를 온몸으로 받을 수밖에 없었다. SUV는 거침없이 지환을 통과해 도로 끝으로 사라지고 있었다. 지환은 이것이 진짜가 아니라는 것을 알았다. 그래서 팔을 들어 얼굴을 가리거나 눈을 감지도 않았다. 다만 미간을 조금 찌푸렸을 뿐이었다. 그러나 차갑고 육중한 금속 덩어리가 몸을 치고 지나가던 순간은 생생했다. 그 압도적인 힘이 육박해오는 순간 느꼈던 물리적인 충격과 무기력함은 길을 건너 집으로 올라가는 동안에도 몸안에 남아 있었다. 지환은 이런 일이 어떻게 가능한 것일까 생각해보았다. 무섭거나 아프지는 않았고 오히려 묘한 쾌감이 남아 가슴이 뻐근하기까지 했다.

집으로 돌아온 지환은 입었던 옷을 몽땅 세탁기에 넣고 뜨거운 물로 오래 샤워를 했다. 공터에 너무 오래 앉아 있었다고 생각했다.

명은이 일을 해주러 온 지 한 달이 넘어가고 있었다. 지환은 명은이 집에 있는 동안은 서재에 틀어박혀 업무를 보거나 인터넷 서핑을 했다. 간혹 명은을 기다렸다가 함께 늦은 점심을 시켜 먹기도 했다. 명은이 돌아간 후 하나와 지환의 속옷이 건조대에 널려 있는 것을 보아도 이젠 아무렇지 않았다. 명은과 하나는 자주 연락하는 듯했다. 명은은 어떤 날에는 발코니 물청소를 하기도 했고 찬장을 닦거나 침실 정리까지 하고 돌아가는 날도 있었다. 지환은 하나가 부탁한 거라 생각해 그에 대해서 간섭하지 않았다. 다만 물청소한 바닥에 비눗기가 남아 있거나 빨래가 구겨진 채 널려 있기도 해서 지환은 명은이 돌아가면 다시 한번 청소 상태를 점검하게 되었다. 택배로 주문한 물건 중 한두 개가 보이지 않을 때도 있었다. 주로 먹을거리나 건전지 같은 작은 것들이었다. 하나에게는 말하지 않았지만 하나가 아무것도 모른다는 생각도 들지 않았다.

갑자기 회사에 나갈 일이 생겨 집을 비우게 된 날, 지환은 명은에게 현관 비밀번호를 알려주었다. 생각보다 일이 너무 일찍 끝나 지환은 하나에게 전화를 걸었다. 하나는 지환이 밖에 나와 있다는 것을 알고는 다짜고짜 물었다. 명은이는?

비번 알려줬지. 근데 왜?

아니야. 일 끝났음 빨리 들어가.

왜? 나 회사 있다가 같이 들어갈까 했는데. 간만에 외식할까? 안티바이러스 파티션으로 리뉴얼한 식당이……

나 늦어. 먼저 들어가. 알겠지?

하나의 목소리에서 조급함이 느껴졌다. 지환은 입맛을 다시며 전화를 끊었다.

운전을 해서 집으로 가는 도중 덤프트럭이 중앙선을 넘어 지환의 차를 정면으로 들이받았다. 최근 들어서는 잠잠했던 터라 지환은 잠깐 눈을 감았다 떴다. 갑자기 닥쳐온, 조금의 망설임도 없는 강한 물리적 충격이 지환의 감각을 더없이 예민하게 만들었다. 아주 짧은 시간이었으나 지환은 자신이 분명히 죽었다고 느꼈다. 그 순간이 지나간 후에도 충격이 한동안 자신의 가까이에, 살갗에 머물고 있는 것 같았다. 피부가 무척 예민해져서 정말로 어느 정도는 아픈 느낌이었다. 지환은 조금 두려워졌다. 무서워서가 아니라 자신이 즐기고 있는 것은 아닌가 하는 의문이 들어서.

지환은 현관 비밀번호를 누르고 안으로 들어가 일부러 현관에서 조금 시간을 끌었다. 미리 전화를 해둘 걸 그랬다고 후회했다. 오래 신어 발자국이 선명한 명은의 샌들이 보였다. 처제, 나 왔어. 거실로 향하며 지환은 크게 명은을 불렀다. 아무런 대답도 없었다. 알 수 없는 불안감이 올라왔지만 애써 무시하고 다시 명은을 불러보았다. 거실 소파에 명은의 가방과 옷이 아무렇게나 던져져 있었다. 지환은 거실 발코니에서 명은을 발견했다. 발코니 문이 닫혀 있어 소리를 듣지 못한 것 같았다. 명은은 티셔츠에 팬티만 입은 모습으로 난간에 기댄 채 아래를 보고 있었다. 몸을 너무 아래로 기울여 머리가 보이지 않았다. 지환은 가슴이 덜컹했다. 명은이 팬티만 입고 있어서인지, 난간에 기댄 모습이 위태로워 보여서인지는 정확히 알 수 없었다. 지환은 잠깐 망설이다 발코니 문을 콩콩 두드렸다. 그러나 명은은 듣지 못한 것 같았다. 지환은 좀더 세게 유리문을 두드렸다. 잠시 후 명은이 몸을 일으켜 돌아보았다. 얼굴이 붉게 상기되어 있었다. 손에는 지환의 서재에 있던 작은 망원경이 들려 있었다. 지환이 문을 열었다. 더워요. 명은이 말했다. 지환은 그게 혼잣말인지 뭔지 알 수 없어서 대답을 하지 못했다. 명은의 티셔츠 겨드랑이 부분이 둥글게 젖어 있는 것이 보였다.

명은은 고개를 숙인 채 말없이 바지를 입었고 지환은 에어컨을 켰다. 밥은 먹었어? 지환은 부엌으로 가 손을 씻으며 짐짓 아무렇지 않은 척 물었다. 가장 일상적인 말을 건네고 싶었다. 청소기 돌렸고, 행주 삶아서 널었어요. 싱크대 청소도 했고. 질문에 대한 대답 대신 명은은 다른 말만 늘어놓고 망원경을 내밀었다. 지환은 명은이 사과할 줄 알았다. 그러면 괜찮다고 다독여주리라 미리 마음먹고 있었다. 비싼 건가봐요. 되게 잘 보이더라고요.

그래? 뭘 봤는데?

그냥, 땅바닥.

땅바닥?

경은이가. 알죠? 경은이. 언니가 말했죠?

경은이? 아, 오빠? 오빠 아니야?

오빠였죠. 그런데 어릴 때 죽어서, 이제 내가 나이가 더 많으니까. 왠지 억울해요, 오빠라기엔.

지환은 헛웃음이 나왔다. 웃으라고 한 말인 줄 알았는데 정작 명은은 웃지 않았다.

오빠가, 아니, 경은이가, 십이층에서 뛰어내렸거든요. 여기가 비슷한 높이라서. 이렇게 높은 데 올라오면 왠지 자꾸만 땅바닥이 보고 싶어져서.

명은은 에어컨 아래 서서 바람을 맞으며 아무렇지 않게 말했다. 티셔츠 위로 유두가 도드라졌다. 지환은 시선을 돌렸다.

친구네 집에 놀러갔다가 그랬다며…… 하나 말로는 사고였다던데. 지환이 조심스레 말했다.

친구네 집 아닌데. 도둑질하다가 걸려서 도망가다가 그런 거예요. 근데, 십이층에서 뛰어내린 건 좀. 멍청한 건지 미친 건지.

마치 남 얘기하듯 담담하게 말하고 마지막에는 피식 웃기까지 하는 명은에게 지환은 어떻게 반응해야 할지 난감했다. 어정쩡한 표정의 지환을 보더니 명은이 물었다. 아, 이것도 언니가 말 안 했나보네요?

명은은 여전히 볼이 조금 상기된 채로 어깨에 가방을 걸쳤다. 지환은 그녀의 가방이 유난히 불룩한 것을 보았다. 안에 뭐가 들었는지 보고 싶었다.

지환은 명은이 떠난 후 소독제를 찾아 발코니를 닦았다. 소파와 거실 바닥에도 뿌렸다. 큰 의미는 없고 단지 조심하는 것뿐이라고 지환은 스스로를 계속 설득했다. 혼자 사는 게 아니니까. 하나도 있으니까. 욕실과 부엌까지 소독제를 뿌리다가 지환은 갑자기 화가 치밀었다. 하던 일을 멈추고 약통을 싱크대 안에 던져버렸다. 생각보다 소리가 크게 나서 움찔했다. 지환은 나직하게 욕설을 내뱉었다.

늦을 거라던 하나는 여섯시가 조금 넘어 귀가했다. 별일 없었어? 무언가 탐색하는 눈빛이었다. 지환은 대답 대신 고개를 끄덕였다. 오다가 저녁 주문했어. 하나는 곧바로 욕실로 향했다. 몇 분 후 벨 소리가 들려 현관문을 열었다. 비닐 팩에 포장된 요리가 문 앞에 도착해 있었다. 팩에는 '당신을 지켜드립니다'라는 문구와 익숙한 마크가 인쇄되어 있었다. 지환은 오늘 있었던 일에 대해서는 말하지 않기로 마음먹었다.

지환은 요리를 세팅했고 하나는 캔맥주를 따서 유리잔에 따랐다. 테킬라를 조금 섞는 것도 잊지 않았다. 둘은 나란히 앉아 습관처럼 뉴스를 보았지만 별다른 감흥을 느끼지 못했다. 그러나 세계 최대의 리조트 회사가 결국 파산을 선언했다는 보도가 나왔을 때 하나는 짧게 한숨을 내쉬었다. 둘이 신혼여행지에서 묵으려고 예약했던 리조트 중 하나였다. 세상은 원래 이렇게 갑자기 변하는 건가봐. 하나가 담담하게 말했다.

둘은 식사를 마친 후 하나가 더빙에 참여한 영화를 보았다. 007 시리즈였는데, 하나가 맡은 건 주디 덴치가 연기한 M 역이었다. 솔직히 주디 덴치는 나이가 너무 많은 거 아닌가 했거든. 근데 되게 잘 어울린다. 카리스마 있어. 지환은 하나의 머리를 쓰다듬었다. 하나는 화면에서 시선을 떼지 않고 지환의 손을 잡았다. 목소리는 잘 안 늙거든. 제일 천천히 간대, 목소리가.

간다고? 슬프다. 가다니.

슬프다고 했지만 둘은 오랜만에 함께 소리 내어 웃었다. 지환은 쥐포를 튀겼고 하나는 맥주를 더 내왔다. 넌 어쩜 연기도 저렇게 잘해? 문득 엘리베이터에서 하나를 처음 만났던 순간이 떠올랐다. 그녀와 이렇게 되었다니. 지환은 자신의 허벅지에 올려진 하나의 손을 보았다. 하나와 손을 잡고 같은 집에 살며 같은 침대를 쓰는 것이 믿기지 않았던 때도 있었다. 명은이 이제 안 올 거야.

뭐? 왜? 지환은 반사적으로 물었으나 하나의 말을 듣는 순간 자신도 바라고 있었던 소식이라는 것을 깨달았다. 지방 내려간대. 지방 어디? 몰라, 어디 가겠지. 쥐포를 씹는 하나의 표정이 일그러져 보였다. 지환은 하나가 자신에게 말하지 않는 것들에 대해 생각해보았다. 오늘 명은이 봤지? 하나가 물었다.

어…… 그게 오늘이었지.

지환은 낮에 있었던 일들이 벌써 며칠 전 일처럼 여겨졌다.

미친년이야.

하나의 욕설에 지환은 눈을 크게 떴다. 야, 갑자기 욕을 하고 그래.

임신을 했다는 거야.

뭐? 처제가? 누구랑?

지환은 머리가 어지러웠다.

알 게 뭐야. 더 황당한 건, 나보고 돈을 달라잖아. 병원 갈 거냐 물었더니 아니래. 낳을 거래. 하나는 어이없다는 듯 내뱉고는 맥주잔을 입으로 가져갔다.

그런데 무슨 돈을 달래?

빌려달라는 거지. 가게 빠지면 갚겠다고. 그런데 그 말을 어떻게 믿어 내가. 정말이지 머리 검은 짐승은 거두는 거 아니라더니.

야, 무슨 그런 노인네 같은 말을…… 그래도 얘기를 좀 들어보지 그랬어.

지환의 말에 하나가 언성을 높였다. 내가 왜? 왜 나만 매번 걔 얘기를 들어줘야 되는데?

언니잖아.

누가 언니야? 내가? 내가 왜 걔 언니야. 이럴 때만 언니지!

왜 이렇게 화를 내. 무슨 사연이 있겠지. ……어떤 남자래?

뻔하지 뭐. 알고 싶지도 않고. 걔가 사고 칠 때마다 우리가…… 아니다.

왜 매번 말을 하다 말아.

그렇게 궁금하면 직접 물어보든가. 자긴 개랑 노닥거리기나 했

지. 아, 됐어. 하나는 술잔을 들었다. 정신이 나간 거지. ……병신
같이.

지환은 하나의 말에 울컥 화가 올라왔다. 들고 있던 잔을 테이
블에 탁 내려놓는 순간 맥주가 튀어올랐고 잔이 깨졌다. 파편이
엄지손가락 안으로 파고들었다. 날카로운 통증이 느껴졌을 때야
지환은 자신이 얼마나 세게 잔을 쥐고 있었는지 깨달았다. 하나가
비명을 질렀다. 자기 지금 뭐하는 거야?

하나가 구급상자를 가져와 손가락을 소독하는 동안 지환은 자
신의 어디에서 그런 화가 올라왔는지 되짚어보려고 했다. 컵이 깨
지는 순간 전해지던 짜릿한 쾌감이 낯설었다. 네가 욕을 해서 나
도 모르게…… 근데 컵이 너무 약하더라고. 지환은 하나의 눈치
를 보며 웅얼거렸다. 하나는 말없이 상처에 약을 바르고 붕대를
감았다. 병원은 안 가도 되겠다. 하나가 약통을 닫으며 말했다. 하
나야, 나 할말이 있는데.

지환은 아무 얘기나 하고 싶었다. 내가 전에 무슨 소설을 하나
읽었거든. 그러나 사실을 말하는 대신 악몽을 꾸는 것으로 이야기
를 바꾸었다. 굳이 왜 바꿔서 말하는지 자신도 이유를 정확히 알
수 없었다.

하나는 이야기를 다 듣고 나서 무엇을 읽은 건지 물었다. 제목
이 뭐더라, 저기 소파 옆에 있던 건데. 소설이었는데. 하나는 지환
이 가리키는 쪽을 보았다.

스트레스 때문이야. 나도 요즘 그렇거든. 며칠 전엔 꿈을 꿨는데, 아는 사람들 앞에서 내가 쉴새없이 연설을 했어. 그런데 사람들이 막 이상하게 쳐다보는 거야. 그래서 거울을 봤는데 글쎄 내가 아니라 처음 보는 외국인이 있는 거야. 완전 백발인 노인이. 심지어 남자.

지환이 웃었다.

웃기지? 그런데 꿈에서는 너무 무서웠어.

그때 텔레비전에서 하나의 목소리가 들려 둘은 동시에 화면을 보았다. 주디 덴치가 말하고 있었다. 내 목소리 아닌 거 같아. 얼굴이 달라져서 그런가. 하나가 혼잣말하듯 작게 말했다.

하나야, 우리도 아기 가질까?

하나가 고개를 돌려 지환을 빤히 바라보다 피식 웃었다. 지금 이 시대에?

지환은 천천히 고개를 저었다. 농담.

하나가 뒷정리를 하는 동안 지환은 발코니로 나가 손가락에 감긴 붕대를 보았다. 팬티만 입은 채 몸을 구부리고 있던 명은의 뒷모습이 떠올랐다. 분명히 보았는데 지금은 진짜 있었던 일 같지가 않았다. 지환은 명은이 한 것처럼 발코니 난간에 몸을 의지하고 고개를 아래로 최대한 떨어뜨려보았다. 그때 누군가가 강하게 등을 떠밀었다. 지환은 십이층에서 바닥으로 추락했다. 머리가 땅에 부딪히며 퍽 소리를 내고 깨졌다. 코끝까지 떵한 어지러움과 가벼

운 구토가 밀려왔다. 지환은 발코니에 쪼그려앉았다. 은근한 흥분
이 몸안에 퍼졌다. 하나가 어느새 다가와 놀란 목소리로 물었다.
왜 그래? 괜찮아?

술이 과했나봐. 지환은 고개를 들어 웃어 보였다. 하나가 속상
한 얼굴로 말했다.

이게 다 전염병 때문이야.

그다음 주 수요일, 하나는 출근 전에 봉투를 맡겼다. 명은이가
오늘 잠깐 들를 거야. 이거 전해줘. 지환은 봉투를 받아들고 물었
다. 계좌이체 하지 왜. 몰라, 통장에 넣으면 안 된대.

지환은 명은을 다시 봐야 한다는 사실이 편하지 않았다. 오후
두시가 훌쩍 넘어 명은에게서 연락이 왔다. 놀이터에 있어요.

지환은 캔커피를, 명은은 수박바를 들고 나란히 그네에 앉았다.
명은은 지환이 내민 봉투를 한 손으로 받아 확인하지도 않고 가방
에 대충 넣었다. 무슨 말을 꺼내야 좋을까 생각하고 있는데 명은
이 먼저 입을 열었다.

애인이 무슨 공장에, 같이 일하러 가재서요.

애인이라는 단어가 지환에게 무척 낯설게 들렸다.

뭐 만드는 공장인데?

몰라요. 뭐 만들겠죠, 공장이니까.

안 힘들겠어?

뭐라더라. 마스크? 휴지? 하여간 그런 거.

지환은 고개를 끄덕였다. 놀이터 바깥에 난 길로 선글라스를 낀 채 유아차를 밀며 지나가는 남자가 보였다. 유아차 바깥으로 개의 하얀 머리가 보였다. 개는 혓바닥을 빼물고 헥헥거리며 둘을 번갈아 쳐다보았다. 명은과 지환도 개를 바라보았다. 선글라스를 낀 남자는 둘 쪽으로 잠깐 고개를 돌렸으나 무엇을 보는지는 알 수 없었다. 명은이 개에게서 시선을 떼지 않은 채 물었다.

오빠, 오빠는 다음에 뭐로 태어나고 싶어요?

지환은 명은이 자신을 오빠라고 불러 당황했다. 그러나 의연한 척 당장 떠오르는 대로 대답했다.

피아니스트.

피아니스트로 태어날 수가 있어요? 명은이 의아하다는 듯 물었다. 그건 나중에 되는 거 아니에요? 배워서.

아, 그게 또 그런가? 그럼, 처제는?

처제라고 불러놓고 명은을 처제라고 부르는 게 맞나 처음으로 의문이 들었다. 명은은 대답이 없었다. 수박바가 녹아 바지에 빨간 물이 떨어졌다. 명은은 별일 아니라는 듯 손으로 쓱 닦고는 손가락을 핥았다. 왜 대답 안 해? 지환이 웃음을 섞어 물었다.

네?

명은은 무슨 말을 하는 건지 모르겠다는 눈빛으로 지환을 바라보았다. 그러다 손에 들고 있던 막대를 획 던져버리고는 발을 굴러 그네를 밀어올렸다.

혼자 있는 사람 같았다.

안개는 두 명

유리와 선주는 텅 빈 독수리 우리 앞에서 한동안 숨을 골랐다. 평일이었고 오전부터 부슬비가 내리고 있었다.

냄새는 나는데.

유리가 우비에 달린 모자를 벗으며 말했다. 비 내리는 동물원에는 짐승들의 냄새만 한층 짙게 배어 있었다. 선주는 들고 있던 우산을 젖혀 하늘을 바라보았다. 보드라운 빗방울이 얼굴에 달라붙었다. 비 아직 오는데. 선주는 유리를 보며 다시 우산을 썼지만 이게 다 무슨 소용일까 생각했다. 계속해서 우산을 쓰고 다녔는데도 온몸이 이미 축축하게 젖은 기분이었다.

둘은 지난여름 이곳에 여러 번 함께 왔다. 한 대기업에서 '도시의 동물'이라는 주제로 전시를 기획했는데 선주가 참여 작가 중

한 명으로 선정되어 촬영을 다녔기 때문이었다. 유리는 시간이 날 때마다 선주를 따라왔다. 동물원은 둘에게 여름의 기억이 많이 남아 있는 장소였지만 작업이 끝난 후로는 온 적이 없었다. 애초에 선주는 의무감에 찾았을 뿐 동물원을 좋아하지 않았다. 게다가 오늘은 날씨가 좋지 않아 볼 수 있는 동물도 많이 없을 것이 뻔했다. 그러나 유리와 이미 약속을 했기에 토를 달지는 않았다.

언니한테 선물로 독수리 보여주고 싶었는데.

유리가 선주의 우산 안으로 들어왔다. 유리의 샴푸 향이, 짙은 동물 냄새 틈에서 잠깐 도드라졌다. 선주는 유리의 머리를 장난스레 털어주었다. 유리가 한숨을 내쉬자 입에서 하얀 입김이 흘러나왔다. 선주도 유리를 따라 숨을 길게 내쉬어보았다. 선주의 입에서도 하얀 입김이 나왔다. 선주는 문득 묻고 싶어졌다. 나한테서도 좋은 냄새 나? 그러나 생각과는 다른 말을 했다.

독수리는 네가 보고 싶었던 거 아니고?

언니, 얘네는 지금 어디 있을까? 여기보다 더 좁은 데 있겠지? 더 냄새나고, 창문도 없고.

한참을 걸어들어오느라 몰랐는데 가만히 서 있으니 금방 추워졌다. 비어 있는 맹금류 우리들을 지나치다 수리부엉이 한 쌍을 발견했을 때는 둘이 동시에 탄성을 질렀다. 부엉이들은 마치 나무의 일부처럼 움직임 없이 눈을 감은 채 앉아 있었다. 들뜬 목소리로 조잘대며 한참을 관찰하던 유리가 물었다. 그런데 왜 쟤네만

밖에 있을까? 설마 사육사들이 잊은 건 아니겠지?

둘은 맹금류 우리를 지나 가금류, 호랑이, 기린, 코끼리, 북극곰 우리를 둘러보았다. 호랑이, 기린, 코끼리는 보이지 않았고 오랑우탄과 고릴라가 그려져 있는 어설프기 짝이 없는 동굴 모양의 실내 우리에는 들어가지 않았다. 선주는 스산한 늦가을의 동물원을 거닐며 동물원의 미래에 대해 생각했다.

출구로 나가는 길에 어린이 동물원이라고 적힌 푯말이 보였다. 낮은 울타리 안에는 당나귀와 양, 토끼 몇 마리가 각각 지붕이 있는 우리 안에 옹기종기 모여 있었다. 뽀얀 얼굴의 사육사가 사료 그릇을 채워주느라 바빴고 초등학교 저학년쯤으로 보이는 아이 둘이 그 모습을 보고 있었다. 선주와 조금 떨어진 곳에 아이들의 아버지로 보이는 중년의 남자가 공룡 모양의 헬륨 풍선과 우산을 든 채 인상을 찌푸리고 누군가와 통화중이었다. 여자아이가 손가락으로 양을 만지려고 하자 남자아이가 소리질렀다. 손가락 썩는다!

그 모습을 보며 선주가 웃었다. 들었어? 썩는대.

유리는 코웃음을 치며 속삭였다. 때리고 싶다.

둘이 돌아서서 걷기 시작하는 것과 거의 동시에 아이의 비명이 들렸다. 둘은 반사적으로 고개를 돌렸다. 남자아이가 바닥에 누워 소리를 지르고 있었고 여자아이는 그 모습을 무감한 얼굴로 물끄러미 바라만 보고 있었다. 놀란 사육사가 아이에게 다가갔고 남자는 크게 서두르는 기색도 없이 인상을 쓴 채 성큼성큼 둘의 옆을 지나 울타리 안으로 들어갔다. 둘은 남자가 그들의 곁을 지나면서 나지막하게 내뱉은 말을 들었다. 좆같네.

남자가 들어서자 여자아이는 몸을 돌려 양에게 손을 뻗었다. 둘은 남자가 아이를 일으켜 익숙하게 옷을 털어주며 달래는 장면까지 보고 다시 걸음을 옮겼다. 바닥에는 남자가 떨어뜨리고 간 공룡 모양 헬륨 풍선이 흔들리고 있었다. 풍선을 묶은 실 끝에 작은 돌멩이가 달려 있었다. 유리는 뒤돌아 남자를 보았다. 그리고 풍선을 들어 우산 안에 숨긴 채 재빨리 걸음을 옮겼다. 선주가 낮게 속삭였다. 뭐해?

들었어? 좆같대.

동물원을 빠져나오는 동안 선주는 몇 번이나 뒤돌아보았고 유리는 그런 선주를 보며 웃음을 터뜨렸다. 그러나 둘의 발걸음은 똑같이 빨랐고 둘은 택시를 잡을 때까지 아무 말도 하지 않았다.

집에 있을 걸 그랬나.

선주가 뿌연 차창을 바라보며 말했다.

언니, 미안. 그런데 오늘은 냄새라도 맡고 싶었어.

선주는 유리의 목소리가 너무 크다고 생각했다.

동물 보는 게 좋아?

우리에겐 없는 걸 보는 게 좋아.

택시에서 내렸을 때도 여전히 가는 비가 내리고 있었으나 선주는 우산을 펴지 않았다.

둘은 빵집에 들러 케이크를 하나 사서 선주의 작업실로 향했다. 가는 길에 머리에 비닐봉지를 쓴 작은 노파가 낡은 유아차를 밀며 위태롭게 길을 건너는 모습을 보았다. 둘은 노파가 길을 다 건널 때까지 멈춰 서서 노파를 지켜보았다. 무사히 길을 건넌 노파가 골목으로 사라지자 유리는 낮게 한숨을 쉰 뒤 걸음을 옮겼다. 은빛 공룡 풍선이 앞뒤로 흔들리며 유리를 따라갔다.

반지하의 작업실에 들어서서 현관문을 잠근 후에야 선주는 긴장이 풀렸다. 유리는 우비를 벗고 욕실로 향했다. 선주는 라디에이터를 켜고 커피포트에 물을 채웠다. 작업실 벽 위쪽에 길고 좁게 나 있는 창으로 간혹 사람들의 다리가 보였다 사라졌다. 습관적으로 컴퓨터를 켜고 이메일을 확인했다. 혹시나 화영에게서 약속을 취소하는 메일이 오지 않았을까 기대했으나 그녀가 보낸 메일은 없었다. 선주는 이 년 전 대만 레지던시 참여 작가로 있을 때 화영을 알게 되었는데 같은 중학교를 졸업했다는 이유로 쉽게 가까워졌다. 그건 어떻게 알았는데?

화영의 이야기를 했을 때, 유리가 물었다. 나는 몰랐는데 걔가 알더라고, 나를. 그런데 난 기억이 안 나. 중학교 졸업 앨범도 못 찾겠고.

아예 기억이 안 나?

전혀. 이십 년 가까이 지났으니까. 살을 많이 뺐다는데.

오래되긴 했다. 기억하는 그 언니가 대단하네.

선주는 유리의 말대로 자신을 기억하는 화영이 대단하게 여겨
지기도 했으나 한편으로는 부담스럽기도 했다. 선주가 기억하지
못하는 일화를 이야기할 때면 어떻게 반응해야 할지 난감했다. 그
러나 화영은 서운해하는 기색이 없었다. 그때 나는 내가 아니었
어. 화영은 종종 그렇게 말했다. 정작 화영과 멀어지게 된 이유는
다른 문제 때문이었다.

화영은 회화 전공이었고 선주는 주로 미디어 아트 작업을 했다.
선주는 미술을 늦게 시작한 편이었다. 대학에서는 외국어를 전공
했는데 졸업 후 전공을 조형예술로 바꾸어 예술학교에 다시 진학
했다. 그리고 독일로 유학을 가 학위를 땄다. 반면 화영은 예고로
진학해 고등학교 때부터 미술을 한 경우였다. 화영은 자신의 이력
에 은근히 자부심을 보였다. 간혹 선주의 작업을 보면서 하는 한
두 마디가 선주의 감정을 건드렸다. 선주는 자신이 지나치게 예민
한 거라 생각하고 말았다. 그런데 왜 연락을 끊었는데? 유리가 물
었다.

나 무례한 건 못 참잖아.

선주는 화영이 자신에게 했던 말을 똑똑히 떠올렸다.

설치 하는 애들, 자기들이 뭘 하고 있는지는 알고나 하는 걸까?
꿈보다 해몽이 아주. 아, 네 얘기는 아니고.

그후로 선주는 화영을 마음에서 지우기로 했다. 그즈음 화영

이 일본인 작가와 연애를 시작하고 선주 역시 스페인 남자와 친해지면서 넷이 더블데이트를 했던 기억이 떠올랐는데 정말 그런 일이 있었던가 싶었다. 둘은 서울에 돌아온 후로 연락하지 않았다. 그런데 며칠 전 화영에게서 이메일로 연락이 온 것이었다. 긴 안부 인사 뒤로 만나서 하고 싶은 말이 있다고 했다. 선주는 잠깐 고민하다 답장을 보냈다. 궁금한 마음도 없지 않았다. 그동안 선주는 착실하게 작업을 이어왔다. 결과도 나쁘지 않아 국내외 비엔날레에 참여하는 등 미술계 내에서 인지도를 쌓았다. 그러나 화영의 소식은 듣지 못했다. 무엇보다 이제는 자신의 작업에 대해 무슨 말을 하든 그냥 웃어넘길 수 있을 것 같은 마음이었다. 사과를 한다면 이미 잊었다고 말해줄 수도 있을 것 같았다.

나 옷 좀. 욕실에서 선주를 부르는 소리가 들렸다. 선주는 작업실 구석의 침대에서 유리의 가운을 찾아다주었다. 유리는 가운을 걸치고 아까 입었던 옷을 들고 나왔다. 바지와 셔츠가 축축하게 젖어 있었다. 떨어뜨렸어. 선주는 옷을 받아 옷걸이에 걸었다. 떨어뜨렸다고 하기에는 너무 많이 젖어 있었다. 유리는 케이크에 초를 꽂고 불을 붙였다. 선주는 냉장고에서 샴페인을 꺼내고 잔을 준비했다. 언니, 초가 너무 많아. 촛농 케이크 먹겠다. 유리가 명랑하게 말했다. 선주가 괜찮다고 했는데도 유리는 축하 노래를 불렀다. 유리의 가느다란 목소리가 텅 빈 공간에 울렸고 선주는 노래가 너무 길다고 생각했다. 노래가 끝남과 동시에 선주가 촛불을 껐다. 소원 빌었어? 선주는 웃으며 고개를 끄덕였지만 사실은 아무것도 빌지 않았다.

하얀 연기와 함께 초가 탄 냄새가 공중으로 퍼졌다. 유리는 케이크를 잘라 선주에게 내밀었다. 선물은 나중에 줄 거야.

선물?

대답 대신 유리는 공룡 풍선을 손에 들고 만지작거렸다. 언니, 이거 해봤어? 유리는 풍선의 실을 풀고 주입구를 열어 입으로 가져갔다. 그리고 숨을 크게 들이마셨다. 유리는 또다시 생일 축하 노래를 불렀다. 헬륨 가스를 마신 목소리는 익살스러웠다. 목소리가 달라진 유리는 완전히 다른 사람 같았다. 선주와 유리는 폭소했다. 유리가 풍선을 내밀었다. 선주도 풍선을 받아들고 가스를 마셨다. 그러자 무슨 말을 해도 방정맞게 들렸다. 내 목소리가 니 목소리랑 똑같아졌어. 공룡의 형체가 사라질 때까지 둘은 말하고 웃기를 반복했다.

한참 뒤에야 웃음이 잦아들었고 둘은 샴페인을 마셨다. 없어진 건 알까? 구겨진 채 굴러다니는 공룡을 보고 선주가 물었다. 설마 부엉이들, 아직 거기 있진 않겠지? 유리가 물었다. 그 남자애 말야, 병일까? 선주가 다시 물었다. 그러나 질문만 할 수 있을 뿐 대답할 수 있는 사람은 없었다. 언니는 동물이 왜 좋아?

부끄러움을 몰라서.

선주는 대답을 하고 나서 생각했다. 정말 그런가? 그런데 내가 동물을 좋아한다고 한 적이 있었나?

유리의 가운 앞섶이 느슨해져 가슴이 반쯤 드러나 있었다. 춥겠다.

안아줘. 유리가 장난스러운 표정으로 선주에게 다가갔다. 징그러. 선주는 고개를 돌렸다. 그럼 내가 안아줄게. 유리는 선주에게 다가가 선 채로 그녀의 머리를 안았다. 선주가 고개를 들자 유리가 선주의 입술에 키스했다. 선주는 멈칫했다. 놀라긴, 선물이야. 입술을 뗀 유리가 싱긋 웃었다. 다른 것도 줄 수 있는데. 유리가 가운의 앞섶을 풀어헤쳤다. 야, 감기 걸린다.

둘은 침대 옆의 조명만 켜고 나란히 누웠다. 함께 침대에 누울 때면 자주 〈Being Boring〉을 들었다. 유리를 처음 만난 날 함께 들었던 곡이었다. 그날 선주는 유리가 일하던 레즈비언 바 구석에 홀로 앉아 위스키를 마시고 있었다. 위스키를 석 잔째 주문했을 때 유리가 말을 걸었다. 언니 이쪽 아니지? 선주는 어떤 대답을 해야 할지 몰라 가만히 있었다. 나도야. 유리가 속삭이며 눈을 찡긋해 보였다.

오늘 선주는 다른 곡을 틀었다. 잔잔한 멜로디에 이어 부드러운 목소리의 남자가 일본어로 노래를 했다. 유리가 웃었다. 이게 뭐야?

다마키 고지라는 일본 국민 가수. 선주는 말을 하고는 웃었다. 국민 가수라는 말이 왠지 둘에게서 가장 멀리 있는, 낯선 단어처럼 들렸다.

무슨 내용인데?

모르지.

시의적절하다.

유리가 특유의 시니컬한 표정으로 던지듯 말하고는 선주에게 손을 뻗었다. 선주는 유리의 손을 가볍게 잡았다. 유리의 다른 손이 선주의 옷 안으로 들어오려 하자 선주는 저지했다. 너랑 안 할 건데.

알아.

둘은 각자 옷을 벗었다. 둘의 얼굴에 잠깐씩 미소가 떠올랐다 사라졌다. 선주는 조금 떨어져 누워 유리의 몸을 바라보았다. 따듯한 유리의 발이 선주의 다리에 닿았다. 음악은 더이상 귀에 들어오지 않았다. 아직도 비가 내리고 있을까. 선주는 잠깐 생각했다. 바닥에 누워 소리를 지르던 소년과 그를 바라보던 소녀의 무표정한 눈동자가 떠올랐다 사라졌다. 남자가 내뱉던 욕설이 귓가에 오래 맴돌았다.

잠이 든 유리에게 이불을 덮어주고 선주는 샤워를 하기 위해 맨몸으로 욕실에 갔다. 샤워기를 틀고 물의 온도를 맞추는데 소변이 마려웠다. 선주는 변기로 가려다 그 자리에 선 채로 아랫도리에 힘을 주었다. 오줌이 허벅지를 타고 내려왔다. 앉은 것과 선 것의 차이일 뿐인데 누는 게 아니라 싸는 기분이었다.

뜨거운 물이 노곤한 몸을 풀어주었다. 샤워를 마친 선주는 습기로 뿌예진 거울을 문질렀다. 그래도 거울은 선명하게 얼굴을 비추지 못했다. 선주는 문득, '거울의 안녕'이라는 제목으로 새로운 작업을 해볼까 생각하다가 이내 고개를 저었다. 거울은 너덜너덜해. 그래도 뭔가 다르게 할 수 있는 게 없을까 궁리하다 당장 해야 할 프린트 테스트가 떠올랐다. 선주는 한 달 앞으로 다가온 전시에나 집중하자고 단념했다. 몸을 닦고 밖으로 나오니 잠든 줄 알았던 유리가 옷을 입고 있었다. 늦었어. 유리는 옷걸이에 걸어둔 덜 마른 셔츠를 걸었다.

선주는 자신의 스웨터를 건넸다. 고마운데, 어차피 집에 가서 옷 갈아입고 출근해야 돼. 유리는 젖은 셔츠를 그대로 입고 재킷을 걸쳤다. 선주는 축축하고 차가운 셔츠가 자신의 살에 닿는 것 같아 인상을 찌푸렸다. 준비를 마친 유리가 선주를 가볍게 안았다. 언니는 집에 안 가?

현관을 나서는 유리에게 선주는 명랑하게 꾸민 목소리로 말했다. 여자 조심하고.

유리는 손을 작게 흔들며 웃었는데 그 모습이 어쩐지 기운 없어 보였다. 문이 닫히는 소리가 선주에게 오래 남았다. 선주는 식탁을 정리하고 케이크 상자와 타버린 초를 모아 쓰레기봉투에 버렸다. 쪼그라진 공룡 풍선을 봉투에 쑤셔넣으며 유리와 함께 나갈 걸 그랬다고 후회했다. 젖은 셔츠를 입은 유리의 모습이 떠올랐다. 젖은 옷을 입은 사람들을 모티프로 뭔가 할 수 있지 않을까,

하는 생각이 들었고 선주는 메모지에 아이디어를 휘갈겨 적어놓았다.

　주말의 광화문은 붐볐다. 선주는 화영과 만나기로 한 카페에 약속 시간보다 일찍 도착했다. 커피를 주문하고 큐레이터에게서 온 이메일을 확인했다. 다음주에 작품 순서 및 위치 관련 미팅을 했으면 한다는 내용과 함께 전시 브로슈어에 들어갈 소개글이 첨부되어 있었다. "현대미술이 회화의 영역에 머무르지 않고 다양한 매체를 통해 그 영역을 확장해오고 있다는 점은 더이상 설명할 필요가 없을 것이다. 그러한 현대미술은 대단히 심오한 의미를 내포한 듯 난해한 용어로 포장되어왔기에 정작 대중에게는 난감하게 받아들여지기도 한다. (……) 임선주 작가의 작업은 관객들에게 당혹감과 난해함 대신 공감과 신선함을 선사한다. (……) '안개는 조명'전展에서는 관객들을 자연스럽게 전시에 참여하게 유도함으로써 우리가 명확하게 보고 있다고 믿는 세계에 의문을 던지는 한편 (……) 예술의 위치를 일상의 위치로 배치하는 데 성공하고 있는 보기 드문 젊은 작가이다." 선주는 소개글을 살펴본 후 큐레이터에게 의례적인 답장을 보냈다. 약속 시간이 되었는데도 화영이 오지 않아 선주는 자신의 이름을 검색해보았다. 새로운 글은 없는 듯했다. 이어서 검색창에 화영의 이름을 넣어보았다. 수년 전 기사를 제외하고 최근의 소식은 찾을 수 없었다. 선주는 전시 관련 뉴스를 훑어보았다. 눈으로는 뉴스를 훑고 있었으나 집중이 되지 않았다. 보자고 하지 말 걸 그랬나, 생각하고 있을 때 전화벨이 울렸다. 언니, 지금 뭐해? 유리의 목소리는 차분했다.

친구 만나려고. 전에 말했던.

언니.

응?

나 만날 땐 다른 사람한테 누구 만나러 간다고 해?

선주는 예전의 누군가에게서도 비슷한 질문을 받았던 기억이 났다. 그런데 그게 누구였더라.

화영은 약속 시간에서 거의 이십 분이 지나 나타났다. 원피스를 입은 화영은 몰라볼 정도로 살이 쪘는데다 배가 불러 있었다. 화영은 자리에 앉기도 전에 선주의 손부터 잡았다. 이제 칠 개월째 들어서는데, 요 며칠 갑자기 배가 불러와서. 아, 숨차.

선주는 할말을 잃었다. 너는 이제 진짜 예술가 같다. 화영이 선주의 얼굴을 찬찬히 뜯어보며 칭찬하듯 말했다. 선주는 화영의 배에서 시선을 거두고 겨우 인사를 건넸다. 축하해. 화영은 잡았던 손을 놓았다. 커피는 안 되지? 선주가 음료를 주문하려 자리에서 일어서자 화영은 자신이 가겠다며 선주를 말렸다. 선주는 얼떨떨한 표정으로 화영의 뒷모습을 눈으로 좇았다. 잠시 후 뜨거운 커피 한 잔을 들고 온 화영은 커피를 한 모금 마신 후 길게 숨을 내쉬었다. 살 거 같다.

화영은 대만에서 돌아온 후 얼마 지나지 않아 지금의 남편을 만 났다고 했다. 두 번인가 헤어졌다가 다시 만났는데 아기를 가지는 바람에 결혼까지 하게 되었다고 했다.

지울까 했는데, 어차피 있는 거 한번 써보는 것도 나쁘지 않겠 다 싶었어.

응? 뭘?

자궁 말이야.

아. 선주는 웃는 것 말고는 할 수 있는 게 없었다. 혹시 귓불이 달아오르지는 않았을까 걱정이 되었다. 화영의 어조가 너무 담담 해서 선주는 당황하는 자신에게 문제가 있는 건 아닌가 의심스러 웠다. 그래, 너무 잘됐다. 좋아 보여.

좋아 보여?

화영은 선주를 보지도 않고 마치 혼잣말하듯 묻고는 커피를 마 셨다. 선주가 할말을 고르고 있을 때 화영이 이어서 말했다. 그림 안 그리니까 좋아.

안 그려?

접었어, 완전히.

왜?

그제야 화영은 선주를 바라보았다. 지루해서.

네 그림 좋았는데.

내 그림 어떤 거?

그, 제목이 가물가물한데. 공구 시리즈 있잖아. 선주는 화영이 공구를 들고 있는 소녀들을 그렸던 것을 떠올렸고 그것을 기억해 낼 수 있어서 내심 다행스러웠다. 아기 낳고 다시 시작하면 되지.

아니, 내가 싫다니깐. 애 때문이 아니라. 난 그렇다 치고, 너는 잘나가더라. 내가 종종 검색해보거든.

선주는 의외라고 생각했다. 선주가 기억하는 화영은 자신에게 크게 관심이 없는 사람이었다. 선주는 문득 화영이 할말이 있다고 했던 것이 기억났다. 무엇 때문에 보자고 했는지 묻고 싶었다. 그러나 본론을 먼저 꺼내기가 그래서 조금 더 기다려보기로 했다. 또 전시 안 해? 화영이 물었다.

해. 한 달 뒤쯤.

전시 제목이 뭔데?

'안개는 조명'.

화영의 눈이 커졌다. 제목 너무 괜찮다. 어디서? 나도 꼭 가볼래.

선주는 화영의 관심이 의아했다. 선주는 자신의 전시에 대해 사람들이 물으면, 그냥 시간 되시면 구경 오세요, 하고 말았다. 작업에 대해 설명하는 일도 구차하게 여겨져서 미디어 아트, 정도로만 말해주기도 했다. 그게 정확하게 뭔데요?라고 묻는 이들에게는, 그런 게 있어요, 알아도 사는 데 큰 도움 안 되는, 하고 최대한 밝은 표정으로 농담처럼 말했다.

화영은 전시에 관해 계속 물었고 선주는 이것저것 대답해주면서도 마음이 편치 않았다. 화영이 자신의 작업을 보며 했던 말들을 잊은 것인지 궁금했다. 아니면 이런 식으로 예전의 무례함을 사과하려는 것일지도 모른다고 생각했다. 그런 생각을 하면서도 선주는 화영의 질문에 성의껏 대답해주었다. 두 개의 방에 각각 사진과 다채널 작업을 전시할 예정이야. 사진에서는 피사체가 잘 보이지 않아. 안개로 덮여 있거든, 사진 자체에. 희미하게 색감만 보이거나 아니면 주위의 배경만 알아볼 수 있을 정도로. 그리고 그 방에는 도시의 백색소음을 사운드로 깔 거야. 그게 일종의 힌트로 작용하는 건데…… 이어지는 다채널 작업은 사진에서 안개를 삭제하고 피사체만 선명하게 드러내는 방향으로. 하지만 극도로 클로즈업해서, 선명하지만 정작 그게 뭔지는 알 수 없도록 배치할 거야. 마치 안개 이후의 장면을 보는 듯하게. 선주는 '안개 이후'라는 단어를 말하면서 은근한 뿌듯함을 느꼈다. 모니터 앞에는 '보고 싶으면 누르세요'라고 쓰인, 작은 버튼이 달린 검은 상자가 있는데 관객들은 그 버튼을 누르게 되겠지. 자신이 뭘 보고 싶은 건지도 모르는 채로. 하여간, 버튼을 누르면 관객의 뒷모습이 눈앞의 모니터에 나오게 되는 거야.

화영은 진지하게 듣고 고개를 끄덕였다. 전에는 볼 수 없었던 표정이라고 선주는 생각했다.

괜찮다. 멋지겠는데.

화영의 말에 선주는, 뭘, 그냥 하는 거지, 하고 멋쩍은 듯 웃으며 커피잔을 입으로 가져갔다.

　　그럼 방을 의인화한 건가?

　　응?

　　두 명이라고 해서.

　　두 명?

　　제목이 '안개는 두 명'이라고 하지 않았어?

　　화영은 하얀색 포르셰를 몰았다. 시아버지가 타던 차라고 했다. 화영은 굳이 선주를 데려다주겠다고 나섰다. 나한테 할 얘기가 있다고 했지? 작업실 앞에 차를 세웠을 때 선주가 물었다. 나 잠깐 들어가도 돼? 화장실이 급한데.

　　화영이 화장실에 가 있는 동안 선주는 침대를 정리했다. 나란히 놓여 있던 베개 두 개는 하나로 포개어놓았다. 컴퓨터 모니터를 끄고 책상 위에 널브러져 있는 책이며 노트를 정리했다. 화장실에서 나온 화영은 구석에 쌓아둔 작품 샘플이나 벽에 붙여놓은 사진을 유심히 관찰하며 천천히 작업실을 둘러보았다. 여기서 사는 건 아니고?

　　집은 경기도에. 바쁠 땐 여기서 자고. 오늘은 들어가봐야지.

　　담배는?

　　가끔.

피워도 돼?

화영은 테이블에 걸터앉아 가방을 열고 담배를 꺼냈다. 야, 너.

선주는 화영의 배를 바라보았다.

의사가 스트레스가 젤 나쁜 거랬어. 내가 죽겠구만.

선주는 헛웃음이 나왔다. 남편도 알아?

모르겠지만, 이게 뭐라고.

화영은 담배에 불을 붙이고 깊게 빨았다. 선주는 그 모습을 물 끄러미 바라보다가 냉장고에서 주스를 꺼내 따라주었다. 커피 없 어?

선주는 후회했다. 화영이 데려다준다고 했을 때 다른 약속이 있 다고 할걸. 유리에게 문자를 보내서 구해달라고 할까. 이런저런 생각을 하며 커피를 내리는 와중에 화영은 새 담배에 불을 붙였 다. 선주는 창을 열었다. 재빠르게 도망가는 고양이가 보였다. 해 가 지고 있었다.

선주야.

화영이 부르는 소리에 선주는 고개를 돌렸다. 사실, 너한테 특 별히 할말 없어. 그냥 놀고 싶었어. 예전처럼.

담배 연기를 길게 내뿜는 화영을 보며 선주는, 우리가 예전에 어떻게 놀았더라, 떠올려보았다. 선주는 화영의 담뱃갑에서 담배 를 하나 꺼내어 물었다. 화영이 불을 붙여주었다. 연기가 눈에 들 어가 따가웠다. 선주는 무의식적으로 욕을 내뱉었다. 화영이 웃었다. 배 안 고파? 뭐 시켜줄까? 선주가 물었다. 응, 배가 이렇게 부른데도 배가 고프다? 웃기지?

응, 웃긴다.

선주가 배달 음식 전단지를 뒤적이고 있는데 누군가 계단을 내려오는 소리가 들렸다. 유리인가, 생각하는 순간 현관문의 도어록 누르는 소리에 이어 문이 열렸다. 무심하게 들어오던 유리는 현관에서 우뚝 멈춰 섰다. 선주는 재빨리 일어나 유리의 손에 들려 있는 비닐봉지를 받으며 몰래 눈짓을 보냈다. 그리고 최대한 자연스럽게, 와, 이거 뭐야? 맛있겠다, 따위의 말을 늘어놓으며 봉지 속을 들여다보았다. 봉지에는 포장된 음식과 함께 맥주 두 병이 들어 있었다.

친한 동생이야, 유리라고. 선주의 소개에 유리는 머쓱한 표정으로 고개를 숙여 인사했다. 화영은 자리에 앉은 채 손을 내밀었다. 권화영이에요, 선주 친구. 화영이 빠르게 유리의 얼굴과 옷차림을 살폈다.

밖이 너무 밝아서 여기까지 왔네요. 배가 너무 나와서.

화영이 담배를 들어 보이며 하는 말에 유리는 어색하게 웃으며 고개를 끄덕였다. 유리가 포장해온 음식은 두부샐러드와 버섯탕수육, 가지강정 같은 것들이었다. 둘이 자주 가는 비건 식당의 봉지를 선주는 금방 알아보았다. 고기가 없는데 괜찮아? 선주가 포장을 풀며 물었다.

셋은 테이블에 둘러앉아 식사를 시작했다. 선주는 간혹 유리의 시선을 느꼈으나 모르는 척했다. 유리가 온 이후로 화영은 눈에 띄게 말수가 줄었다. 선주가 이야기를 꺼냈지만 대화는 매끄럽게 이어지지 않았다. 나 사실 임신한 후로는 채소가 별로야. 그런데 이건 채소가 고기인 척하고 있네. 화영이 입맛을 다시며 말했다. 아무래도 술을 한잔해야겠다.

술? 야, 장난치지 마.

나 엄청 건강해. 한두 잔쯤이야 괜찮댔어.

누가?

누구긴 누구야.

유리가 냉장고에서 맥주를 꺼내왔다. 술을 따르는 화영에게 선주가 말했다. 유리는 술 잘 못해. 화영이 유리를 흘끗 보았다. 잘 마시게 생겼는데.

생긴 거랑 다르단 말을 많이 들어요. 그래도 오늘은 한잔하려고요.

유리가 덤덤하게 말했다. 셋은 건배했다. 선주는 화영이 술을 넘기는 모습과 그녀의 배를 번갈아 바라보았다. 화영이 반쯤 빈 잔을 내려놓고 이마를 찌푸렸다. 혹시, 소주 없어?

화영은 맥주에 소주를 섞었다. 유리의 잔에도 소주를 조금 따라주었다. 난 모른다. 선주의 말에 화영은, 가짜 고기 말고 치킨 시켜 먹자, 하고 엉뚱한 대답을 했다.

술 몇 모금에 유리의 얼굴은 붉게 달아올랐다. 진짜 술 못 마시는구나. 화영이 턱을 괴고 유리를 보았다. 거짓말인 줄 알았어요? 빨개졌다고 취한 건 아니지만. 유리가 말했다.

귀엽네. 우리 게임할래요?

무슨 게임요?

거짓말 게임.

그게 뭔데요?

화영은 게임에 대해 간략하게 설명했다. 진실 게임이랑 비슷한 건데, 이건 반대로 거짓말만 해야 되는 거지. 그러니까 부담이 없어. 이상하게 진실 게임을 할 때 사람들은 거짓말을 잘 못한다? 게임일 뿐인데 말이야.

화영은 자연스레 유리에게 반말을 하고 있었다.

그럼, 진실을 말하면 안 되는 거네요?

그렇지. 어떻게 하는 건지 보여줄게. 자, 선주야. 너 나한테 질문 하나 해봐.

흥미를 보이는 유리를 보며 선주는 화영을 빨리 보내겠다는 마음을 접기로 했다.

치킨 시켜?

시키면 죽일 거야.

화영은 거침없이 대답했고 유리와 선주는 잠깐 멍했다가 함께 소리 내어 웃었다. 오케이. 선주는 치킨을 주문하기 위해 휴대폰을 꺼냈다. 유리가 테이블을 손바닥으로 쳤다. 재밌네요. 이어서 화영이 유리에게 물었다. 유리씨는 직업이 뭐예요?

유치원 선생이에요.

선주는 유리를 보았다. 바에서 일하기 전에 유리가 유치원 교사로 일했다고 한 것을 들은 적이 있었다. 과거의 일이니까 이건 진실이 아닌 것인가? 선주는 혼란스러웠다. 휴대폰 저편에서 치킨집 남자가 주소를 물었다. 주소를 불러주었는데도 남자는 몇 번이나 되물었다. 반복해서 불러주면서 선주는 문득 내가 주소를 제대로 말하고 있는 것인가 잠깐 의문이 들었다.

선주야, 나 보니까 좋아?

하나도 안 좋은데?

선주는 장난스레 웃었지만 함정에 빠진 기분이었다. 유리가 시선을 피하며 미소 지었고 화영은 빈 잔을 내밀었다. 선주는 맥주를 반만 따라주었다. 아기 가지면 기분이 어때? 선주가 분위기를 바꾸기 위해 생각해낸 질문이었다.

그냥 뭐랄까, 병에 걸린 거랑 비슷한 기분이야. 종양 같은 게 생긴 거지. 완치되어도 병이 생기기 이전의 상태로 다시는 돌아갈 수 없다는 것도 똑같고.

정말 듣고 보니 그러네요.

그러긴 뭐가 그래. 그게 엄마가 할 말이야?

거짓말인데? 너네 이렇게 반응하면 지는 거야. 이제 나한테 그만 묻고 유리씨가 선주한테 해봐요.

유리는 한참을 생각하다 말을 꺼냈다. 언니, 며칠 전에 나랑 동물원에 갔을 때 무슨 생각 했어?

음, 영원했으면 좋겠다는 생각. 동물원이.

선주는 웃으며 유리를 보았다. 유리의 눈동자가 무언가 말하고 있는 것 같았다. 갑자기 뭔 동물원. 화영이 끼어들었다. 선주 너는, 나랑 제일 좋았을 때가 언제였어?

선주는 금방 대답하지 못했다.

언제 제일 좋았냐면, 대만에 있을 때 비 오는 날 같이 지우펀에 올라가서…… 아니다. 난 지금이 제일 좋아. 지금. 아, 그게 아니고, 헷갈려.

선주는 당황한 얼굴로 얼버무렸다. 지우펀에 함께 가기로 한 날, 화영은 약속을 어겼고 선주는 혼자 비를 맞으며 그녀를 한참 기다렸다. 이건 좀 어렵다. 너는? 너는 나랑 언제 제일 좋았어?

나는, 하고 화영이 잠깐 말을 멈추었다. 중학교 때, 내가 밤새워서 만들어준 열쇠고리, 네가 휴지통에 버리는 거 봤을 때.

선주는 머릿속이 혼란스러워졌다. 선주의 기억에는 없는 일이었다. 화영이 즉흥적으로 만들어낸 이야기일 거라 생각했다. 유리가 말없이 둘을 번갈아 바라보았다. 둘의 침묵에 화영이 피식 웃었다. 이런 반응, 옳지 않아. 화영이 선주와 유리의 잔에 술을 따랐다. 유리는 술을 마시고 인상을 찌푸렸고 선주는 웃으며 술잔을 들었으나 마음은 찜찜했다. 유리씨, 혹시 결혼하게 된다면 제일

하고 싶은 게 뭐야?

저는…… 쌍둥이를 낳고 싶어요. 이란성으로.

유리가 자신의 대답이 재밌다는 듯 소리 내어 웃었지만 선주는 그 웃음소리가 낯설었다. 창밖으로 오토바이 소리가 들렸다. 왔나 보다. 선주가 말하자 셋은 동시에 입을 다물었다. 그러나 한참이 지나도 누군가 계단을 내려오는 소리는 들리지 않았다. 유리가 일어나 음악을 틀었다. 〈Being Boring〉이 흘러나왔다. 펫 숍 보이스네. 우리 같이 많이 들었잖아. 옛날 생각 난다. 화영은 기지개를 켜며 자리에서 일어섰다. 화장실 문이 닫히는 것을 확인하고 선주가 작게 속삭였다. 거짓말 진짜 잘한다.

언니가 기억 못하는 거 아니고?

그럴 리가. ……넌 연락을 하고 오지 그랬어.

저 언니 재밌어. 좀 미친 거 같긴 하지만.

호르몬의 문제인가. 근데, 갈 생각을 안 하네.

치킨이 안 왔잖아.

시키지 말 걸 그랬지.

선주가 유리의 볼에 손을 댔다. 화영이 나오는 소리가 들렸고 선주는 급히 손을 뗐다. 화영이 인상을 찌푸린 채 배를 어루만지며 앉았다. 선주가 걱정스레 물었다. 괜찮아?

배가 뭉쳐서. 가끔 이래.

좀 누울래?

아니.

화영은 그렇게 말하고 천천히 자리에서 일어나 침대로 갔다. 선주는 화영을 부축해주었다. 그러게 왜 술 담배를 해가지고, 라고 말하려다 이제 와서 무슨 소용일까 싶어 입을 다물었다. 화영은 침대에 비스듬히 누워 양손으로 배를 마사지했다. 선주와 유리는 그런 화영을 지켜보는 수밖에 없었다. 화영의 손놀림은 무척 익숙해 보였다. 만난 지 몇 시간 지났을 뿐인데 임신한 화영의 모습이 자연스럽게 여겨졌다. 화영이 눈이 피로하다며 불을 잠깐 꺼달라고 했다. 불을 끄고 침대 옆의 조명만 켠 채 화영의 옆에 선주와 유리가 앉았다. 나 가방 좀 갖다줄래? 따뜻한 물 한 잔이랑. 화영의 부탁에 선주가 일어섰다.

선주가 물과 가방을 들고 침대로 왔을 때 둘은 화영의 휴대폰을 보며 웃고 있었다. 진짜 신기해. 유리가 말했다. 초음파 사진.

그래? 나도 볼래. 선주가 말했지만 화영은 휴대폰을 건네는 대신 가방을 받아들고 작은 약병을 꺼냈다. 화영은 알약 하나를 물과 함께 삼키고 말했다. 비타민. 선주는 피식 웃음이 나서 유리 쪽으로 고개를 돌렸다. 언니, 그런데 이 스웨터 정말 잘 어울려. 유리가 선주의 어깨에 손을 대는 순간 선주는 몸을 살짝 틀며 화영에게 물었다. 좀 괜찮아? 화영은 천천히 고개를 끄덕였으나 시선은 유리에게 향해 있었다.

유리씨, 선주랑 진짜 무슨 사이야? 화영의 갑작스러운 질문에 선주와 유리의 시선이 부딪혔다.

마주보고 자위하는 사이예요.

유리가 선주에게 시선을 고정시킨 채 무심하게 말했다. 화영의 눈이 커졌다. 와, 내가 제대로 들은 거 맞지? 되게 독창적이다. 그래, 이래야 게임할 맛이 나는 건데. 선주는 웃는 것 말고는 할 수 있는 게 없었다. 그럼, 그 정도로 사이가 별로다 이건가? 아주 멀고먼 사이라는 말? 아니지, 반댄가? 화영이 물었다. 취했네. 선주의 말에 유리가 단호하게 말했다. 전혀. 싸늘한 정적이 몇 초간 이어졌다. 아이, 이거 게임이잖아요, 언니들. 나 취한 거 다 알면서. 유리가 표정을 바꾸고 붉어진 얼굴을 손으로 감쌌다.

치킨 참 드럽게 안 오네. 화영이 몸을 일으켰다. 선주는 치킨집에 다시 전화를 했다. 빌라 이름만 말했을 뿐인데 방금 출발했다는 대답이 돌아왔다. 방금 출발했다고 하면 아직 출발 전일걸. 보통 그래.

화영은 뻔하다는 표정으로 한숨을 내쉬고는 어디론가 전화를 걸었다. 여기 주소 좀. 대리 부르게. 선주는 주소를 불러주면서 아까 치킨집에 아무래도 호수를 잘못 말한 것 같다고 생각했다. 화영은 옷을 입고 나갈 채비를 했다. 치킨은요? 유리가 물었다.

나 치킨 안 좋아해.

화영은 진담처럼 말했다. 잠시 후 화영의 전화가 울렸다. 유리도 과음한 것 같다며 그만 돌아가겠다고 했다. 셋은 함께 밖으로 나갔다. 유리를 뒤따라 마지막으로 올라가면서 선주는 유리의 손을 잡아끌었다. 유리는 선주의 손을 뿌리치지는 않았지만 뒤돌아보지도 않았다. 와, 언니 차 멋지네요. 유리가 화영의 포르셰를 보고 눈이 커졌다. 시어머니가 주신 거. 타고 갈래? 중간에 내려줄게. 유리는 거절하지 않았고 선주는 유리가 자신의 신경을 긁기위해 일부러 그러는 게 아닐까 생각했다. 선주는 차가운 공기를 마시며 하늘을 올려다보았다. 전신주 위에 검고 커다란 물체가 앉아 있었다. 가슴이 덜컹했다. 다시 보니 전신주 아래로 까만 전선들이 어지럽게 엉켜 있을 뿐이었다. 깜짝이야. 선주의 혼잣말을 들은 화영이 물었다. 왜?

아니야. 착각한 거.

뭔데? 뭐 봤어? 화영이 재차 물었으나 선주는 고개를 저었다. 잠시 뒤에 골목으로 양복을 차려입은 중년의 남자가 급히 걸어오는 게 보였다. 화영이 차 키를 내밀며 남자와 대화를 하는 동안 선주는 유리의 뒤에서 작게 말했다. 나, 독수리 봤어. 유리가 놀란 눈으로 하늘을 한번 올려다보고는 말했다. 부럽다. 유리가 너무 쉽게 믿어버려서 선주는 김이 샜다. 뻥인데.

진짜라고는 생각 안 했어.

그렇게 말하는 유리의 눈이 촉촉하게 젖어 있었다. 순간 선주는 유리를 안고 싶었다.

정말 갈 거야?

유리는 아무런 말도 하지 않고 선주를 바라보기만 했다. 화영이가 뭐 물어봐도 낚이지 말고. 들어가면 연락해.

남자가 운전석에 올라탔다. 화영이 다가왔다. 잘 놀다 간다. 그리고 선주를 끌어안았다. 화영의 단단한 배가 선주의 몸에 닿았다. 넌 정말 하나도 안 변했어. 화영이 속삭였다.

선주는 돌아서는 화영을 불렀다. 너 오늘 나한테 할 말이 뭐였어?

할말? 다 했는데?

화영은 피식 웃고는 아, 하며 배를 감쌌다. 이게 이젠 발로 차네. 화영은 자신의 배를 내려다보며 말했다. 예정일이 언제야?

아까 말해줬잖아. 선주는 화영이 아직 게임을 하는 거라 생각했다. 그러나 다시 묻지 않았다. 정말로 말해주지 않았는지 확신이 들지 않아서였다. 화영이 바닥에 침을 뱉었다. 있잖아 선주야, 나는 피를 보고 싶어.

뭘 보고 싶다고?

네 전시 보고 싶다고. 안개는…… 뭐랬지? 하여간, 안개는 그거.

화영은 손을 흔들어 보이고 차에 올랐다. 유리와 화영을 태운 하얀색 포르셰가 붉은 라이트를 비추며 골목을 천천히 빠져나갔다. 유리가 화영의 차를 타고 떠나는 모습이 비현실적으로 여겨졌다. 혹시나 유리가 돌아오지 않을까 선주는 한참 집 앞에 서 있었다. 하늘을 몇 번 올려다보기도 했다. 유리의 연락을 기다리며 동물원, 독수리, 탈출 같은 단어로 검색을 해보았으나 아무런 기사도 뜨지 않았다. 오토바이 한 대가 골목 안으로 들어오는 것이 보였다. 선주는 그제야 작업실로 내려왔다. 잠시 후에 누군가가 문을 두드렸다. 헬멧을 쓴 남자가 치킨을 내밀었다. 선주는 지친 목소리로 말했다. 너무 오래 걸렸네요.

주말이라 오래 걸린다고 얘기했을 건데요?

제가 주소 제대로 불러드렸죠?

남자는 의아한 눈빛으로 잠깐 선주를 쳐다보았다. 그리고 말없이 카드를 긁고 영수증을 내밀었다. 테이블에는 지난 시간의 흔적이 그대로 남아 있었다. 선주는 테이블을 치우며 유리를 제외하고는 그 누구도 작업실에 부르지 않겠다고 다짐했다. 휴지통에 쓰레기를 던져 넣으며 선주는 좀전에 화영이 했던 말을 떠올렸다. 열쇠고리를 버렸다고? 내가? 말도 안 되는 소리라고 생각하면서도 쓰레기를 버리는 손의 감각이 그게 사실일지도 모른다고 자꾸 말을 걸고 있었다. 아니야. 내가 그랬을 리가 없어. 선주는 고개를 흔들었다. 미친년이야.

선주는 다마키 고지의 노래를 찾아 틀었다. 테이블을 치우고 설거지를 시작했다. 유리에게서는 여전히 연락이 없었다. 선주는 깊은 한숨을 천천히 내쉬었다. 울고 싶었다. 가사를 알아들을 수 없어서라고 생각했다.

풍경과 사랑

아들이 처음 보는 아이를 집에 데리고 왔다.

*

남편이 제주도 건축 현장에 내려간 지 이 주가 되어가고 있었다. 지방에 길게 출장을 다녀도 주말은 웬만해선 집에서 보내는 사람이었다. 그런데 지난주에 이어 이번주에도 올라오지 못한다는 연락을 해왔다. 지난번에는 클라이언트가 급히 도면 수정을 요구해서였다고 했고, 이번에는 폭설로 비행기가 뜨지 못한다고 했다. 어마어마해. 와, 이런 눈은 또 처음 본다.

좋아?

어? ……좋기는, 뭐.

남편은 이런 사람이다. 감정이 말투에서 그대로 묻어나는데 막상 좋은가 물으면 좋다고 쉽게 대답하지 못하는 사람. 내가 함께하지 못할 때에 특히 그랬고 나는 그런 식의 대답이 좋았다. 그래서 여전히 남편에게 종종 물었다. 좋아? 재밌어?

*

엄마, 얘는 연호.

민준의 옆에 서 있는 아이는 그 또래 아이들이 하듯 고개 숙여 인사하는 대신 나를 똑바로 바라보며 안녕하세요, 하고는 웃었다. 그 얼굴을 보고 환한 웃음이라는 건 저런 걸 말하는 거구나, 생각했다. 순한 눈동자와 추위로 발갛게 상기된 피부.

민준과 같은 고등학교 교복을 입고 있었지만 키는 민준보다 오 센티 정도는 커 보였다. 내가 전에 말했는데. 왜, 하와이에서 전학 온.

아, 그래. 네가 연호구나.

하와이라는 말을 듣자마자 나는 연호라는 이름을 기억해냈다. 연호는 두 달 전쯤 전학을 왔다. 얼굴은 몰랐지만 연호는 반 엄마들 사이에서 이미 유명했다. 연호의 엄마는 90년대에 잠깐 활동하다 사라진 배우 주수진이었다. 그녀는 청순한 이미지의 배우들 사이에서 시원한 이목구비와 특유의 퇴폐미로 단번에 주목을 받았다. 그러나 드라마 두세 편과 영화 한 편을 끝으로 돌연 자취를 감추었다. 유부남 재벌과 스캔들이 있었는데, 그런 종류의 스캔들이 그러하듯 진위 여부는 확실히 밝혀지지 않았으나 아무도 그 말이 완전한 허위라고 생각하는 것 같지 않았다.

연호 아빠가 ○○그룹 회장이 맞다고 울 남편이 그랬어요. 정말? 난 △△건설로 들었는데. 어쩐지 좀 닮은 듯. 하와이에 호텔 하나 줬다잖아. 그러면 뭐해, 세컨든데. 애만 불쌍하지. 그리고 이어지는 이모티콘들…… 상위권 아이들의 엄마 몇몇이 따로 모인 채팅방에서는 늘 그 모자가 화제였다. 보고만 있기 뭣해서 나도 우는 모양의 이모티콘을 하나 남겼다. 그후로도 동네 카페에서 그녀를 봤는데 얼굴이 어딘가 달라졌더라는 이야기, 연호가 어느 학원에 등록했다는 소식 등등이 계속 업데이트되었다. 단체 채팅방에서는 말을 많이 섞지 않는 편이 정신 건강에 좋다는 것을 나는 오래전에 터득했다. 그러나 아무런 반응을 보이지 않으면 그 역시 경계 대상이 되기에, 강한 주장 없는 적당히 무난한 대답과 귀여운 이모티콘을 활용했다. 민준은 반장인데다 성적도 톱이라 엄마들은 종종 내게 학원 정보를 물었고 나는 언제나 거리낌없이 대답해주었다. 그 점만으로도 나는 '좋은 사람'으로 분류될 것이었다. 그러나 말이 길어지면, 그게 무슨 말이든, 트집을 잡는 이가 생길 거라는 것을 알았다. 민준의 성적이 뛰어나니까, 남편이 신진 건

축 대상을 받은 적이 있는 설계사니까. 게다가 나는 일찍 결혼해서 엄마들 중에서도 어린 편에 속했다. 엄마들 간의 신경전은 민준의 유치원 시절부터 충분히 겪었다. 그러니까 나는 튀지 않는 쪽으로. 뭘 잘 모르는 엄마로. 가능하면 희미한 쪽으로.

엄마, 나 샌드위치 먹고 싶은데. 아보카도 넣은 거. 연호한테 맛있다고 자랑했거든.

민준은 연호를 포함한 친구들 몇몇과 저녁에 영화를 보러 가기로 했다며 내 눈치를 살폈다.

영화관은 좀 위험한데. 기말고사도 얼마 안 남지 않았어? 나는 은근히 눈을 흘기며 물었다.

어차피 떨어져서 앉잖아, 말도 안 하고. 이것만 딱 보고 열공할 거야. 그치? 민준은 연호에게 동의를 구했다. 연호는 씩 웃으며 나를 보았다. 그리고 민준을 향해 고개를 끄덕였다.

혹시 못 먹는 거 있니?

놉. 다 좋아해요. 배고파요.

연호는 이번에도 내게 시선을 맞추며 친근하게 말하고는 입고 있던 점퍼를 벗었다. 나는 부엌으로 향했고 둘은 농담을 주고받으며 방으로 들어갔다. 어려워하는 기색 없이 예전부터 알던 사람처럼 구는 모습에 피식 웃음이 났다. 재밌는 아이네.

냉장고에서 샌드위치 재료를 꺼냈다. 아보카도를 반으로 잘라 씨앗을 빼냈다. 부드러운 초록빛 과육이 유난히 예뻤다. 씨앗을 버리려다 손에 쥐어보았다. 단단하고 동그란 씨앗의 촉감. 부서져도 상관없다는 생각으로 꽉 쥐어보았다. 손을 폈을 때 예상대로 씨앗은 그대로였고 손바닥에는 동그란 자국이 남았다.

평소에 잘 쓰지 않는 접시를 꺼내 샌드위치를 플레이팅했다. 머스캣도 곁들였다. 아이들이 샌드위치를 먹는 동안 나는 핫초콜릿을 만들었다. 우유와 생크림을 냄비에 넣고 끓이다 잘게 조각낸 다크초콜릿을 넣었다. 잠시 후 진한 초콜릿 향이 올라왔고 나는 흡족해졌다. 마시멜로도 올려줄까?

난 두 개. 민준의 말에 이어 연호는, 전 괜찮아요. 샌드위치 맛있어요. 굿.

연호는 샌드위치를 우물거리다 엄지손가락을 들어 보이며 틈틈이 감탄을 연발했다. 어눌한 한국말과 유창한 영어를 뒤섞어 말하는 모습에 웃음이 났다. 그만해, 미친놈아. 민준이 장난스럽게 연호의 팔을 쳤다. 엄마가 아보카도 못 먹게 해요. 블러드 아보카도라고. 블러드 아보카도? 블러드 다이아몬드라는 말은 들어봤으나 블러드 아보카도라는 말은 처음이었다. 멕시코에서 사람 죽이고 그러거든요. 아보카도 때문에.

그래? 왜? 나와 민준은 같은 표정으로 연호를 보았다. 연호는 어깨를 으쓱하고는 별일 아니라는 듯 말했다. 머니 문제겠죠? 멕시코 원래 그래요. 마피아 나라.

나는 아이들 앞에 따끈한 핫초콜릿을 놓아주었다. 그런데 연호는 한 모금 마시고는 짧게 기침을 했다. 쏘리. 저, 초콜릿은 안, 잘, 못 먹어요.

몰랐네. 미안해. 그럼 뭐 줄까? 콜라?

혹시 우유가 있어요?

아, 우유는 다 떨어졌는데.

괜찮아요. 콜라 좋아요.

주는 대로 먹어라. 우유는 니네 집 가서 찾고. 애냐?

민준은 어이없다는 듯 말했다. 나는 민준에게 그러지 말라는 눈짓을 보냈다. 마른 편인 민준에 비해 연호는 어깨가 넓었고 셔츠 밖으로 근육의 실루엣이 드러나 보였다. 나는 콜라를 꺼내어 컵에 따랐다. 연호는 운동했니?

배구 했대. 운동할 때 보면 거의 짐승 수준이야. 민준의 말에 연호는 짐승? 하며 민준을 때리는 시늉을 했다. 우리는 함께 웃었다. 연호의 앞에 콜라를 놓아주려고 컵을 든 손을 뻗었는데 연호가 손을 내밀었다. 그의 손이 따뜻해서 내 손이 차다는 것을 알았다. 손이 닿았을 때 연호가 나를 보는 것 같았지만 나는 모르는 척했다. '요즘 애들은 발육이 너무 좋아서 애들 같지가 않아. 생각도 우리 때랑은 많이 다르지. 중학생만 돼도 벌써 여자친구랑……' 이런 말은 내가 한 말이 아닌데. 누가 그랬더라. 엄마들이었겠지. 나도 한 번쯤 했던 말인가. 여러 번 들었던 건 분명한데.

아이들이 나간 후, 나는 연호가 한 모금 마시고 둔 핫초콜릿을 전자레인지에 데웠다. 그 잔을 그대로 들고 컴퓨터 앞에 앉아 주수진을 검색해보았다. 동명의 유명 아이돌 사진이 화면을 채웠다. 내가 찾는 주수진은 스크롤을 한참 내리고 나서야 찾을 수 있었다. 그녀는 다른 배우들과 달리 활짝 웃는 사진이 많이 없었다. 붉은 입술에 긴 파마머리. 가슴까지 파인 셔츠. 그런데 사진을 쭉 보다가 포니테일을 하고 귀여운 오버올을 입은 모습으로 밝게 웃는 모습이 눈에 띄었다. 데뷔 초의 사진 같았다. 웃고 있는 어린 주수진의 눈매는 연호의 웃는 모습과 닮아 있었다. 더 자세히 보려고 섬네일을 클릭했지만 기사는 삭제되어 볼 수 없었다. 몇 번 다시 시도해보았으나 결과는 같았다. 나는 계속해서 주수진의 사진과 기사들을 찾아보았다. 스캔들을 다룬 기사도 2005년이 끝이었다. 하와이에 거주하며 작년에 아들을 낳은 것으로, 연예계에 미련이, 스물여섯, 아이의 아버지는 밝혀진 바가, 재벌 유부남과의, 다른 루머들, 현재 삶에 만족…… 그녀는 나보다 두 살이 어렸다.

나는 이어서 내 이름을 검색해보았다. 같은 이름의 낯선 가수, 기자 등등을 지나 육 년 전 남편과 함께 인테리어 전문 잡지에 실렸던 사진이 떴다. '한옥 건축가의 자연주의 인테리어'라는 제목 아래 집 거실 소파에 남편과 내가 나란히 앉아 있었다. 사진 속의 우리는 지금보다 젊고 생기 있어 보였다. 조명판과 포토샵 덕도 있었지만 확실히 남편이나 나나 지금보다 매끈한 얼굴이었다. 육 년 전이면 민준이 초등학교 5학년 때. 그렇게 생각하면 육 년은 짧은 시간이 아니었고 외모의 변화도 당연하게 여겨졌다. 남편은 브리오니의 블루 셔츠를 입었고 나는 미우미우 화이트 블라우스에 노란색 에르메스 트윌리를 두르고 있었다. 미술을 전공한 아내의 감각을 존중하죠. 캠퍼스 커플, 그녀는 대학원 시절 개인전을, 결혼과 동시에 부부에게는, 꼭 한옥에 살지 않더라도, 부부는 인터뷰 내내, 여백을 중요하게 생각합니다.

기사를 보고 있자니 인터뷰 당시 상황이 또렷하게 떠올랐다. 나는 촬영 이 주 전부터 인테리어와 청소에 열을 올렸다. 소품을 사러 백화점과 앤티크 숍을 열심히 돌아다녔고 촬영 당일 새벽에는 꽃 도매시장에도 다녀왔다. 숍에서 메이크업도 받았다. 최대한 자연스럽게 해주세요. 그리고 집에 와서는 저렇게 천연덕스럽게…… 새삼스레 얼굴이 달아올랐다. 당시에는 자랑스럽기까지 했는데. 나는 기사를 닫고 스크롤을 내렸다. 거의 이십 년 전의 그룹전 및 개인전 관련 섬네일 한두 개. 개인전을 열었던 갤러리의 관장은 나의 외삼촌이었다. 나는 인터넷 창을 닫고 시계를 보았다. 어느새 저녁이었다. 컴컴한 거실을 둘러보았다. 불을 켜야지, 생각만 하다가 한참 후에야 겨우 자리에서 일어섰다. 혼자 밥을 차려 먹다 남편 생각이 났다. 서울에는 눈이 오지 않았다. 낮에 통화할 때 남편의 목소리는 들떠 있었다. 엄청나게 눈이 온다고, 그런 눈은 처음 본다고. 그런데 왜 사진 한 장 보내지 않는 걸까? 남편은 종종 풍경 사진이나 공사 현장, 먹고 있는 음식 사진 따위를 보내곤 했는데. 나는 밥을 먹다 말고 휴대폰 화면을 열었다. 아직도 눈 많이 와? 한참이 지나도 남편은 답이 없었다. 나는 주방 정리를 한 뒤 욕조에 뜨거운 물을 받았다.

옷을 벗고 욕실 거울 앞에 섰다. 머리를 쓸어올리자 흰머리가 드문드문 눈에 띄었다. 팔뚝에는 보기 싫게 살이 올라 있었다. 그리고…… 갓 태어난 민준을 품에 안고 젖을 물릴 때에는 가슴 모양 따위 어찌되든 안중에도 없었다. 그때는 그랬다. 호르몬 때문이었을까? 그러니까, 그때 나는 정상이 아니었던 걸까? 그럼…… 지금은?

욕조 안으로 발을 넣는데 휴대폰이 울렸다. 남편이었다. 막상 전화가 오자 받고 싶지 않았다. 벨은 한참 울리다 끊겼다. 이어서 메시지 알림음이 들렸다. 미안, 아까 회의중이어서. 별일 없지? 나는 답을 하지 않고 욕조에 몸을 담갔다. 연호. 문득 그 아이의 이름이 떠올랐고 이어서 그 환한 웃음이, 매끈한 손가락과 단단한 어깨가. 문득이라고? 아니다. 나는 그 아이가 떠난 후 줄곧 같은 생각을 하고 있었다. 그 사실을 깨닫자 어이가 없었다. 고개를 절레절레 흔들었다. 자꾸 웃음이 났는데 어처구니가 없어서 그러는 것이라고 생각했다. 니가 돌았구나, 드디어. 혼잣말을 했고 욕실이라 목소리가 울렸다. 나는 입을 다물었다. 혼자인데도.

민준은 열시가 넘어 돌아왔다. 연호 어머니가 차로 데려다주셨어.

연호 엄마 봤겠네?

당연히 봤지. 왜?

예뻐?

응? 모르겠는데? 비슷해.

뭐가 비슷해?

뭐 그냥, 엄마랑 비슷하다고.

남편에게서 또다시 전화가 왔고 나는 침대에서 전화를 받았다. 눈이 많이 와서. 남편은 또 눈 타령이었다. 오늘 주수진 아들이 집에 왔었다?

누구 아들?

전에 말했잖아. 왜, 옛날에 그 연예인. ○○ 회장 내연녀.

아, 그 주수진. 그래? 민준이랑 친하대?

학원 같이 다니잖아. 나도 첨 봤네. 덩치가 좋아. 근데 한국말도 잘 못하면서 할말은 다 하고, 좀 웃겨. 참, 자기 블러드 아보카도라는 말 들어봤어?

민준이는 잘 있지?

응? 잘 있지. 영화 보고 좀전에 들어왔거든. 주수진이 데려다줬대. 근데 주수진이랑 내가 비슷하대.

남편의 웃음소리가 들렸다. 어디가? 궁금하네. 나도 한번 보고 싶다.

자기가 왜 보냐? 집에는 언제 오는 건데? 수상해. 재미가 좋은

가봐?

나보다 자기가 더 신난 거 같은데? 남편은 큰 소리로 웃었다.
주무세요, 민준 어머니.

조심해.

응? 뭘?

뭐긴 뭐야.

남편은 다음주 금요일 밤에 도착할 예정이라고 했다. 나는 침
대에 누웠지만 잠이 오지 않았다. 남편의 지나치게 큰 웃음소리가
마음에 걸렸다.

*

주말 오후가 되었고 나는 염색을 하기 위해 미용실에 들렀다가
미용사가 권하는 펌까지 하기로 했다. 머리가 완성되기를 기다리
는 동안 오랜만에 손톱 관리도 받았다. 어려 보이는 관리사는 내
가 버건디 컬러를 고르자 겨울에는 역시 버건디라며 고객님처럼
흰 피부에는 더 잘 어울릴 거라고 싹싹하게 말했다. 여자는 매끈
하고 탄력 있는 손으로 내 손을 잡았다. 아무것도 바르지 않은 손
톱이 깔끔하게 정리되어 있었다. 네일 아트 안 하시나봐요? 내가
묻자, 가끔 쉬어줘야 하거든요, 저도 진한 색 좋아하는데, 내 손에
크림을 바르며 대답했다. 그녀의 손이 내 손을 부드럽게 감쌌다.

이어서 간단하게 마사지를 해주었다. 여자의 손이 닿을 때마다 기분좋은 나른함이 퍼져나갔다. 관리사는 손톱에 크림을 바르고 큐티클을 떼어내기 시작했다. 나는 손을 맡긴 채, 일에 집중하고 있는 그녀를 바라보았다. 살짝 부푼 볼과 빛을 받아 솜털까지 보이는 매끄럽고 탄탄한 목선이 아름다웠다. 문득 내가 몇 살쯤으로 보이는지 묻고 싶었다. 대신 나는, 피부가 정말 좋네요, 부러워요, 그녀는 손에서 눈을 떼지 않은 채 쑥스러운 듯 웃었다. 제가요? 아닌데요. 감사합니다. 그러나 여자는 끝까지 내 외모에 대한 말은 하지 않았다.

엄마, 연호 오늘 우리집에서 자도 돼? 집으로 가는 길에 민준에게서 전화가 왔다. 갑자기?

얘네 엄마가 어디 가셔서 집이 빈다고 나보고 자기 집에 가자는 걸……

민준과 통화를 끝내기도 전에 나는 차를 돌려 근처 백화점으로 향했다. 백화점 외부에는 벌써 크리스마스트리가 화려한 불을 밝히며 서 있었다. 반짝이는 장식들을 보자 문득 캐럴이 듣고 싶어졌고 조금 설레기까지 했다. 나는 지하 식품 매장을 돌며 카트에 우유와 블루베리를 담았다. 아보카도는 들었다 다시 내려놓았다. 스테이크용 소고기와 샐러드용 채소, 트러플 오일까지 계산하고 베이커리에 들러 몽블랑과 카늘레도 샀다. 뭔가 자꾸 더 사고 싶었지만 시간이 부족해 바로 집으로 돌아왔다.

음, 맛있는 냄새. 민준이 가방을 내려놓으며 말했다. 아이들에게 찬바람이 묻어 있었다. 패딩을 벗은 연호는 검은 트레이닝복 차림이었다. 연호는 저번처럼 내게 눈을 맞추고 인사했다. 어, 헤어스타일이. 그는 내 머리를 가리켰다. 예뻐요.

아, 이 느끼한 놈. 민준이 웃으며 욕실로 향했다. 우리 이거 사 왔는데. 연호가 비닐봉지를 식탁 위에 올렸다. 불닭볶음면, 핫바, 스누피가 그려진 고카페인 커피우유, 훈제 계란. 이런 거 좋아해? 내가 웃으며 물었다. 네, 특히 이거. 연호는 불닭볶음면을 들어 보였다. 나는 오일에 재워둔 스테이크가 떠올랐다. 레인지 위에서 단호박수프 끓는 냄새가 났다.

주수진은 동물보호협회 사람들과 봉사활동을 하러 지방에 내려갔다고 했다. 엄마가 동물을 아끼시나보구나. 연호는 샐러드를 포크로 찍으며 말했다. 동물도 아끼고 골프도 아끼고.

우리 아빠도 골프 마니안데. 민준의 말에 나는 건성으로 고개를 끄덕였다. 연호는 트러플 소스가 입에 맞지 않는 듯했다. 새벽에 필드 나간다고 자고 오는 거예요. 자주 그래요. 연호는 묻지도 않은 말을 했고 순간 나는 그의 눈빛에 쓸쓸함이 스치는 것을 보았다. 운동하시면 좋지. 좋은 일도 하시고. 오븐에서 알림음이 울렸고 나는 스테이크를 꺼냈다. 민준은 오늘 무슨 날이냐며 호들갑을 떨었다. 엄마, 설마 애 온다고 고기 구운 건 아니겠지? 민준의 장난기 섞인 말에 나는, 맞는데? 연호 온다고 한 건데, 하고 천연덕스럽게 대답한 후 슬쩍 연호의 표정을 살폈다. 연호가 웃었다. 민준이 뭐라 더 말하기 전에 나는 덧붙였다. 전에 사둔 거야. 엄마가 까먹고 있었어.

접시를 깔끔하게 비운 민준과 달리 연호의 음식은 잘 줄지 않았다. 맛이 별로니? 내가 묻자 아니요, 맛있어요, 답하면서도 연호는 포크로 스테이크 조각을 찔러 입에 넣고 오래 씹었다. 민준이 연호의 접시에 있는 스테이크를 한 점 찍어 먹었다. 배가 불렀냐? 엄마, 사실 연호가 운동할 때 고기를 너무 많이 먹어서 질렸대. 그래서 맨날 떡볶이, 라면 이런 것만 처먹, 아니 먹는다니깐. 연호는 반박하지 않았다. 핫, 스파이시, 그런 거 원래 좋아해요.

나는 아이들이 사온 컵라면 포장을 뜯고 물을 올렸다. 연호는 볶음면을, 나는 스테이크를, 식사를 일찌감치 마친 민준은 레모네이드를 앞에 두고 식탁에 다시 앉았다. 부드러운 안심에서 육즙이 흘러나왔지만 나는 맛을 제대로 느끼지 못했다. 자극적인 라면 냄새와 고기 냄새가 뒤섞여 식탁 위가 어지러웠다. 맛있냐? 아주 흡입을 하네. 아, 안 되겠다. 민준은 매운 소스 때문에 입술이 빨갛게 된 연호를 보다가 자기도 먹겠다며 자리에서 일어났다. 앉아. 나의 단호한 목소리에 둘이 동시에 나를 바라보았다. 내가 해줄게. 짐짓 밝은 목소리로 말하고 자리에서 일어나 커피포트에 다시 물을 올렸다. 싱크대에는 먹다 남은 스테이크가 버려져 있었다. 조리대 위에 수프와 샐러드도 남아 있었다. 아이들은 보기 싫

은 뻘건 면을 잘도 먹어댔다. 식사를 마친 연호는 스누피가 그려
진 우유팩을 열었다. 이거 대박. 연호는 새 우유 하나를 내게 내밀
었다. 선물이에요.

식사를 마친 아이들은 방으로 들어갔고 나는 부엌 정리를 했
다. 남은 음식을 보관할까 하다가 내키지 않아 모두 버렸다. 싱크
대에 버려진 음식물이 꼴 보기 싫었다. 서둘러 식기세척기를 돌리
고 식탁을 닦는데 연호가 손에 휴대폰을 든 채 방에서 나왔다. 저,
엄마가 좀 바꿔달라고. 나는 얼떨결에 휴대폰을 받고 다른 손으로
는 급히 머리를 다듬었다. 화면 속에서 주수진이 나를 보고 있었
다. 우리는 서로 어색하게 웃으며 인사를 나누었다. 주수진은, 연
호를 재워줘서 고맙다, 다 큰 애가 굳이 거기를 가서, 진작에 연락
을 한번 드렸어야 했는데, 그래도 덕분에 안심이 되고요, 등의 말
을 했고 나는 뭐라고 했더라. 아니라고, 같은 반 친군데 당연하다
고, 봉사활동도 하시고, 추운 날씨라고, 그런 말을 했겠지. 어느
순간 주수진이 연호를 찾았고 내가 고개를 돌리자 연호가 한 손으
로 내 어깨를 잡고 몸을 바싹 붙여왔다. 비누 냄새가 섞인 체취가
났다. 우리는 함께 주수진을 보았다. 우리의 얼굴이 한 화면에 작
게 떴다. 엄마, 이제 됐지? 연호가 말하는데 주수진의 옆에 낯선
남자 얼굴이 언뜻 보였다. 연호가 휴대폰을 쥐고 있는 내 손 위로
자신의 손을 포갰다. 나는 손을 빼며 얼버무리듯 인사하고 물러났
다. 둘은 잠깐 영어로 통화를 했는데 연호는 무언가 불만이 있는

듯 대답만 겨우 하는 것 같았다. 나는 못 들은 척 몸을 돌려 그릇 정리를 했다. 전화를 끊은 연호가 내게 말했다. 엄마가 고맙대요. 저도 고마워요. 연호는 씩 웃어 보이고 방으로 들어갔다.

갑자기 단것이 먹고 싶어졌다. 냉장고에서 카늘레와 커피우유를 꺼냈다. 거실에 앉아 텔레비전 볼륨을 줄인 채 카늘레를 먹었다. 우유는 달고 진했다. 휴대폰을 열어보니 남편에게 전화가 와 있었다. 엄마들 채팅방에는 이번 기말고사 시험 범위에 대한 불평과 새로 생긴 과탐 학원의 설명회 정보들이 올라와 있었다. 그 사이에서 나는 연호라는 이름을 발견했다. 연호 담배 피우다 걸렸대요. 학교서도 맨날 엎드려 잠만 잔다고. 주수진은 뭐하나 몰라. 나는 채팅창을 한참 보고만 있다가 과탐 학원 어떠냐고 궁금하지도 않은 질문을 남겼다. 엄마들의 답변이 이어졌고, 나는 또 우는 이모티콘을 남기고 화면을 닫았다.

연호는 갑자기 반에 들어와 물을 흐리고 있는 아이였다. 그리고 민준은 연호와 친해 보였다. 민준이 연호의 영향을 받을까? 모르는 일이기는 했으나 크게 걱정스럽지는 않았다. 민준은 너그러운 성격처럼 보이지만 사실 그렇지 않았다. 중학교 때부터 혼자 계획을 세워 빼놓지 않고 실천하려 하는 강박증 같은 것이 있었다. 민준을 싫어하는 아이들은 없었으나 절친도 딱히 없었다. 민준은 자신만의 바운더리가 명확했다. 내가 저랬거든, 신기하네. 남편은 싫지 않은 눈치였다. 나는 남편의 그 좁은 바운더리 안에 들어간 사람이었다. 아무에게나 쉽게 곁을 허락하지 않는 남편이 좋았고 그 안에서 나는 안락함을 느꼈다. 그러나 나는 간혹, 혹시 민준이 나를 닮은 것은 아닌가 걱정스러웠다. 남편은 딱 한 번 내게 그런 말을 한 적이 있다. 너랑 같이 있어도 너무 혼자인 기분이 들 때가 있어. 그때 나는 아마, 그건 당신 기분 탓이라고 했을 것이다. 누구나 때때로 외로움을 느낀다고. 나 역시 그렇다고. 그러나 사실은 속을 들킨 기분이었다.

방에 들어와 남편에게 전화를 걸었다. 남편은 진행중인 공사에 대해 말했고 클라이언트가 까다롭고 약간 사이코 같긴 하지만 작품 하나 또 나올 것 같다며 설렘을 드러냈다. 기분이 좋은가보네.

아니, 뭐. 딱히 나쁠 건 없다는 거지. 예산 걱정은 없어서.

오늘 주수진 아들 우리집에서 잔다.

그래? 준이랑 정말 친한가.

글쎄. 아직 모르지. 주수진이 전화를 했더라고. 화상 통화.

그랬어?

어떤 남자랑 있더라. 곧 애들 시험 기간인데, 골프 치러 갔다나 봐. 말은 무슨 봉사활동이라는데.

좋네. 골프도 치고. 남쪽은 좀 따뜻하니깐.

그렇게 돌아다녀도 괜찮은가. 애가 불쌍해.

남 일에 신경쓰지 말자.

아니, 걔가 나한테 선물이라면서 커피우유를 줬어. 스누피 그려진 거 알아, 자기? 근데 고카페인이라더니 진짜 심장이 막 뛴다? 나 지금 손 떨려.

너 카페인에 약하잖아. 이 시간에 그걸 왜 먹어. 남편의 주위가 시끄러워졌다. 여자 목소리도 들린 것 같았다. 나 지금 회식이라.

나는 전화를 끊었다. 주수진의 얼굴이 떠올랐다. 얼굴은 금방 알아보았지만 스타일은 화면으로 보던 것과 많이 달랐다. 거의 이십 년이 지났으니 당연한 건지도 몰랐다. 그러나 짧은 단발에 화장기 없는 얼굴은 고등학생 아들을 둔 엄마로는 보이지 않았다. 그녀의 옆에 있던 남자는 누구였을까? 연호는 아빠가 있다는 말은 하지 않았는데.

밤 열두시가 넘어가는 시간까지도 잠이 오기는커녕 점점 말똥말똥해졌다. 나는 조용히 방을 나와 민준의 방문 앞에 서서 귀를 기울였다. 아무런 소리도 들리지 않았다. 따뜻한 허브티와 쿠키를 챙겨들고 민준의 방을 노크했다. 기척이 없어 조심스레 문을 열어 보았다. 민준은 침대에 누워 자고 있었고 연호는 바닥에 기대어 이어폰을 낀 채 휴대폰을 보고 있었다. 연호는 나를 보더니 자리에서 일어나 조용히 나왔다. 민준이는 언제부터 잤어?

음, 좀전에요. 갑자기 눕더라고요, 잔다고. 나는 아직 공부중인 줄 알았다고, 잠자리를 미리 정해줬어야 했는데 미안하다고 했다. 아뇨, 괜찮아요. 이거, 먹어도 돼요? 연호가 허브티를 가리켰다. 우리는 거실 소파로 와서 앉았다. 아까 그 스누피 마셨더니 정말 잠이 안 오네. 연호가 웃었다. 난 원래 늦게 자요. 밤에 하와이 친구들이랑 톡 하느라. 그런데…… 저건 트웜블리예요?

연호가 거실 구석의 그림을 보고 물었다. 나는 연호의 입에서 트웜블리라는 말이 나와서 내심 놀랐다. 아니, 저건 옛날에 내가 그린 거. 그런데 트웜블리를 아는구나. 나는 대학 때 트웜블리를 좋아했다. 그러나 그림을 그만둔 것도 어쩌면 트웜블리 때문인지도 몰랐다. 누구나 내 그림을 보고 트웜블리를 떠올렸다. 아류라든가 거의 표절이라든가. 그걸 뛰어넘었어야 했는데. 영향을 받은 것, 계보를 잇는 것과 아류 사이에 뭐가 있는 건지 나는 이해하지 못했다. 어쩌면 내게는 그를 뛰어넘어 새로운 뭔가를 이루고 싶은 마음이 없었는지도 모르겠다. 모든 사람이 야망에 넘치는 건 아니니까……

연호 역시 트웜블리를 좋아한다고 했다. 내가 미술을 전공했다는 걸 알자 눈을 빛내며 반가워했다. 방학하면 다시 하려고요, 그림. 대학은 한국에서 가려고? 음, 잘 모르겠어요. 엄마는 이제 여기서 살 거래요…… 남자친구랑. 아까 휴대폰 화면으로 잠깐 보았던 남자가 떠올랐다. 그렇구나. 연호가 미술을 좋아하는구나. 창밖으로 맞은편 아파트의 불빛들이 보였다. 거실에는 스탠드 하나만 켜져 있었고 우리가 말을 멈추자 주위는 더 어둡고 고요하게 느껴졌다. 자정이 넘은 시각에 연호와 둘이 거실에 앉아서 이야기를 나누고 있다는 사실이 낯설었다. 낯설고 이상한 감정. 적절하지 않다는 걸 알면서도 이 시간이 영원히 지속되길 바라는 순간이 있다. 이런 기분을 전에도 느껴본 적이 있는데. 그게 언제였더라.

연호와 이야기를 나누다 나는 몇 가지 사실을 알아냈다. 연호의 친부는 사람들이 말하는 그룹의 회장이 아니라 주수진의 초등학교 동창이라는 것. 그러나 주수진은 그가 아닌 하와이의 한 사업가와 결혼했으며 현재는 이혼하고 다른 남자친구가 있다는 것. 하와이에 호텔이 있기는 하지만 주수진의 친정 쪽 사업이라는 것. 그리고 연호는 학교를 일 년 늦게 들어가 지금 열여덟 살이라고 했다. 한국 나이로는 열아홉. 연호가 민준보다 한 살 많다는 사실이 나는 왜 기뻤을까. 우리는 목소리를 낮추어 속삭이듯 대화를 이어갔다. 민준이 깨지 않기를 바라며. 우리는 서로 좋아하는 아티스트와 언젠가 보았던 인상적인 작품들에 대해 한참 이야기했다. 연호가 이렇게 똑똑한지 몰랐네.

애들은 내가 바본 줄 알아요. 한국말 잘 못하고. ……그러면 바보 같으니까.

그렇지는 않을 거야.

당신도 그렇게 생각했으면서.

그렇게 말하고 연호는 나를 조용히 응시했다. 연호의 오른쪽 눈은 왼쪽보다 조금 작았다. 묘한 비대칭을 이루는 얼굴. 순한 눈동자와 언뜻언뜻 비치는 그 안의 공허. 나는 왜 그걸 알아볼 수 있었을까. 나도 그래. 나도 사람들이 바본 줄 알거든.

그런데 아니잖아요, 바보. 연호의 얼굴에 미소가 번졌고 그 미소가 내게로도 옮겨왔다.

그런가? 사실, 잘 모르겠어. 나는 자리에서 일어났다. 어느새 두시가 가까워오고 있었다.

연호는 집에 돌아가서 자겠다고 했다. 손님방이 있다고, 너무 늦었다고 말렸지만 애초에 자고 갈 생각은 아니었다며 점퍼를 입었다. 현관에서 신발을 신고 나가려던 연호가 돌아보았다.

같이 갈래요?

나는 웃었고, 웃는 나를 연호는 웃지 않고 바라보았다. 내가 고개를 젓자 연호가 작게 말했다. 나는 무슨 말인지 알아듣지 못했다. 뭐라고? 그는 다시 천천히 말했다.

One to one correspondence. 그걸 한국말로 뭐라고 하죠?

연호가 떠난 후 나는 발코니로 가서 섰다. 그러나 곧 뒤로 물러났다. 아래를 내려다보고 싶은 만큼 나는 두려웠다. 연호가 올려다볼까봐. 나를 발견할까봐.

너, 담배 피운다고 하던데 정말이니? 그러면 되겠니. 엄마가 아시니? 이런 말들을 했어야 했을까? 나는 밤새 소파에 앉아 같은 생각을 반복했다. 연호의 체취를, 따뜻하고 커다란 손과 단단한 어깨를, 같이 갈래요, 하고 물을 때의 그 눈빛을. 홀로 돌아서는 뒷모습과 함께. 그를 따라갔다면 어땠을까. 혹시 내가 잘못 들은 건 아닐까? 그런데 연호는 나의 무엇을 알아본 것일까.

민준이 방문을 열고 나오다가 나를 보고 흠칫했다. 어우, 깜짝이야. 엄마 뭐해? 벌써 일어난 거야? 여섯시였고 해는 아직 뜨지 않아 어두웠다. 새벽 공부를 한다는 민준을 위해 나는 다시 부엌으로 갔다. 소고기죽을 끓여 민준을 불렀다. 그 자식 좀 이상해. '그 자식'이 연호를 말한다는 것을 알았으나 모르는 척 물었다. 누구? 누구긴, 이연호지. 왜? 나는 무심을 가장하여 물었다. 같이 공부하자더니 옆에서 아무것도 안 하고 멍때리고. 신경 쓰여서 그냥 자버렸어. 근데 언제 갔대? 나는 열두시쯤 갔다고 말했다. 그래도 친구를 옆에 두고 혼자 자는 건 좀 너무했다.

친구는 뭐, 담임이 신경써주라 그래서 몇 번 같이 다닌 거지. 귀찮아. 내년엔 절대 반장 안 해야지. 죽 맛있다. 엄마도 먹어요.

One to one correspondence. 일대일대응. 연호가 했던 말이었다. 나는 정오가 지나 잠이 들었고 일어났을 때에는 또 해가 지고 있었다. 일대일대응이 가능한 관계가 있을까? 나는 남편에게 메시지를 보냈다. 한참 뒤에 남편에게서 답이 왔다. 불가능. 그게 끝이었고 날이 지나도록 남편에게서는 연락이 없었다. 왜 그런 걸 묻냐고 남편이 물어보면 뭐라고 답하는 게 좋을지 생각하고 있었는데. 그러고 보니 남편은 내게 그런 종류의 질문을 잘 하지 않았다. 좋아? 재밌어? 나 없이도?

달라진 것은 없었다. 나는 그저 채팅방을 좀더 열심히 확인했고 아파트 단지 내 편의점에 종종 들렀다. 불닭볶음면과 스누피 우유를 사서 혼자 먹어보기도 했다. 그리고 매일 산책을 나갔다. 일부러 마스크에 모자까지 쓰고 나갔지만 간혹 마주치는 엄마들은 언제나 나를 알아보았다. 그래서 나는 주로 늦은 밤에 나가서 연호가 사는 302동 뒤쪽의 공원을 구석구석 돌았다. 그리고 또다시 302동을 지나 집으로 돌아왔다. 민준은 다음주로 다가온 기말고사 준비로 학원과 독서실을 바쁘게 오갔다. 연호는 독서실 안 다니니? 지나가듯 물었는데 민준은 응, 하고 말았다. 하루는 충동적으로 차를 몰고 백화점에 갔다. 연호에게 어울릴 만한 셔츠를 사면서 나는 설렜다. 연호에게만 주면 이상할 테니 주수진을 위해 적당한 장갑도 하나 샀다. 그리고 남편과 민준의 옷도 골랐다. 마지막으로 화장품 매장에 들러 향이 좋은 보디 오일을 내 몫으로 하나 샀다. 집으로 돌아올 때에는 어떻게 선물을 전하는 게 자연스러울지 생각하다가 라디오에서 나오는 멜로디를 따라 흥얼거렸다. 처음 듣는 노래였다.

주수진 부산으로 이사간다네요. 채팅방에 뜬 소식이었다. 애가 내년에 고3인데 생각이 있는 거냐, 어차피 특례입학이라 상관없다, 남자 따라 간다더라, 또 유부남인가, 학교 물 흐렸는데 전학 간다니 땡큐다 등등의 말들. 사정이 있겠죠. 나는 글을 올린 후 바로 후회했다. 삭제 버튼을 누를 새도 없이 사람들이 먼저 읽어버렸다. 채팅방은 금방 조용해졌다. 나는 우는 이모티콘을 보냈다.

아무도 답을 달지 않았다. 맞는 말 아닌가라는 생각보다 왜 참지 못했을까, 하는 마음이 더 컸다.

*

남편은 조금 핼쑥해진 얼굴로 돌아왔다. 덥수룩한 머리칼 사이로 흰머리도 늘어 있었다. 남편은 내게 선물을 내밀었다. 로로피아나의 캐시미어 머플러. 미리 크리스마스 선물이라고 했다. 혼자서 고생 많았지? 남편은 웃는 얼굴로 내 표정을 살폈다. 이거 사울 정신이 있으면 이발이나 좀 하고 오지 그랬어. 머쓱해하는 남편과 함께 나는 미용실로 향했다. 남편은 굳이 함께 가자고, 오랜만에 보는데 좀 같이 다니자며 내 팔을 끌었다. 이발하고 같이 와인 보러 가자.

미용실 입구에서 우리는 연호와 마주쳤다. 주수진은 카운터에서 계산중이었고 옆에 서 있던 연호가 우리를 발견했다. 안녕하세요. 연호는 우리 둘을 번갈아 보았다. 주수진은 패딩 점퍼에 에코백을 들고 있었다. 서로가 누구인지 확인한 후 우리는 호들갑을 떨며 고개를 숙였다. 미리 인사드렸어야 했는데, 아닙니다 저희가…… 이런 대화들. 예전에 팬이었어요. 남편이 주수진에게 손을 내밀었고 둘은 악수했다. 주수진은 휴대폰으로 본 것보다 더 수수했고 생각보다 체구가 작았다. 내가 기억하는 스크린 속의 그녀와는 완전히 다른 사람 같았다. 퇴폐미 같은 것은 찾아볼 수 없었고 웃을 때 인상이 선해 보였다. 연호는 멀뚱히 옆에 서 있었다. 나를 바라보지도 않았다. 아니, 내가 연호의 눈을 피했던가. 연호는 주수진과 같은 캔버스화를 신고 있었다. 엄마, 가자. 늦겠다. 연호가 주수진의 팔을 잡으며 말했다. 그래그래. 주수진이 연호의 머리를 쓸어넘겼고 연호는 가만히 손길을 받았다. 저희 애한테 얘기 많이 들었어요. 감사해요. 덩치만 컸지 애기예요. 우리는 또다시 고개를 숙이고 인사를 나누었다. 안녕히 가세요.

남편이 머리를 자르는 동안 나는 소파에 앉아 잡지를 펼쳤다. 주수진과 함께 있던 조금 전의 연호는 내가 며칠간 수도 없이 떠올렸던 연호가 아니었다. 주수진은 연호에게 무슨 얘기를 많이 들었다는 걸까. 버건디 매니큐어가 벌써 군데군데 벗겨지기 시작해 보기 흉했다. 이걸 봤을까. 나는 내가 걸치고 있는 옷과 구두, 그리고 가방을 살폈다. 나는 언제부터 이런 차림이 자연스러워진 걸까.

주수진 팬이었어? 집으로 오는 길에 내가 물었다. 팬은 무슨, 예의상 하는 말이지. 야, 언제 적 주수진이야. 길에서 보면 못 알아보겠더라. 그냥 좀 예쁜 아줌마? 나는 남편의 말투가 거슬렸다. 왜, 수수하니 보기 좋던데. 사람들은 너무 함부로 말해. 잘 알지도 못하면서. 남편이 나를 바라보는 게 느껴졌지만 나는 앞만 보고 걸었다. 나도 이제 그냥 아무거나 입고 다닐까봐. 싼 거. 남는 돈으로 기부도 좀 하고.

당신 역시 순진해. 아까 주수진이 오데마피게 차고 있던 거 못 봤어? ……수수하기는.

나는 주수진의 비싼 시계보다, 남편이 그 짧은 순간에도 그걸 알아봤다는 게 더 실망스러웠다.

민준은 독서실에 가고 없었지만 혹시 몰라 현관에 보조 체인까지 채우고 우리는 옷을 벗었다. 침대에서 우리는 편견이 없는 편이었다. 우리는 침대에서 말하기를 좋아했다. 평소에는 쓰지 않는 말들. 우리만의 사적인 언어들. 밖에서는 결코 쓰지 않는, 의미의 잉여가 없는 단어와 어조들. 엎드려, 벌려봐, 박아줘, 뒤로, 개처럼, 더 깊게, 더 세게, 좆나 맛있어…… 우리는 평소의 우리를 잊었다. 일부러 더 저급하게 굴었고 그게 우리를 흥분시켰다. 어쩌면 섹스를 할 때에만 우리는 온전히 일대일대응이라 할 수 있는 관계가 되는 건지도 모르겠다. 오직 그 짧은 순간에만.

예전에 나는 남편에게 허벅지나 엉덩이, 팔뚝 같은 부위를 깨물어달라고 한 적이 있었다. 처음에는 장난처럼 시작했는데 점점 강도가 세져서 피멍이 들 정도가 되었다. 나는 고통의 깊이만큼 쾌감을 느꼈다. 처음에 어색해하던 남편도 나중에는 사람들이 왜 때리고 맞는 것에 흥분하는지 알 것 같다고 했다. 그러나 민준이 태어나고 자라면서 그런 것은 그만두었다. 멍이나 상처처럼 겉으로 티가 나는 행동은 하지 않기로 했다. 아이를 키우면서 어떤 것들은 참을 필요가 있다는 것을 깨달아갔다.

남편과 나는 거의 한 달 만에 함께 누웠다. 나는 금방 달아올랐지만 그건 남편의 테크닉 때문이 아니라 다른 사람을 떠올렸기 때문이었다. 죄책감도 들지 않았다. 절정에 다다랐을 때 나는 남편의 등을 손톱자국이 날 정도로 세게 끌어안았다. 사랑해. 나도 모르게 말을 내뱉고 아차 싶었지만 태연한 척 남편을 안고 숨을 골랐다. 우리는 다시 원래의 우리로 돌아왔다. 남편이 옆에 누워 나를 바라보았다. 왜?

자기가 오늘 좀 다른 거 같아서. 남편이 왜 그런 말을 하는지 알았지만 나는 모르는 척 딴소리를 했다. 너무 오랜만에 해서 그런가? 그리고 남편이 아까 내가 했던 말에 대해 물으면 뭐라고 대답할지 생각했다. 그런 말 듣기 싫어? 좀 오글거리나? 떨어져 있어서 많이 그리웠나봐. 그리고 남편에게 안기면 남편은 나의 등을 쓸어주며 미소 짓겠지. 그리고 우리는 함께 욕실로 가서 따뜻한 물로 서로를 씻겨주고…… 그러나 이번에도 남편은 묻지 않았다. 남편은 여전히 고요한 눈으로 나를 응시하고 있을 뿐이었다. 왜? 할말 있어? 물은 것은 또 나였고 남편은 내 볼을 쓰다듬었다. 아니, 괜찮아.

나는 작게 한숨을 쉬고 건조하게 물었다. 괜찮아? 뭐가 괜찮아? 말 한마디 없이 마치 나에 대해 다 안다는 듯 차분한 눈빛으로 보고만 있는 남편 때문에 나는 가슴이 꽉 막힌 것처럼 답답했다. 순간 나는 남편에게 사실을 말하고 싶어졌다. 솔직하고 싶은 욕망이 너무 커서 나중의 일 따위는 어찌되건 상관없다는 심정이었다. 나 할말이 있는데, 있잖아 내가……

순간, 남편이 내 손을 들어 자신의 입을 막았다. 나는 어리둥절했다. 내 입을 막은 것도 아닌데 말을 이을 수가 없었다. 남편이 장난스레 웃었다. 다음에, 응? 밥부터 먹자. 내가 만들게. 남편이 속삭였고 남편의 말이 닿은 내 손바닥이 가늘게 울렸다.

민준이 돌아왔을 때 우리는 따뜻하고 든든한 부모가 되어 단란하게 담소를 나누었다. 민준과 남편이 잠자리에 든 후에도 나는 홀로 깨어 있었다. 깊게 가라앉아 있던 감정의 덩어리들이 순간순간 명치께로 올라와서 나는 자꾸 한숨을 내쉬었다. 남편의 규칙적인 숨소리를 한참 듣고 있다가 가만히 일어나 거실로 나왔다. 시간은 세시를 넘어가고 있었다. 나는 손에 잡히는 대로 외투를 꺼내 입고 집밖으로 나왔다. 마스크도 휴대폰도 챙기지 않았다.

겨울의 밤은 매섭게 추웠다. 외투 안에는 파자마가 전부였고 양말도 신지 않아 발목에 차가운 바람이 날카롭게 감겨왔다. 나는 그제야 숨통이 트였다. 위를 올려다보니 그 시간까지도 불 켜진 집들이 눈에 들어왔다. 무얼 하고 있을까. 누구를 기다리는 걸까. 두서없는 생각을 하다 302동 앞에 멈췄다. 몇 개의 불빛들. 연호의 집이 몇층인지도 나는 몰랐다. 나는 걸음을 옮겨 공원으로 향했다. 얼굴과 목덜미를 찬바람이 쓸고 갈 때마다 피부가 아렸지만 오히려 속은 풀리는 것 같았다. 어느 순간부터 눈물이 조금씩 났는데 너무 추워서 그런 것 같기도 했다. 공원은 예상대로 텅 비어 있었다. 잔디는 이미 오래전에 얼어죽은 것처럼 보였고 나무들은 앙상하게 가지만 남겨둔 채 떨고 있었다. 나는 크게 숨을 들이쉬며 계속 걸었다. 저래도 봄이 되면 또 난리 나겠지. 나는 앙상한 나무들을 향해 혼잣말을 했다. 그 말이 마음에 들었다. 또 난리 나겠지. 우르르 살아나서…… 또 아름답겠지.

가로등 너머로 공중화장실 불빛이 보였다. 터덜터덜 걸어가다가 근처에서 누군가의 목소리를 들었다. 나는 깜짝 놀라 주위를 둘러보았다. 화장실 옆 벤치에 누군가 앉아 있었다. 순간 두려움이 밀려왔다. 심장이 쿵쿵거렸다. 빠르게 지나치려다 앉아 있는 사람이 여자라는 걸 알았다. 나는 조금 안심이 되었다. 여자는 허술하게 머리를 묶고 낡은 점퍼를 걸친 채 다리를 달달 떨고 있었다. 거리에서 생활하는 사람 같지는 않았으나 그렇다 해도 이상할 것 없는 차림이었다. 어쩌다 이 동네까지 왔는지 알 수 없었다. 언젠가 저런 여자를 본 적이 있었다. 창백한 얼굴로 허공을 향해 누군가와 끊임없이 대화하는 사람. 여자는 한 손에 소주병을 쥐고 다른 손은 주머니에 넣은 채였다. 그게 아니라니까, 씨발년 같은 소리 하고 있네 진짜, 아유 내가 지겨워서, 너네 둘이 해 처먹고 쌈 싸 먹고 토낀 거. 여자의 말들이 띄엄띄엄 들렸다. 혹시 내게 해코지를 하는 건 아닐까 두려웠다. 그러나 여자에게 나는 보이지 않는 것 같았다. 무사히 여자를 지나쳐 공원 입구에 다다랐을 때 나는 그녀가 궁금해졌다. 집으로 돌아가고 싶지 않았다. 나는 망설이다 결국 발길을 돌려 다시 그녀가 있는 곳으로 향했다.

여자는 여전히 그 자리에서 간혹 소주를 마시며 소리치기도 하고 웃기도 했다. 여자의 입에서 하얗게 입김이 나왔다. 나는 용기를 내어 좀더 가까이 다가갔다. 저기요. 저기요. 여자가 나를 힐끔 보고 금방 눈을 피했다. 예상과 달리 여자는 무슨 잘못을 저지른 사람처럼 주눅든 어조로 내게 빠른 속도로 말했다. 아니 그게 아니구요, 언니가 오해하시는 건데요, 그래서 좀 이해하셔야 하는 게요, 하는 두서없는 말들. 안 추워요? 나는 벤치로 다가가 가장자리에 조심스럽게 앉았다. 여자가 내 쪽으로 고개를 돌리자 술냄새가 물큰 풍겨왔다. 나는 숨을 멈추었다. 여자가 갑자기 돌변해서 공격할까봐 불안했다. 그러나 여자는 주춤 일어섰다가 곧 다시 앉았다. 그리고 또다시 혼잣말을 하기 시작했다. 지금이 섣달 아니야? 너 정신머리, 내 말이 맞지, 무궁화가 진짜 좆같은 게 뭐냐면, 이제 나도 없어 그 쌍놈의 새끼들이, 하는 이해할 수 없는 말들이 이어졌다. 나는 코트 소매로 코와 입을 감싸고 그녀의 시선이 머무르는 곳을 따라가보았다. 거기에는 아무것도 없었다. 여자는 무엇을 보고 있는 것일까? 누구와 대화를 나누는 것 같은데. 나는 한동안 그녀의 말을 들으며 가만히 앉아 있었다. 그녀의 이야기를 듣고 있으니 대화의 맥락이 조금 이해될 것 같기도 했다. 나도 말이 하고 싶어졌다. 그러나 쉽게 입이 떨어지지 않았다. 어느 순간 여자가 갑자기 깔깔대며 웃었다. 그러고는, 애기 엄마, 애기 엄마, 하고 나를 불렀다. 저요? 어떻게 아셨어요, 애기 엄만 거? 우리는 처음으로 눈을 맞추었다. 내가 반갑게 되묻자 여자는 의아한 눈으로 나를 보았다. 여자의 얼굴은 생각보다 젊어 보였다. 웅? 저 뭐야, 애기 엄마도 들었죠? 저것들이 요렇게 수그리고 자꾸만 나한테…… 여자는 내가 이해할 수 없는 이야기를 마치 대단한 비밀을 들려주는 것처럼 조심스레 말했다. 나는 여자가 자신의 세계로 돌아갈까봐 조바심이 났다. 저, 말씀중에 죄송한데요, 조금만 천천히 얘기해주시겠어요?

일을 하러 가야 되거든요. 사실 내가 말도 못하게 바빠가지구. 그런데 정말 손바닥만했다?

제가 몇 살쯤으로 보여요?

웅? 그거야 또…… 믿음, 소망…… 사랑 아니냐. 그중에 제일이 저거고, 그럼 제이, 제삼은……

여자는 결국 내 질문에 아랑곳하지 않고 다른 곳으로 시선을 돌리고는 계속해서 엉뚱한 소리를 늘어놓았다.

다리가 저려왔다. 손도 얼었고 무엇보다 못 견디게 귀가 쓰라렸다. 여자는 얼마나 추울까. 이 추위도 느끼지 못할 정도로 어디가 망가진 것일까. 나는 충동적으로 코트를 벗어 여자의 무릎을 덮었다. 이거 줄게요. 그리고 내 얘기도 좀 들어줘요. 나는 여자의 귀에 바짝 다가가 잠깐 동안 빠르게 속삭였다. 여자는 두려운 듯 몸을 움츠렸다. 나는 온몸이 덜덜 떨렸다. 말을 마치고 일어나 몇 발짝 떼었다가 여자를 돌아보았다. 여자는 코트를 뺏기기 싫은 듯 끌어당겨 손에 쥐었다. 나는 여자에게 단호하게 말했다. 아무한테도 말하면 안 돼요. 절대 안 돼요. 그리고 나는 손으로 내 입을 막았다. 여자는 멍하니 나를 바라보다 곧이어 알 수 없는 말들을 쏟아내기 시작했다. 내가 아니라 내 뒤의 허공을 바라보며.

무덤이 조금씩

*

베티 스미스. 1877~1916. 비석 양쪽 끝에는 작은 새가 마주보는 모양으로 음각되어 있었다. 아랫부분은 이끼가 끼어 얼룩이 심했고 표면은 오랜 시간 마모되어 글자가 희미했다. 비석 중앙에는 여자의 얼굴이 새겨져 있었다. 살짝 왼쪽을 바라보는 모습이었는데 귀 앞으로 늘어뜨린 곱슬거리는 머리칼과 길고 오뚝한 콧날에 눈이 갔다. 마모가 심한 다른 부분에 비해 여자의 얼굴 부분만은 유독 또렷했다. 이름 밑에는 '배우'라고 적혀 있었고 이어서 '드루리 레인의 작은 보석'이라는 글귀가 보였다. 진욱과 나는 이 '작은 보석'이라는 말의 의미에 대해 의견이 갈렸다.

체구가 작았던 거 아닐까. 진욱이 여자의 얼굴에서 눈을 떼지 않고 말했다. 아니야, 조연 배우였을 거야. 그래서 '작은 보석'이라고 비유적으로 말한 게 분명해. 내 말에 진욱은 아무런 토를 달지 않았지만 그것이 동의를 뜻하는 게 아니라는 것은 알고 있었다. 나는 내가 딛고 서 있는 땅을 내려다보았다. 불과 몇 미터 아래에 베티 스미스라는 생소한 이름의 배우가 묻혀 있다. 아직도 그녀의 뭔가가 남아 있을까? 머리카락이라든가 손톱 같은. 나는 딛고 있던 오른쪽 발을 떼고 뒤로 조금 물러섰다.

하이게이트 공동묘지는 한국의 공동묘지와는 완전히 다른 분위기였다. 안쪽으로 들어갈수록 묘비들의 간격도 크기도 일정하지 않고 삐뚤삐뚤하게 이어져 있었다. 게다가 여기저기 돋아난 잡풀들과 사람의 손을 한 번도 타지 않은 듯 가지가 제멋대로 자란 오래된 나무들이 무성했다. 이제는 이름조차 희미해진 비석들이 그 사이에서 나타났다. 앞뒤를 구분하기 힘들 만큼 엉망인 것들도 많았다. 입장료를 받아서 어디에 쓰는 것인지 의아할 정도로 안쪽의 묘지들은 방치되어 있었다. 숲속에 버려진 공동묘지가 있다면 이런 분위기일 거라고 진욱에게 말하자 그는 그래도 너무 깔끔하고 사람들이 많은 관광지보다는 훨씬 낫다고 했다. 진욱의 말에 나는 싱긋 웃었는데, 그가 조금 전에 보았던 마르크스의 묘지를 떠올리며 한 말이라는 것을 알았기 때문이었다.

진욱이 이곳을 일정에 포함시킨 것은 마르크스의 묘지를 보기 위해서였고 나는 하이게이트라는 이름이 마음에 들었다. 그러나 입장료를 받는다는 것도, 입구에서부터 마르크스의 묘지 사진을 내걸고 광고하는 것도 우리에게 실망을 안겨주기에 충분했다. 게다가 육중한 비석 위에 마르크스의 커다란 두상이 보란듯이 올려져 있는 묘비를 보고 나는 결국 웃음이 터져버렸다. 사람들의 시선이 느껴져 재빨리 손으로 입을 가렸지만 진욱은 무심한 눈빛으로 나를 흘끔 바라보았다. 나는 좀 억울했다. 진욱의 기분이 나쁜 것은 나의 웃음 때문이 아니라, 내가 웃어버린 것을 이해할 만큼 자신도 실망했기 때문일 텐데. 황금빛으로 덮인 만국의 노동자여 단결하라, 라는 문구도 어딘지 유치해 보였다. 어린 백인 커플이 묘비 아래에 장미꽃 한 송이를 올려놓았다. 이미 사람들이 두고 간 꽃들이 꽤 있었는데도 왠지 쓸쓸한 느낌이었다. 마르크스가 자신의 묘를 볼 수 없는 게 다행이라고 농담을 던지자 진욱도 굳은 표정을 풀고 고개를 끄덕였다. 진욱은 여름이 아니라 겨울이었으면 좀더 나았을 거라고 했다. 춥고 스산하면 그나마 어울릴 것 같다고. 나는 웃었고 진욱은 내 손을 잡았다. 조금 걸었을 뿐인데 그의 손에서 땀이 배어나왔다. 나는 잡았던 손을 놓고 카메라를 꺼내들었다.

8월이었지만 런던의 여름은 서울에 비해 무척 선선했다. 우리는 여기까지 찾아온 노고와 입장료가 아까워 산책이라도 할 요량으로 묘지 안쪽으로 천천히 걸어들어갔다. 진욱은 유독 사진 찍히는 걸 꺼려서 내가 카메라를 꺼내들면 먼저 앞서가버리곤 했다. 그래서 내가 찍은 사진에는 주로 그의 뒷모습만 담겨 있었다. 청바지가 무거워 보일 정도로 힘없는 걸음걸이, 뒷덜미에 띄엄띄엄 자라나는 흰머리와 어깨뼈가 도드라진 마른 등이 새삼스러웠다.

나무가 우거질수록 인적은 드물어졌고 축축한 흙냄새와 풀 향기가 짙어졌다. 하늘을 올려다보니 둥치가 커다란 나무들이 가지를 뻗어 우리를 내려다보고 있었다. 시체를 묻은 곳에서는 식물들이 더 잘 자란다고 했었지. 바람이 스치고 지나갔고 걷느라 땀이 났던 등이 서늘해져 소름이 돋았다. 여기 문 닫을 때 다 돼가는 거 같아. 내가 말했지만 진욱은 걸음을 멈추지 않았다.

진욱은 사람들이 다니는 길을 벗어나 잡풀이 무성한 안쪽으로 들어갔다. 거기에서 우리는 베티 스미스의 묘지를 발견했다. 처음에는 묘지에 각인된 여자의 얼굴이, 나중에는 배우라는 직업이 눈길을 끌었다.

진욱은 가방에서 바람막이 점퍼를 꺼내어 비석 앞 무성한 수풀 위에 깔았다. 주위는 고요했고 간혹 새가 지저귀는 소리가 들려왔다. 나는 새를 찾아 두리번거렸으나 새는 보이지 않고 소리만 들렸다. 진욱은 바닥에 깐 점퍼 위에 앉았다. 나는 이만 나가자고 했지만 진욱은 지금 너무 피곤하다며 잠깐만 쉬자고 했다. 내가 앉기를 기다렸다는 듯 그는 내 허벅지에 머리를 대고 누웠다. 여기서 이러고 있어도 돼? 내가 물었다. 왜 누가 안 된대? 아니, 땅속에 죽은 사람들이 있잖아. 내가 작게 말하자 그는 웃으며 너무 옛날에 죽은 사람들이라 이제 흙이나 똑같다고 말하고는 눈을 감았다. 그는 일 년 새 얼굴이 핼쑥해져서 원래 나이보다 훨씬 늙어 보였다.

진욱의 손이 내 볼을 쓰다듬었다. 너도 누워봐. 달라. 나는 습관적으로 고개를 저었다가 잠시 뒤 그의 옆에 누웠다. 허벅지를 누르고 있던 그의 머리를 치우자 기분이 한결 가벼워졌다. 그의 말대로 앉아 있을 때와는 풍경이 무척 다르게 보였다. 들꽃들이 우리를 감싸주고 있었고 아무렇게나 길게 뻗어 있는 나뭇가지들과 햇빛이 닿은 초록의 이파리들이 은은하게 빛났다. 등에 닿는 흙바닥의 서늘한 기운도 싫지 않았다. 앉아서는 도통 찾을 수 없던 새들의 움직임이 보였다. 이 비석 앞에 검은 상복을 입은 이들이 모여 애도했던 날이 있었을 것이다. 비통한 표정의 하객들과 관 위에 뿌려지는 흙. 백 년 전 장례식이 있던 날, 검은 모자를 쓴 남자는 고개를 숙였고 레이스 장갑을 낀 여자는 손수건으로 입을 막았다. 그들이 슬픔에 찬 표정으로 보았던 비석 앞에 우리는 지금 이렇게 누워서 휴식을 취하고 있다. 어느 순간 그날이 오늘과 겹쳐지는 듯한 착각이 들었다. 청바지에 셔츠 차림의 아시아 커플이 어느 날 당신의 묘지에서 쉬어가게 될 것이다. 그녀의 관은 어떤 모양이었을까. 장례식이 끝난 후 사람들은 술을 마시며 서로의 표정을 살피고, 집으로 돌아가서는 내일의 계획을 말하며 사야 할 물건들에 대해 이야기하고. 오늘 장례식은 벌써 오래전 일 같아,

산 사람은 살아야지, 하며 서로를 껴안고.

자살 아니었을까? 누군가는 결국 울음을 터뜨렸겠지?

병이었을 확률이 높지 않겠어? 그 당시 저 나이면 아주 젊은 것도 아니었을 테고.

조연만 맡은 인생을 비관했을지도 몰라. 어쩌면 살해당했을지도.

우리는 백 년 전 죽은 배우에 대해 건성으로 상상의 나래를 폈다. 그러다 진욱이 말이 없어 돌아보니 잠이 들어 있었다. 가끔씩 얼굴에 닿는 바람이 기분좋은데다 여독이 겹쳤기 때문이었을 것이다. 건강했을 때 진욱은 바닥에 머리만 닿으면 잠이 드는 사람이었다. 그러나 투병을 시작한 이후로는 누워 지내는 시간이 많아져서 그런지 종종 잠을 설쳤다. 일 년 남짓한 사이 많은 것이 바뀌었다. 그를 바로 깨우기가 뭣해서 잠깐만 쉬게 두기로 했다. 새가 지저귀는 소리가 점점 멀어졌다. 이렇게 우는 새도 있었나? 시간이 지나면 관리인이 우리를 내쫓을 텐데. 이제 그만 진욱을 깨워야지. 그런데 내 눈앞에 새가 날아와 앉았다. 몸은 온통 검은데 머리 부분만 사파이어처럼 차갑고 쨍한 파란색 털로 덮여 있었다. 새는 작고 반짝이는 눈을 빛내며 나를 똑바로 바라보았다. 간혹 부리를 벌려 또로로로 소리를 냈는데 그럴 때마다 새의 붉은 혓바닥이 빠르게 떨렸다. 새가 웃었다. 새가 웃을 수도 있나? 마음속으로 생각했을 뿐인데 새는 또로로로 소리를 내며 하늘을 바라보고 또 웃었다. 여기엔 왜 왔어? 새는 매끄러운 눈동자로 내게 말했다. 어? 새가 말도 할 줄 아네? 새는 고개를 절레절레 흔들었다. You belong here. 새는 이제 영어로 말했다. 나는 새의 파란 깃털에서 눈을 뗄 수 없었다. 눈이 부시도록 차갑고 깊은 파란색. 한 번만 만져보면 안 될까? 나의 손가락이 새의 보드랍고 작은 머리에 닿으려 했다. You don't belong here. 그 작은 머리에, 그 새파란 깃털에 닿은 것 같았는데, 분명히 닿았는데, 진욱이 내 이름을 불렀다. 몸을 일으켜보니 눈앞에는 중년의 백인 남자가 서 있었다. 나는 두리번거리며 새를 찾아보았다. 꿈이 아닌 것만 같아서.

남자는 자신을 사진작가라고 소개했다. 그는 겸연쩍은 표정으로 묵직한 수동 카메라를 들어 보였다. 우리 자는 모습을 찍었대. 그리고 깰 때까지 기다렸다는데, 사실인지는 모르지. 셔터 소리에 내가 먼저 깼으니까. 바닥에 깔았던 옷을 털어 접으며 진욱이 내게 띄엄띄엄 말했다. 남자는 오십대 후반쯤으로 보였고 팔을 걷어 올린 버건디 셔츠가 잘 어울렸다. 그는 어리둥절한 내 표정 때문인지 몇 번이나 사과했다. 자신을 오해하지 않았으면 한다고 했다. 괜찮아요. 이름이 뭐예요? 생각나는 영어가 그것밖에 없었다.

자신을 헨리라고 소개한 남자는 안도한 듯 미소 지으며 손을 내밀었다. 그러나 연하고 푸른 눈동자는 어딘지 모르게 음울해 보였다. 나는 시계를 보았다. 그리고 짐짓 놀란 어조로 말했다. 어쩌지? 폐장 시간이 훨씬 지났어.

이상한 사람은 아니겠지? 진욱이 헨리가 운전하는 낡은 아이보리색 미니의 좁은 뒷좌석에 앉아 작게 말했다. 이게 말이 돼? 나 말이야, 거기서 잠이 든다는 게. 나는 노을이 번지는 창밖을 바라보며 말했다. 헨리는 우리에게 자신의 집으로 가서 식사를 하자고 제안했다. 진욱은 크게 내켜하지 않는 눈치였다. 헨리는 필름을 인화하는 데 두 시간 정도면 충분하니 원한다면 바로 보여줄 수 있다고 했다. 결과물이 우리 마음에 들지 않으면 전시하지 않겠다고도 했다. 그는 자신이 몰래 사진을 찍는 사람이 아니라는 점을 강조하고 싶은 것 같았다. 우리는 며칠 후면 서울로 돌아갈 것이고 우리의 사진이 런던의 갤러리에서 전시되는지의 여부는 어차피 알 수 없을 것이다. 그러나 나는 내가 잠든 모습을 한 번도 본 적이 없었다. 무엇보다 나는 그의 낡은 미니를 타고 드라이브를 해보고 싶었다. 여기 사는 사람들처럼.

헨리가 사는 해머스미스는 런던의 서쪽에 위치한 동네로 템스강에 인접해 있었다. 우리가 묵고 있는 첼시와도 멀지 않다는 헨리의 말에 진욱의 표정이 조금 풀어졌다. 헨리는 아담한 집들이 모여 있는 동네로 차를 몰았다. 번화가에서는 볼 수 없었던 아늑함과 고요함이 배어 있는 곳이었다. 집들은 대부분 이층 석조건물이었는데 똑같은 모양은 하나도 없었다. 집집마다 불이 하나둘씩 켜져 있었고 도로는 널찍하고 깨끗했다. 집 앞에 주차되어 있는 자동차들이 간혹 보였고 행인은 거의 없었다. 낯선 사람이 다니면 금방 눈에 띌 것 같았다. 게다가 외국인이라면 더더욱. 이런 동네에는 어떤 사람들이 사는 걸까? 내가 진욱에게 물었다.

영국 사람들이 살겠지, 영어만 쓰는. 그래서 말인데, 다 같이 있을 땐 영어로 말하자. 그게 예의잖아.

헨리는 덩굴장미와 나무 몇 그루가 있는 작은 공원 옆의 이층집 앞에 차를 세웠다. 외관이 검은 벽돌로 장식된 정사각형의 단순한 형태였는데 크지는 않았지만 단정하고 고급스러워 보였다. 창으로는 불빛이 새어나오고 있었다. 그제야 헨리에게 가족이 있겠다는 생각이 들었다. 차에서 내려 헨리에게 장미꽃이 아름답다고 했더니 그는 그곳이 공동 정원이라고 알려주었다. 진욱은 더 짙어진 노을 때문인지 눈을 찡그린 채 어딘가를 응시하고 있었다. 그리고 혼잣말처럼 중얼거렸다. 나 방금 뭔가 본 것 같아. 그의 시선을 따라가보았으나 거기엔 덩굴 사이로 보이는 비어 있는 벤치와 조금 더 멀리에 있는 작은 연못, 연못 중앙에 솟아 있는 분수대가 전부였다. 나는 분수대를 좀더 잘 보기 위해 서 있는 위치를 옮겨보았다. 분수대는 물고기를 안고 있는 천사 모양이었는데 물고기의 입에서 천천히 흘러나오는 물이 노을에 반사되어 반짝였다. 예쁘네. 곧 어두워지겠다. 내가 주위를 둘러보며 말했다. 그러나 진욱은 엉뚱한 질문을 던졌다. 봤어? 너도 봤지? 어디로 갔지?

헨리가 현관문 앞에서 벨을 눌렀다. 문을 열어준 사람은 헨리보

다 훨씬 젊어 보이는 파란 눈의 남자였다. 헨리의 눈이 연한 파란
색인 데 비해 그의 눈은 무척 짙고 깊은 파란색이었다. 피부도 까
무잡잡했다. 집안에는 따스한 온기와 함께 고소한 버터 향과 실내
특유의 냄새가 배어 있었다. 남의 집 냄새. 부엌에서 앞치마를 두
른 아내가 나올 것 같아 기다렸지만 다른 발소리는 더이상 들리지
않았다. 헨리는 우리에게 조슈아를 소개시켜주었다. 헨리의 파트
너라고 했다. 우리는 오, 그렇군요, 반가워요, 하고 지나치게 과장
된 감탄사를 섞어가며 인사했다. 예정에 없던 식사 준비를 하느라
정신이 없다며 미안하다는 말을 남기고 조슈아는 급히 부엌으로
돌아갔다. 그는 우리에게 웃으며 인사했지만 돌아서서는 왠지 이
마를 찌푸리고 있을 것만 같았다. 헨리는 개의치 않고 우리를 거
실로 안내했다. 실내는 생각보다 아담했다. 거실에는 회색의 패브
릭 소파가 있었고 커다란 창에는 하얀 레이스 커튼이 드리워져 있
었다. 테이블 위 꽃병에 가득 담긴 보랏빛 수국이 거실을 한층 환
하게 만들어주었다. 헨리는 잠깐 실례한다며 자리를 비웠다.

　남겨진 우리는 얌전히 소파에 앉아 한동안 말이 없었다. 나는
내 운동화를 내려다보았다. 좀더 예쁜 모양의 운동화를 신고 올
걸 그랬다고 생각했지만 그런 운동화가 내게 없다는 것을 깨달았
다. 그냥 갈까? 진욱이 침묵을 깼다. 나는 숙소로 돌아가고 싶었다.
이 집에 발을 들였을 때부터. 어쩌면 헨리의 차에 올라탔을 때부
터. 아니 헨리를 처음 보았을 때부터. 그러나 나는 대답 대신 자리

에서 일어나 천천히 집안을 둘러보았다. 벽지나 소파는 새것 같았으나 창틀이나 가구들은 오래되어 보였다. 나는 낡은 책장 앞에 섰다. 거기에는 책과 장식품, 액자 들이 빼곡하게 진열되어 있었다.

여자는 초록색 투피스에 검은 레이스가 달린 모자를 쓰고 있었다. 나무 프레임에 작은 조개껍데기 모양이 조각되어 있는 액자였다. 조개껍데기 사이로 먼지가 쌓여 있는 것이 보였다. 사진 속 여자는 말아올린 붉은 머리와 커다란 눈이 아름다웠는데, 미간을 찌푸린 채 입을 꼭 다물고 있는 모습이 시선을 끌었다. 커다란 눈동자는 분노로 가득차 카메라를 응시하고 있었다. 그래서 마치 나를 바라보고 있는 것 같은 착각도 들었다. 그녀는 겨우 화를 참고 있는 듯 보였다. 바로 옆에는 팔짱을 낀 채 역시나 인상을 잔뜩 찌푸리고 있는 소년이 서 있었다. 반바지를 입어 탄탄하고 곧게 뻗은 다리가 한창 성장하는 소년의 아름다움을 품고 있었다. 그러나 소년은 자신의 외모에 무심해 보였고 그 아무렇지 않은 포즈가 더 매력적이었다. 아무도 웃고 있지 않은, 빛바랜 그 사진이 이상하게 마음을 끌어 나는 한참 동안 시선을 떼지 못했다.

헨리가 한 손에는 와인, 다른 손에는 와인 잔을 들고 돌아왔다. 나는 그에게 사진 속 인물들이 누구인지 물었다. 내 전 아내와 아들이에요. 나는 오, 그래요? 하고 또다시 과장된 반응을 보이고 말았다. 어느새 진욱도 다가와 사진을 바라보고 있었다. 진욱은 눈을 동그랗게 뜨고 무슨 말인가 하려 했지만 결국 아무 말도 하지 않았다.

헨리는 거실 창을 열었다. 저녁의 시원한 바람이 실내로 들어왔고 얇은 레이스 커튼이 가볍게 공중으로 붕 떠올랐다가 천천히 가라앉았다. 우리는 웃으며 건배를 했다. 시늉만 하는 줄 알았는데 진욱이 술잔을 입에 가져가는 것을 보고 나도 모르게 그의 팔을 잡았다. 진욱의 팔이 크게 흔들렸고 와인이 흘러 진욱의 바지를 적셨다. 나는 짧게 비명을 질렀다. 헨리가 잠깐 기다리라며 급히 부엌으로 향했다. 한 잔 정도는 괜찮잖아. 진욱이 짜증을 누르며 말했다. 와인은 금방 바지에 스며들었다. 헨리가 물에 적신 작은 수건을 가져다주었다. 나는 수건으로 진욱의 바지를 문질렀다. 수건에 붉은 와인이 묻어나왔지만 얼룩은 더 넓게 번졌다. 헨리가 나를 바라보고 있는 게 신경 쓰였다. 닦을수록 망쳐버리고 있는 기분이 들었는데 그렇다고 닦지 않을 수도 없었다. 괜찮으면 내 바지를 빌려줄까요? 헨리가 물었다. 진욱은 손사래를 치며 괜찮다고 했다. 헨리는 어깨를 한번 으쓱하고는 다시 자리를 떴다. 진욱이 내게서 수건을 빼앗았다. 그러고는 그를 따라 부엌으로 가버렸다. 잠시 뒤에 부엌에서 남자들의 웃음소리가 들려왔다. 나는 창밖으로 보이는 건너편 집을 바라보았다. 이층 창의 커튼 뒤로 누군가의 실루엣이 보였다 사라졌다. 저 집에서는 어떤 냄새가 날까.

식탁 위에는 따뜻하게 익힌 채소, 버터와 허브를 올려 구워낸

통감자와 스테이크가 보기 좋게 세팅되어 있었다. 미리 묻는다는
걸 깜빡했는데, 혹시 채식주의자는 아니겠지요? 조슈아가 설마 하
는 눈빛으로 우리의 대답을 기다렸다. 나는 진욱을 바라보았다.
그럴 리가요. 굳이 말하자면 육식주의자에 가깝습니다. 그의 대답
에 모두가 웃었다. 조슈아의 웃음도 이번에는 진심으로 보였다.
그러나 진욱은 고기를 좋아하지 않았다. 아니, 소화를 잘 시키지
못했다. 그는 일 년 전에 위 수술을 받았다. 회복이 느린 편이라
아직도 하루에 두 번 약을 먹어야 했고 음식도 조심해야 했다. 우
리가 연애했던 때에는 분명 술도 고기도 즐겼는데 이제는 너무 먼
옛날처럼 여겨졌다. 삼 년도 채 안 되었는데. 그건 마치 어린아이
가 어른이 되어 떠올리는 과거처럼 생생하기는 하지만 다시는 돌
아갈 수 없는 시절과 같았다. 그는 버릇처럼 다 나으면, 이라고 곧
잘 말했지만 다시는 전과 같이 술과 고기를 즐길 수 없을 것이다.
　반짝이는 은색 포크와 나이프를 손에 쥐었다. 고기를 썰자 붉은
핏기가 배어나왔다. 군침이 돌아서 귀밑이 뻐근했다. 그러나 너
무 급해 보이지 않도록 속으로 숫자를 세어가며 천천히 고기를 입
으로 가져갔다. 우리는 그의 음식 솜씨를 칭찬했다. 아마 맛이 없
었더라도 똑같이 말했겠지만 그의 음식 솜씨는 분명 좋은 편에 속
했다. 헨리는 스파클링 워터와 와인을 잔에 따라주었다. 유리잔
이 많은 식탁은 우아해 보였다. 서울 집 식탁에는 컵이 하나일 때
도 있었다. 귀찮아서, 아니면 별생각 없이 같은 잔에 물을 따라 마

셨다. 그리고 식사를 마치면 삼십 분 후 잔에 또 물을 따라 진욱에게 건넸다. 그러면 진욱은 약봉지를 뜯고. 결혼 후 이삼 개월 정도였던가. 그가 건강하다고 믿었던 그때는 그게 아무렇지도 않았는데 지금은 그가 입을 댄 컵에서는 약 냄새가 나는 것 같아 반사적으로 숨을 참게 되었다.

여행을 자주 다니나요?

조슈아가 물었다. 여전히 그는 탐색하는 눈빛으로 우리를 바라보았다. 신혼여행이에요. 진욱이 대답했다. 정말? 조슈아가 놀란 표정으로 되물었다. 헨리의 시선이 내게로 옮겨왔다. 그들은 더 많은 이야기를 듣고 싶어하는 눈치였으나 나는 특별히 할말이 없었다.

우리의 신혼여행지는 제주도였다. 첫날밤에 우리는 이십오만원짜리 다금바리회를 먹었고 진욱은 체해서 호텔방 화장실에서 밤새 토했다. 나는 그들이 신혼여행에 대해 뭔가 물어볼까봐 계속 음식을 입안에 넣었다. 내일은 에든버러로 떠나요. 아내가 전부터 꼭 가보고 싶어했거든요. 진욱이 말했다. 진욱의 얼굴은 취기가 올라 불그스름했다. 그의 접시 위에는 고기가 반 정도 남아 있었고 감자는 거의 다 먹고 없었다. 오늘 진욱은 과식을 하고 있었다. 그러나 나는 더이상 제지하지 않기로 했다. 혹시 베티 스미스라는 배우를 아나요?

나의 물음에 일순간 모두의 시선이 내게 향했다. 베티 스미스?

헨리가 되물었다. 아니, 아까 하이게이트에서 못 봤어요? 우리가 누워 있던 그 자리가 바로 그녀의 묘지였는데. 헨리는 어깨를 으쓱했다. 영화배우는 들어본 것 같은데 하이게이트에 있는 오래된 베티는 처음 들어보네요. 오래된 베티, 라는 말에 남자들이 웃었다. 연극배우였겠죠. 그때는 영화가 없었으니까. 드루리 레인의 작은 보석이라고 적혀 있었어요. 작은 보석이라고. 왜 작다고 했을까요? 나 역시도 그녀에 대해 아는 것이 없기는 마찬가진데 나만 그녀에 대해 알고 있는 사람처럼 말했다. 그녀에 대해 더 얘기하고 싶었는데 더이상 할말이 없었다. 그런데 베티 스미스라는 영화배우가 있어? 조슈아가 헨리에게 물었다. 자기, 베티 데이비스랑 헷갈린 거 아니야? 그래, 맞아. 베티 데이비스였지. 미안. 헨리는 조슈아의 얼굴에 그의 긴 손가락을 살짝 갖다댔고 조슈아는 그손을 부드럽게 잡았다 놓았다. 헨리의 시선이 나와 부딪혔고 포크의 뾰족한 끝부분이 접시에 닿는 소리가 들린 것 같았다.

조연 배우였을지도. 작은 보석이라고 한 건. 헨리가 말했다.

부엌에 있는 문을 통하면 아담한 뒤뜰이 나왔다. 우리는 테이블을 앞에 두고 넷이 나란히 앉아 담배를 피우며 커피를 마셨다. 누구와도 마주보지 않아도 되는 게 마음에 들었다. 우리 앞에는 가로등 불빛을 받아 부옇게 빛나는 식물들 그리고 주위를 감싼 어둠과 간혹 스치는 바람이 전부였다. 헨리는 어떤 사진을 찍나요?

이번 전시 주제는 잠이에요. 그래서 주로 잠든 것들만 찍고 있어요. 무엇보다 솔직한 것에 매혹됐어요. 표정이라든가 자세라든가 하는 그 모든, 어쩔 수 없이 솔직한 것들에.

아, 저는 좀 부끄럽네요. 나의 잠든 모습을 그가 보았다는 생각에 귓불이 달아올랐다.

아니에요. 나는 무척 좋았는데 당신들 마음에 들지는 모르겠어요. 어쨌든 와줘서 고마워요.

저는 사진 찍는 걸 별로 안 좋아해서.

진욱이 끼어들었다. 최근에 건강이 안 좋아져서 몸무게가 많이 줄었어요. 원래는 이렇지 않았거든요. 진욱은 앙상한 팔을 습관적으로 쓸어내리며 바닥을 보고 말했다. 물론 지금은 회복중이고 곧 다시 원래대로 돌아갈 테지만. 나는 그의 말에 그저 고개를 끄덕여주었다.

헨리는 내가 자는 사진도 찍었다니까요. 나 몰래.

조슈아가 명랑한 목소리로 헨리에게 눈을 흘기며 말했다. 그러나 싫지 않은 표정이었다. 둘은 어떤 자세로 잠이 들까.

진욱이 잔기침을 했다. 그제야 내가 깜빡하고 진욱의 약을 챙기지 않았다는 것을 깨달았다. 화장실 좀 갔다가 약 가져올게. 조슈아는 따뜻한 물을 좀더 가져오겠다며 나와 함께 실내로 들어왔다. 내가 가방을 열어 약을 찾는 사이 그는 전기 포트에 물을 올렸다. 실례가 안 된다면, 남편에게 무슨 문제가 있는지 물어봐도 될까요? 조슈아가 작게 물었다. 약물중독이에요. 그리고 저 사람은 사실 내 남편이 아니에요. 난 그저 간병인일 뿐. 그리고 나는 손가락을 들어 입술로 가져갔다. 비밀. 조슈아의 짙은 눈이 더 진해졌다. 그는 천천히 고개를 끄덕이며 내 손을 잡았다. 크고 따뜻한 손이었다. 나는 진욱의 위장약을 그에게 대신 건네주고 화장실의 위치를 물었다. 나는 그가 알려준 대로 거실 안쪽으로 들어서다 이층과 지하로 연결되는 계단을 보았다. 조슈아가 문을 열고 정원으로 나가는 소리가 들렸다. 지하는 헨리의 작업실이라고 했던가. 나는 잠시 고민하다 이층으로 발소리를 죽여 살금살금 올라갔다.

이층에는 복도 한쪽으로 나란히 두 개의 문이 있었다. 나는 숨죽여 첫번째 문을 열어보았다. 손잡이를 돌릴 때 삐걱이는 소리가 크게 들려서 심장박동이 빨라졌다. 그곳은 침실이었다. 나는 방으로 들어가 조용히 문을 닫았다. 창으로 가로등 불빛이 희미하게 들어오고 있었다. 방 중앙에는 올리브색 이불과 하얀 베개가 가지런히 정돈되어 있는 침대가 있었다. 나는 침대 옆의 스탠드를 켰다. 은은한 빛이 방을 부드럽게 밝혀주었다. 남자 둘이 쓰는 방이라고 하기에는 너무 깔끔했다. 은은한 향기까지 감돌았다. 나는 침대에 앉아 손으로 이불을 쓸어보았다. 베개 냄새도 맡아보았다. 향수 같기도 하고 세제 같기도 한 희미한 향기가 났다. 다른 쪽의 베개에서도 비슷한 냄새가 났다. 어떤 것이 헨리의 것일까. 그는 조슈아의 몸을 안으며 전 아내의 이름을 부르는 실수 같은 건

하지 않았을까. 널찍하고 적당히 딱딱한 매트리스. 이런 침대에서 자면 잠이 잘 올 것 같았다. 잘 모르는 사람의 방에서 잘 모르는 사람의 침대에서 잘 모르는 사람의 베개를 베고. 진욱은 자면서 땀을 많이 흘렸다. 수술 후 최근까지도 하루의 대부분을 누워서 보냈다. 자주 세탁을 해도 베개와 이불에서 금방 냄새가 났다. 해가 쨍하게 들어오는 곳에서 마음껏 빨래를 말리고 싶었다. 아무 냄새도 나지 않을 때까지.

침대 맞은편의 전신 거울에 내가 보였다. 나는 자리에서 일어나 포즈를 취해보았다. 짧은 커트머리와 낡은 청바지. 갈색도 검은색도 아닌 어두운 눈동자. 내 눈동자가 파란색이거나 아니면 에메랄드빛이거나 아니 그렇게 예쁜 색이 아니더라도 좀더 밝기만 했어도 완전히 다른 사람처럼 보였을 텐데. 내 삶도 완전히 달라지지 않았을까. 더 좋거나 더 나쁘거나. 문득 거실에서 본 사진 속 여자의 화난 눈빛이 너무나 또렷하게 떠올랐다. 마치 내가 그 사진을 눈앞에서 직접 찍은 것처럼. 나는 거울 속에서 멍청하게 서 있는 여자를 응시했다. 그러다 침대 위의 쿠션을 집어서 옷 속에 쑤셔넣었다. 배가 터질 듯이 솟아올랐다. 거울 앞에 서서 마치 아이가 들어 있는 것처럼 천천히, 소중하다는 듯, 배를 쓰다듬어보았다. 잘 어울린다고 생각했다. 문득 평생 임신부로 살고 싶다는 생각이 들었다. 아이는 영영 낳지 않고. 그게 어쩌면 나와 제일 잘 어울릴 것 같았다.

방에는 욕실이 딸려 있었다. 거기에는 새것처럼 단정하게 접힌 하얀 수건이 걸려 있었다. 칫솔 두 개와 면도기가 각각 다른 컵에 들어 있었고 수도꼭지 손잡이는 구식이었으나 청동 빛깔이라 예뻤다. 욕실은 물기 하나 없이 깨끗했다. 타원형의 욕조 옆에는 향초와 목욕용품이 가지런히 놓여 있었다. 우리집에는 욕조가 없다. 욕실은 습해서 곰팡이가 금방 피어올라 일주일에 한 번씩 락스로 청소를 해야 했다. 락스 냄새를 맡으면 나도 모르게 팔에 힘을 주어 바닥이며 변기를 벅벅 문질렀고 어금니를 꽉 깨물게 되었다. 허리를 펴고 거울을 보면 미간에 주름이 잡힌 지친 표정의 내가 있었다.

누군가의 발소리가 들리는 것 같았다. 화장실을 못 찾아서 부득이하게 이곳을 써야 할 만큼 급했다는 변명을 영어로 어떻게 말해야 자연스러울까. 나는 급히 욕실 문을 잠갔다. 그러나 시간이 지나도 아무도 문을 두드리지 않았다. 나는 거울이 달려 있는 수납장을 열어보았다. 거기에는 예상대로 여러 가지 물건이 가지런히 정리되어 있었다. 향수와 향초들, 수건, 비누, 구급상자와 약병들. 그리고 지우개만한 상자가 있었다. 그것은 면도날이 들어 있는 상자였다. 상자에서 칼 하나를 꺼내 얇은 종이를 벗겨내자 예리하고 반짝이는 칼날이 드러났다. 손목을 그어버릴까. 내가 오늘의 주연이 되어볼까. 이렇게 가볍고 작은 무기라니. 나의 살은 부드럽고, 단단한 칼날은 금방 내 손목을 파고들겠지. 처음에는 서늘하다가 뒤이어 비명도 지르지 못할 만큼 깊고 예리한 통증이 온몸으로 퍼질 테고. 이렇게 깨끗한 욕실을 검붉고 비린내 나는 피로 가득 채우게 되겠지. 그러면 그 피는 누가 치우지? 내 피를 닦으면서 땀을 흘릴 거야. 욕을 할지도 몰라. 그래도 하루가 지나면 이곳은 지금과 다름없이 깨끗한 비누 향을 풍기겠지. 면도날을 보고만 있는데도 손목이 아린 기분이었다. 날을 불빛에 비추어 자세히 살폈다. 흠이라곤 없는 예리한 금속. 이걸 삼켜볼까. 삼킬 때 목구멍으로 피가 가득 차오를까. 나는 침을 꿀꺽 삼켰다. 그것만으로도 칼날이 식도에 깊게 박히는 통증이 생생하게 상상되었다. 그러자 갑자기 눈물이 나려 했다. 참기가 힘들어서 나는 천장을 바라보았다. 눈이 빨개질까봐 걱정이 되었다. 그래서 베티 스미스를 떠올렸다. 베티의 곱슬머리, 베티의 눈동자, 사십오 도 각도로 왼쪽을 바라보는 베티, 주인공의 대사를 외우는 베티, 뒤에 서 있는 베티, 퇴근하는 베티, 내가 모르는 베티. 나는 면도날을 제자리에 두고 약병을 살펴보았다. 진통제를 하나 꺼내어 먹었다. 수돗물이 달았다.

가만히 문을 열고 나왔는데 헨리가 침대에 걸터앉아 있었다. 나를 보고는 자리에서 일어나 희미하게 웃었다. 아, 미안해요. 난 손을 씻으려고 했는데.

헨리는 당황하는 내게 손을 저으며 신경쓸 필요 없다고 했다. 그러나 쿠션을 넣어 불룩한 배를 보고는 말을 잇지 못했다. 그는 눈썹을 치켜뜨며 어색하게 웃었다. 나는 쿠션을 빼서 헨리에게 건넸다. 그는 그것을 받아들고 조용히 말했다. 따뜻하네요.

난 서울에서 임부복 모델로 일하고 있어요.

나의 말에 헨리가 흥미를 보였다. 영국에서는 임부복을 따로 사입는 사람이 많지 않다고 했다. 보통은 헐렁한 셔츠나 운동복을 입는다며 신기해했다. 당신 아내도 그랬나요?

그때는 너무 오래전이라, 보통은 원피스를 입었던 것 같은데. 기억이 잘 안 나네요.

아들이 무척 잘생겼던데. 지금 그앤 몇 살이에요?

죽었어요. 열네 살 때.

그가 너무 평온한 표정으로 말해서 내가 잘못 들었나 하는 생각이 들 정도였다.

자살했어요. 불같은 기질을 타고났거든. 제 엄마를 꼭 닮아서.

난 배가 불러본 적이 한 번도 없어요. 그런데 배에 보형물을 차고 임부복을 입으면 진짜로 임신부가 된 기분이 들어요. 곧 아이가 나올 것처럼. 끔찍하죠?

나는 웃었다. 내 웃음소리가 침실에 공허하게 떠다녔다. 이제 그만 내려가봐야겠어요.

그래요, 난 옷 좀 갈아입고 작업실에서 인화를 할 테니 조금만 기다려줘요.

나는 흐릿하게 부유하는 헨리의 푸른 눈을 바라보았다. 주황빛

조명 아래 볼에 하얗게 돋아난 수염이 보였다. 손을 들어 그의 얼굴을 쓰다듬고 싶었다. 내 얼굴을 그의 얼굴에 갖다대고 비비고 싶었다. 그러면 우리는 서로의 얼굴을 감싸안고 깔깔거리며 웃을 수도 있을 텐데.

나 여기서 자고 가도 돼요? 하루만.

나는 한국어로 말했다. 헨리는 의아한 표정으로 나를 바라보았다. 미묘하게 변하는 그의 눈빛을 응시하며 나는 말을 이었다.

하루만 재워줘요. 내가 마음에 들면 그다음, 그다음날도 계속. 나는 지금 너무 집에 가고 싶은데, 영영 그리워만 할 수도 있을 것 같아요. 결국 돌아가지 않아도 좋을 것 같은데. 안 되겠죠?

헨리는 무슨 말인지 물었다.

노래 가사예요.

한국말은 그냥 말해도 마치 노래하는 듯 들린다며 아름답다고 했다.

정말 우리의 자는 모습을 찍었나요?

내가 방을 나오다 돌아보며 물었다.

그랬다고 생각했는데, 나도 인화해봐야 알겠어요.

*

좁은 미니 뒷좌석에 앉아 인영은 작게 콧노래를 흥얼거렸다. 차에서 내려 주위를 둘러보는 인영의 눈에는 반짝 생기가 돌았다. 언젠가부터 나는 인영의 그 눈빛이 불편했다. 나는 한여름 스러져 가는 오후의 냄새를 크게 들이마셨다. 생전 처음 오는 곳인데도 그 냄새는 너무 익숙했다. 아련하면서도 불안한 냄새. 저 멀리로 붉다못해 검게 보이는 장미꽃들이 점점이 박혀 있는 게 보였다. 꽃 덤불이 살짝 흔들렸다. 그 사이로 누런 빛깔의 자그마한 무언 가가 지나갔다. 봤지? 인영에게 물었지만 그녀는 허리를 굽힌 채 풀린 운동화 끈을 묶고 있었다. 굽힌 허리 아래로 팬티 윗부분이 보였다. 헨리를 바라보자 그가 다른 쪽으로 시선을 돌렸다.

인영은 회사를 다닌 지 얼마 되지 않아 고양이 한 마리를 데려 왔다. 누런 빛깔의 고양이였다. 새끼도 아니고 성묘도 아닌 어중 간한 크기였다. 인영의 회사 창고에 들어와 있었고 장마철인데다 가 계속 울어대서 그냥 두고 올 수 없었다고 했다. 다른 동료들은 집에 애완견이 있거나 알레르기가 있거나 고양이를 끔찍하게 싫 어하는 부모가 있거나 해서 자기가 데려올 수밖에 없었다며 함께 있으면 덜 심심하고 좋지 않겠냐며 웃었다. 인영은 그 고양이를 베티라고 불렀다. 인영은 베티를 무척 예뻐했다. 마치 아기 다루 듯이 안아주고 쓰다듬어주었다. 그러나 인영이 출근한 동안 밥을 주고 똥오줌을 치우는 것은 내 몫이었다. 공중에 털이 날려 수시 로 청소기를 돌렸다. 주말이 되면 인영은 하루종일 베티만 불러댔다. 장마가 끝나고 무더위가 막바지에 이르렀던 어느 날, 나는 창문을 활짝 열어두었다. 그리고 오랫동안 찬물로 샤워를 했다. 저녁이 되었고 베티의 이름을 부르며 인영이 돌아왔다. 눈 깜짝할 새였어. 하루종일 찾아다녔어. 이 모든 것에 대해 미안한 마음이 조금도 들지 않아서 이상했다.

일주일 후 인영은 베티의 사료와 밥그릇을 내다버렸다. 찬바람이 불기 시작했을 무렵 간혹 밤중에 발정난 고양이 울음소리가 들려왔다. 베티 아닌가? 인영이 물었다. 아직 살아 있겠어? 내가 대답하자 인영이 나를 똑바로 바라보며 나직하게 말했다.

사람이 왜 그렇게 잔인해?

내가 일부러 내보낸 걸 안다는 말인지, 죽었을 거라는 의미의 말을 아무렇지 않게 했기 때문인지 헷갈렸다. 나는 인영의 눈을 피하지 않고 되물었다. 내가 잔인하다고? 내가?

헨리의 동네는 적막하고 평화로웠다. 매달 생활비와 예상치 못한 지출을 걱정하지 않아도 되는 사람들이 사는 곳의 공기였다. 오래된 미니는 그저 그의 취향일 뿐 경제적 위치를 보여주는 지표로서는 무의미하다는 것을 그가 들고 있는 하셀블라드 중형 카메라가 증명해주었다. 그가 사는 곳은 취향이라는 것이 있는 동네였다. 집의 모양이나 가지고 있는 차, 기르는 동물들, 심지어 작은 조명이나 비누 하나까지도 주인의 취향을 드러내주었다. 나는 우리가 묵고 있는 첼시의 한인 민박으로 돌아가고 싶었다. 그러나 인영은 굳이 헨리를 따라가겠다고 했다. 인영은 영어가 서툴렀고 나는 그 사이에서 더 피곤해질 것이 뻔했다. 그러나 한편으로는 그녀가 나서서 헨리의 집에 가자고 하기를 어느 정도 바란 것도 사실이었다. 나는 약간 불쾌하기도 했고 또 궁금하기도 했다. 그러나 불쾌함과 궁금증이 몰래 찍힌 사진 때문이라고만은 할 수 없었다.

인영은 어린 커플이 장미꽃 한 송이를 마르크스의 비석 위에 놓는 것을 보고 웃었다. 인영은 예의 없이 웃음을 터뜨리거나 엉뚱한 말로 상대를 당황시키는 안 좋은 버릇이 있었다. 간혹 주의를 주었으나 쉽게 고쳐지지 않는 버릇이었다. 그러나 여기까지 와서 그녀의 기분을 상하게 하고 싶지는 않았다. 거의 이 년이나 미뤄진 신혼여행이었다. 인영은 결혼 직후에 제주도 출장을 따라왔다. 출장을 미루고 신혼여행을 바로 갈 계획이었는데 인영이 제주도에 한 번도 가보지 못했다며 함께 가도 되는지 물었다. 우리는 신혼여행을 출장 뒤로 미루었다. 회사 일정을 마친 후 바다가 보이는 횟집에서 자연산 숭어회를 두고 마주앉아 그녀는 마치 신혼여행을 온 것 같다며 환하게 웃었다.

나 임신했어. 인영은 숭어회를 입에 넣고 오래 씹었다. 그래서 그런가 비리네. 그녀가 술잔을 입으로 가져갔다. 나는 당장 어떤 표정을 지어야 할지 난감했다. 인영은 결혼 전에도 한 번 임신한 적이 있었다. 그녀는 지금 아이를 낳을 수는 없다며 수술을 했고 그 문제에 대해 크게 개의치 않는 듯했다. 그때 나는 내심 안도했다. 인영은 빈 술잔에 소주를 따랐다. 나는 술잔을 빼앗았다. 그날 밤 우리는 다투었다. 인영은 이번에도 아니라고 했다. 서울로 올라와서도 인영을 설득하려 했지만 내가 싫다면 혼자서 처리하겠다고 우기는 바람에 결국 함께 병원으로 갔다. 신혼여행은 취소되었고 인영은 내게 정관수술을 권했지만 나는 거절했다. 그후로 인영은 피임약을 꼬박꼬박 챙겨 먹기 시작했다. 그리고 불과 몇 개월 후 나는 정관수술이 아닌 위절제술을 받았고 회사를 휴직했다. 금방 복직할 줄 알았는데 회복이 더뎌져 결국 회사를 그만두게 되었다.

인영은 다니던 대학원을 휴학하고 친구가 운영하는 인터넷 쇼핑몰에 취직했다. 나는 괜찮아. 첫 출근에서 돌아와 희미한 술냄새를 풍기며 인영이 말했다. 사람들이 괜찮아. 학교에서 보던 속만 배배 꼬인 애들보다 훨씬 나아. 진작 돈이나 벌걸. 인영은 정말 괜찮아 보였다. 그러나 나는 괜찮지 않았다. 삶의 가속도가 붙어야 할 순간에 혼자 딱 멈춰버린 기분이었다.

인영은 헨리에게 문법에 맞지도 않는 영어를 계속해서 건넸다. 마치 예전부터 알던 사이처럼 구는 모습이 그녀답지 않았다. 여행을 와서 영어로 말하는 게 어색하다며 대부분 내게 대신 시켰는데, 지금은 아무렇지 않게 이것저것 물어보았다. 나는 그녀가 실수라도 하지 않을까 싶어 신경이 곤두섰다. 인영은 거실의 작은 액자 안에 들어 있는 사진을 한참 바라보고 서 있었다. 나는 우리의 발자국이 혹시라도 거실 카펫에 얼룩을 남기지는 않았나 조심스러웠다. 나는 인영의 옆에 가서 귀엣말로 작게 속삭였다. 나좀 피곤해. 머리도 아프고. 그러나 인영은 내 말을 무시하고 말없이 액자를 손에 들었다. 헨리가 우리 옆으로 다가왔다. 나는 가장 큰 액자를 가리키며 물었다. 당신이 찍었나요? 그는 고개를 끄덕였다. 남자의 손에 들린 하얀 꽃다발이 인상적이었다. 조슈아예요, 십대 때. 나는 오, 하고 감탄사를 내뱉었다. 남자 옆에 앉아 수줍게 웃고 있는 소년이 조슈아란 말이었다. 영어를 쓰면 감탄사가 쉽게 나왔다. 어렸을 때부터 잘생겼었군요. 그런데 옆의 남자는 누구죠? 사촌형. 조슈아의 첫사랑. 우리는 서로 마주보고 웃었다. 웃는 것 말고는 달리 할말이 없었다. 아름답죠? 나는 무척 아름답다고 대답해주었다. 그런데 무엇이 아름답다는 말인지 정확하게 알 수 없었다. 그저 습관처럼 쓰는 말인가.

맛을 보려던 것뿐이었는데 인영은 내 청바지에 와인을 쏟았고 헨리가 가져온 수건으로 계속 바지를 문지르는 바람에 얼룩은 더 번졌다. 지워지지 않은 와인 자국이 핏자국처럼 보였다. 나는 흉하게 얼룩진 수건을 들고 부엌으로 갔다. 헨리는 수건을 아무렇지 않게 받아들고 내게 괜찮은지 물었다. 안 그래도 빨아야 할 바지예요. 미안해요. 싱크대에서 채소를 씻고 있던 조슈아가 뒤돌아보며 말했다. 신경쓰지 마요. 그는 얼룩진 내 바지를 흘끔 보았다. 나는 괜스레 더 무안해졌다. 그의 손으로 물줄기가 쏟아지고 있었다. 얇은 셔츠 위로 도드라진 탄탄한 어깨의 굴곡과 팔까지 유연하게 이어진 근육에 눈길이 갔다. 반면에 헨리의 어깨선은 부드러웠다. 금빛 털로 무성한 피부는 탄력을 잃어가고 있었다. 그런데도 이상하게 둘은 잘 어울렸다. 둘이 어깨에 손을 두르거나 볼에 키스하는 모습이 우리보다 자연스럽게 느껴지는 건 왜일까. 빨리 작업을 하려고 했는데 이 아가씨가 날 안 놔주네. 헨리가 장난스레 조슈아의 엉덩이를 쳤다. 세팅 정도는 자기가 해줘야지, 뻔뻔한 아저씨야. 나와 헨리는 함께 웃었다. 내 웃음소리가 제일 컸고 조슈아는 웃지 않았다.

예의상 음식을 많이 남길 수가 없었다. 가능한 한 오래 씹고 천천히 먹었다. 그러나 고기는 생각보다 질겼고 너무 덜 익혀서 피냄새가 역했다. 바싹 익힌 삼겹살에 쌈장이나 생마늘을 곁들여 먹고 싶었다. 이제 그 정도는 먹을 수 있을 것 같은데 버터에 구운 스테이크와 치즈를 뿌린 샐러드는 먹을수록 느끼해서 자꾸 와인에 손이 갔다. 인영도 나와 같은 마음인 듯 먹고는 있지만 즐기고 있는 것 같지는 않았다.

둘은 어떻게 만났어요?

인영이 갑자기 질문을 던졌다. 잠깐의 침묵이 우리 사이를 맴돌왔다. 인영도 분명 눈치를 챘을 텐데 일부러 모르는 척, 궁금한 눈빛을 바꾸지 않고 둘을 번갈아 바라보았다. 예전부터 알던 사이였어요. 헨리가 쥔 나이프가 빛에 반사되어 반짝였다. 언제부터요? 인영이 재차 물었다. 나는 그녀를 바라보았다. 내가 보고 있다는 걸 알면서도 인영은 그들에게서 시선을 떼지 않았다. 조슈아의 목덜미가 불그스름해진 것이 술 때문만은 아닐 것이었다. 혹시 베티 스미스라는 배우를 아나요? 내가 일부러 끼어들어 화제를 바꾸었다. 누구요? 헨리가 되물었다. 베티 스미스라고, 아까 우리가 누워 있던 그 자리가 바로 그녀의 비석 아래였는데. 아, 그 베티. 잘 알죠. 헨리가 술잔을 들었다. 나는 그가 이야기하기를 기다렸다. 베티 스미스는 사실 배우가 아니었어요. 물론 드루리 레인 같은 유명 극장에서 연기를 할 기회도 없었지. 헨리의 말에 우리는 눈을 동그랗게 뜨고 귀를 기울였다. 베티 스미스는 아름다웠지만 너무 작았어. 비정상적으로. 헨리는 손을 들더니 식탁 높이에서 멈췄다. 우리의 시선은 그의 손으로 쏠렸다. 그건 그녀의 유언이었어요. 헨리의 어조에서 안타까움이 느껴졌다. 비석에 거짓말을 쓰기도 하나요? 인영이 음식을 삼키고 물었다. 비석에 진실만을 적는다고 누가 그러던가요?

식사를 마친 후 우리는 뒤뜰에 있는 의자에 나란히 앉아 담배를 피웠다. 수술 후 처음 피우는 담배였다. 회사에서 돌아온 인영에게서 종종 담배 냄새가 났지만 내 앞에서는 피우지 않았다. 담배를 한 모금 빨고 연기를 공중에 내뿜을 때엔 건강했던 때로 돌아간 기분이 들어 나도 모르게 미소가 떠올랐다. 그러나 곧 어지럽고 속이 매스꺼워져 결국 얼마 피우지 못하고 꺼버렸다. 인영은 옆에서 불쾌한 얼굴로 연기를 길게 내뿜고 있었다. 헨리가 내 안색을 살피더니 괜찮은지 물었다. 나는 괜찮다며 손을 들어 보였지만 위가 아파오기 시작했다. 나는 인영에게 약을 갖다달라고 부탁했다. 담배를 비벼 끄는 인영의 손등에 핏줄이 도드라졌다. 인영은 웃지 않을 때면 기분이 안 좋은 사람처럼 보였다. 언제부터 그랬더라.

조슈아가 런던은 여름에도 밤기운이 차니 뜨거운 차를 가져다주겠다며 인영을 따라 들어갔다. 나는 의자에 등을 기대고 천천히 숨을 몰아쉬었다. 간혹 온몸의 피가 발바닥으로 쏠리는 느낌이 들면서 기운이 쭉 빠져버릴 때가 있었다. 그런데 왜 하필 지금인지. 화를 내고 싶었는데 누구에게 내야 할지 알 수가 없었다. 나는 입안으로 웅얼거리며 욕을 내뱉었다. 혼자 오랫동안 누워 지내며 몸무게가 빠지는 대신 욕이 늘었다.

헨리가 나를 바라보았다. 아까, 혹시 노란 고양이 못 봤어요? 내가 물었다. 노랗고 컸는데. 고양이고. 나는 더이상 설명할 말을 찾지 못해서 자꾸 같은 단어만 반복했다. 헨리는 이 동네에 고양이는 앞집에 사는 검은 고양이뿐이라고 했다. 게다가 집밖에 나오는 일은 없다고 했다. 길에 사는 고양이 같던데. 내가 말하자 아마 그건 고양이가 아니라 여우일 거라고 했다. 여우? 그래요, 이 동네엔 여우가 살거든. 그래서 고양이가 없지. 아마 뭔가 노란 동물을 봤다면 그건 여우였을 거요. 하지만 작았거든요. 나는 손을 들어 크기를 가늠해 보여주었다. 여우도 크지 않아요. 고양이라고 생각해서 고양이처럼 보였겠죠.

얼굴을 본 것은 아니었다. 그러나 여우일 거라는 생각은 하지 못했다. 간혹 우리집 담장 위에 올라가 있기도 해요. 사람들이 공동 정원에 고기를 갖다놓기도 하고. 아주 깜찍한 녀석이지. 한국엔 여우가 없나보죠?

나는 고개를 저었다. 동물원에나 가야 있을까. 그런데 그 여우는 이름이 있나요?

헨리는 어깨를 한번 으쓱해 보이고는 말이 없었다. 눈가의 깊은 주름이 커다란 그의 눈과 잘 어울렸다. 아까 그 누런 털은 베티였다. 그러나 런던까지 날아왔을 리가 없잖아. 왜 그 순간 베티를 떠올리고 심지어 가슴이 두근거리기까지 했을까. 나는 손바닥으로 얼굴을 쓸어내렸다. 뼈와 얇은 피부만이 만져지는 건조한 감촉이었다. 이 모든 것이 태생의 문제이지 나의 의지와는 너무나 무관하지 않은가. 나는 술 담배도 많이 하지 않았는데. 예민한 성격도 아닌데. 위장병도 유전인 것인가. 수술 후 한두 달 새 십오 킬로가 빠져 마치 십 년은 지난 것 같은 얼굴이 되었다. 지금은 오십육 킬

로그램으로 이 킬로가 늘었다. 키가 더 자라거나 줄지 않은 건 다행인가. 동네 마트에 치약을 사러 가다가 보았던, 내장이 터진 채 길가에 죽어 있던 고양이는 베티가 아니었다. 짧은 순간 두서없는 생각들이 머리에 떠올랐다 사라졌다. 위장 끝이 찌릿했다. 이것은 좋지 않은 신호. 화장실을 찾아 들어가기엔 너무 늦었다. 나는 자리에서 일어서서 정원 구석으로 걸어갔다. 허리를 펴기 힘들었다. 인영은 약을 가지러 가서 왜 안 오는 것일까. 왜 아직도. 위장이 뒤틀렸다. 뒤에서 누군가 다가오는 소리가 들려 손을 들어 있는 힘을 다해 흔들었다. 저리 가. 오지 마. 그러나 입에서는 말 대신 조금 전에 먹었던 덜 익힌 고기와 붉은 와인이 쏟아져나왔다. 마치 피처럼. 시큼한 냄새가 훅 끼쳤다. 목구멍이 아렸다. 이제는 익숙한 통증이지만 그렇다고 아프지 않은 것은 아니었다. 할 수만 있다면 배를 갈라서 위장을 갈기갈기 찢어버리고 싶었다. 나는 일어서서 한 손으로 콧물을 훔쳤다. 뒤돌아서 그들을 다시 보아야 한다는 사실이 너무도 끔찍했다. 베티는 죽었어. 내가 본 건 아니지만. 그건 여우였지. 좀더 자세히 볼걸. 오늘은 이 집 담을 넘어오지 않을까. 하늘에 달은 보이지 않았고 달빛만 희미하게 구름을 비추었다.

화장실에서 입을 헹구고 거울에 비친 모습을 보았다. 눈동자만 살아 있었다. 어쩌면 죽은 건 베티가 아니라 내가 아닐까. 나는 내가 살아 있다고 착각하는 게 아닐까. 손바닥으로 뺨을 때려보았다. 찬물로 세수를 했다. 허리가 굽은 채 길가에 앉아 있는 노인이 천천히 지나가는 마른 고양이를 집요하게 눈으로 좇았다. 저걸 삶아 먹으면 약이 될 텐데. 어디 잡을 수가 있어야 말이지. 머리가 으깨진 채 길가에 죽어 있던 고양이는 베티가 아니었나?

헨리는 인화를 하러 작업실로 내려갔고 조슈아는 거실에서 차를 마시자고 했다. 정원 구석에 구토를 해놨으니 아마 더러워서 그런 걸 거라 짐작했다. 소파에 앉자 조슈아가 내 얼굴로 손을 뻗어왔다. 나는 흠칫 놀라서 반사적으로 손을 피했다. 아, 미안해요. 얼굴에 물기가 묻어 있어서. 조슈아는 본인도 놀랐다는 듯 웃으며 말했지만 민망한 표정이었다. 나는 네가 게이라서 피한 건 아니라고 말하고 싶었다. 그러나 사과를 할 타이밍조차 놓치고 말아 차가 맛있다는 말이나 할 수밖에 없었다. 조슈아는 낡은 엘피판을 턴테이블에 올렸고 잠시 뒤 음악이 흘러나왔다. 푹신한 소파에 몸을 묻고 따뜻한 차를 마시자 천천히 몸에 온기가 돌았다.

인영은 지하에서 올라왔다. 헨리가 작업실을 구경시켜주었다고 했다. 인영은 내가 토한 것에 대해 놀라지 않았다. 아 유 오케이? 인영이 무심하게 물었다. 이제 괜찮아. 조슈아가 함께 있어서 우리는 영어로 말했다. 오늘 너무 많이 먹었어. 인영이 마치 엄마처럼 말했다. 내게 영어로 말하는 인영은 다른 사람처럼 보였다. 나도 다른 사람처럼 보이니? 인영에게 묻고 싶었다. 빨리 숙소로 돌아가 내가 아는 그녀의 어깨에 기대어 졸고 싶었다. 재즈를 좋아하세요? 인영이 조슈아에게 물었다. 조슈아는 고개를 까딱하고 긍정의 미소를 지어 보였다. 나도 좋아해요. 인영이 뜻밖의 대답을 했다. 그녀는 음악을 듣지 않았다. 연애할 때에도 재즈라고는 쳇 베이커의 〈마이 퍼니 밸런타인〉을 한두 번 함께 들었을까. 그녀는 색소폰과 트럼펫도 구분하지 못했다. 인영은 조슈아에게 다가가 앨범 재킷을 받아들었다. 디지 길레스피. 오, 이게 디지 길레스피 군요. 맞아 너무 오랜만이라 잊었어요. 이 음악 제목이 뭐였더라?

튀니지의 밤.

조슈아가 말했다. 가장 좋아하는 곡은 아니지만 어쩐지 오늘은 듣고 싶었어요. 괜찮나요?

조슈아에게서는 유난히 영국식 억양이 도드라졌다. 그 억양 탓인지는 모르겠지만 좀 신경질적으로 보였다. 그는 자주 시계를 흘끔거렸다. 폭죽처럼 터져나오는 트럼펫 소리가 신경을 건드렸다. 볼륨을 좀 줄여달라고 해볼까, 무례한 부탁일까, 생각하고 있는데 인영은 다리를 까딱거리며 리듬을 탔다. 아주 마음에 들어요. 인영은 눈치 없이 웃으며 마치 영어책을 읽는 고등학생처럼 말했다. 좀더 톤을 낮추고 부드럽게 말할 수는 없는 걸까. 나는 그녀의 낯빛과 시선과 동작을 유심히 살폈다. 취한 것도 같았고 아닌 것도 같았다. 어쩌면 기분 탓인지도 몰랐다. 분명한 점은 여행 온 후로 가장 들뜬 모습이라는 것이었다.

내 할아버지가 튀니지 출신이었어요. 맞아요, 그래서 내가. 그는 어깨를 으쓱해 보였다. 나도 그를 따라 어깨를 으쓱해보았다. 보기 좋아요. 나는 진심이었는데 그는 습관처럼 고맙다고 대답했다. 조슈아는 확실히 백인이라 하기엔 검고 아랍 쪽 사람이라고 하기엔 눈이 너무 파랬다. 그에게는 젊고 튼튼한 남자에게서 느껴지는 기운이 있었다. 반면 기름기라고는 한 방울도 없는 내 피부. 좋은 점만 물려받았군요, 가 영어로 뭐지? 당신이 통역 좀 해봐. 내가 그랬다고, 응? 인영이 조슈아에게서 시선을 떼지 않고 말했다. 나도 그녀처럼 미소를 띤 채 속삭였다. 그만 좀 웃어. 미친년같아.

헨리는 우리에게 연락처를 알려달라고 했다. 나는 애초에 사진을 보고 싶은 마음이 없었다. 내가 어떤 몰골로 찍혔을지는 뻔했고 그것을 다른 이들과 함께 볼 마음은 더더욱 없었다. 그는 필름 현상은 끝났으니 한 시간 정도만 더 기다려달라고 했지만 나는 빨리 떠나고 싶었다. 견디기 힘들다고 생각하자 정말로 몸이 점점 다운되었다. 그러게 왜 술까지 마셨어. 인영이 툭 내뱉었다. 나는 혹시라도 그녀가 먼저 숙소로 돌아가라고 할까봐 겁이 났다. 혼자 가는 것은 문제가 아니었지만 이곳에 인영만 남는 것이 싫었다. 사진을 보게 하고 싶지도 않았다. 헨리는 정 그렇다면 한국에 돌아가기 전에 다시 만나자고 했다. 나는 시간이 될지 모르겠다며 일단 전화번호를 받아놓았다. 헨리는 혹시 만나지 못할 경우를 대비해 주소를 남겨주면 좋겠다고도 했다. 나는 그가 내미는 노트에 이메일 주소와 집주소를 적어주었다. 알파벳과 번지수를 엉뚱하게 적은 것을 인영은 눈치채지 못했을 것이다.

인영은 마지못해 자리에서 일어섰다. 헨리가 숙소까지 데려다주겠다고 나섰지만 나는 사양했다. 인영은 옆에서 무표정한 얼굴로 가만히 서 있었다. 웃지 않는 인영의 입술은 아래로 처져 우울해 보였다.

조슈아와 간단히 작별인사를 나누고 우리는 밖으로 나왔다. 나는 걸으면서 자꾸 뒤돌아보았다. 장미 덤불 사이로 혹시 뭔가 나타나지 않을까 해서. 헨리, 하고 부르는 인영의 목소리가 조용한 밤거리에 울렸다. 당신은 조슈아를 정말 사랑하나요?

인영의 질문에 헨리는 걸음을 멈추었다. 너 자꾸 왜 그래? 무례하게. 인영은 내 말을 무시하고 헨리에게 영어로 이 사람이 저보고 무례하대요, 그런가요? 하고 말했다.

헨리는 갑자기 너털웃음을 터뜨렸다. 그래요, 당신 남편 말이 맞아요. 좀 무례해요. 하지만 괜찮아요. 우리는 다시 걷기 시작했다. 우리끼리 얘긴데, 당신은 어딘지 내 전 아내와 비슷한 면이 있어. 인영의 눈이 순간 반짝 빛나는 것을 보았다. 물론 그게 좋다는 말은 아니고. 헨리는 나를 바라보며 농담처럼 말했고 내가 웃기를 기대하는 듯해서 웃어주었다. 괜히 웃었다고 금방 후회했다.

이제 겨우 열시가 넘었을 뿐인데 거리는 너무 적막하기만 했다. 헨리의 동네를 빠져나와 큰 도로 쪽으로 나오니 작은 펍 앞에 젊은이들이 선 채로 맥주를 마시고 있었다. 우리는 도롯가에 서서 택시를 기다렸다. 자동차 불빛에 눈이 시렸다. 조슈아는 계란을 못 깨요. 헨리가 입을 열었다. 계란을 깰 때마다 그 안에서 죽은 병아리가 나올까봐 겁이 난대요. 그래서 언제나 나를 부르지. 계란 좀 깨달라고 말이지.

그가 손을 들어 택시를 세웠다. 나는 헨리와 악수를 나누었다. 무슨 말을 하려고 했는데 택시가 기다린다는 생각에 마음이 급해져서 아무 말도 하지 못했다. 그가 손을 생각보다 세게 잡아서 나도 손에 힘이 들어갔다. 인영에게도 손을 내밀었는데 인영은 그를 가볍게 안고 볼에 키스를 했다.

택시 안에서 인영은 등을 기댄 채 말없이 창밖만 바라보고 있었다. 서울에 돌아가면 베티를 찾아보자. 백미러로 기사가 나를 쳐다보았다. 누굴 찾자고? 인영이 내 쪽으로 고개를 돌렸다. 베티. 우리가 잃어버린 고양이. 아니면 비슷한 고양이라도. 인영은 어이없다는 듯 피식 웃고는 말했다. 걘 베티가 아니라 베키였어. 그리고 우리가 잃어버린 게 아니라 네가 버린 거고.

숙소에 도착하니 생각보다 택시비가 비싸서 아깝다는 생각이 들었는데 그런 생각이 드는 게 기분 나빴다. 거실에서는 배낭여행을 온 젊은 사람들이 모여서 술을 마시고 있었다. 그들은 우리에게 함께하자는 말도 하지 않았다. 잠자리에 들기 전에 나는 내일 스케줄을 확인했다. 에든버러로 가는 열차 시간을 인영에게 알려주고 알람을 맞추었다. 불을 끄고 침대에 누워 인영의 손을 잡았다. 헨리 말이야, 아들까지 있는 남자가 이젠 아들 같은 남자랑 살고. 그런데 그 집에 있을 땐 그런 게 아무렇지도 않더라. 되게 멀고 이상한 곳에 갔다 온 기분이야. 인영은 내 말에 별 반응이 없다가 한참 뒤에 말했다.

가까운데 내일 일찍이라도 다시 가볼까? 그런데 집이 어딘지 찾을 수 있을지 모르겠네.

나는 대답하지 않았다. 나는 인영과 섹스를 하고 싶었다. 그런데 마음과 달리 몸이 꼼짝도 하지 않았다. 잠에 빠져드는 순간 인영의 목소리가 들렸다. 내일 꼭 떠나야 돼?

대답을 하려고 했는데 혀가 움직이지 않았다. 잠 속으로 깊이 끌려 내려가면서 나는 인영에게 말했다. 안 가도 돼. 집으로 그냥 돌아갈까? 그런데 인영아, 나도 무서운 게 있어. 복도엔 언제나 나 혼자야. 육중한 엘리베이터 문이 천천히 열릴 때마다 그 안에 시체가 있을 것만 같아. 피가 흥건하거나 내장이 드러나 있거나 딱딱하게 굳은 채로 거품을 물고 있거나. 그건 모르는 사람일 수도 있고 아는 사람일 수도 있어. 노인이나 아기일 수도 있고 아니면 베티일 수도 있지. 나도 무서워. 문이 열릴 때마다. 하지만 그런 일은 실제로 안 일어나겠지? 점점 낫겠지? 그러나 단 한 단어도 말이 되어 나오지는 않았다.

나는 다시 전력 질주를 할 수 있을까. 있는 힘을 다해 달리고 가쁜 숨을 내쉬며 차가운 물을 벌컥벌컥 마시고도 또다시 뛸 수 있을까? 허리도 펴지 못하는 노인이 고양이를 바라보는 끈질긴 시선을 나는 깊이 이해했다.

*

어둠 속에서 여우가 정원 구석의 토사물을 먹고 있었다. 나는 발을 구르고 소리를 질러 먹지 말라는 신호를 보냈지만 여우는 잠깐 뒤를 돌아보았을 뿐이었다.

여자는 불안해 보였고 남자는 아파 보였다. 헨리는 내게 전화해서 배낭여행을 온 아시아 커플과 함께 귀가할 테니 저녁을 부탁한다고 했다. 오늘이 무슨 날인지 잊었어요? 나는 화를 참지 못하고 소리쳤다. 잊지 않았어. 헨리의 한마디에 희한하게 화가 가라앉았다. 어떻게 아는 사람들인데?

베티 스미스 묘비 아래에서 자고 있더라고. 내가 사진을 찍었거든.

헨리의 사진은 일반 사람들이 생각하는 아름다운 모습을 담는 것과는 거리가 있었다. 예쁘게 찍히길 바라는 사람들은 헨리의 사진을 좋아하지 않았다. 나는 그들을 본 순간 헨리가 왜 사진을 찍었는지 쉽게 이해가 되었다. 그들은 인종과는 무관하게 묘한 구석이 있었다. 둘은 영어가 서툴렀는데 우리와 함께 있을 때면 둘이 말할 때에도 영어를 썼다. 우리를 배려한 것이겠지만 그래서 그런지 모든 대화가 어딘지 연극적으로 느껴졌다.

헨리는 최근 들어 자주 하이게이트에 갔다. '죽음은 조금씩 움직인다'라는 제목으로 전시를 준비중이었다. 헨리의 죽은 가족들부터 그와 다양한 방식으로 관계있는 이들의 묘비들을 다니며 작업을 했는데 하이게이트에는 할아버지의 연인이었던 베티 스미스의 묘지가 있었다. 할아버지보다 아홉 살이 많았고 유난히 키가 작아 사람들은 그녀를 '작은 보석'이라는 애칭으로 불렀다. 키는 작았지만 사람을 끄는 독특한 매력이 있어 데스데모나 역으로 꽤 유명했다고, 헨리의 할아버지는 어린 헨리에게 옛날이야기를 들려주듯 말해주었다. 둘의 관계는 베티의 죽음으로 막을 내렸는데, 자살로 판명이 났으나 할아버지는 헨리에게 그건 자살이 아니라 타살이었다고, 그녀를 죽인 것은 바로 자신이라고 고백했다. 그리고 이건 둘만의 비밀로 하자며 베티 스미스의 무덤 앞에서 손가락을 걸었다고 했다. 그때 헨리의 할아버지는 치매를 앓고 있었다. 헨리는 할아버지의 말을 믿지 않았지만 이상하게 아직도 간혹 그 장면이 떠오른다고 했다. 고백을 하던 할아버지의 눈빛과 그 차갑고 섬뜩했던 미소가.

어쩌면 모두 다 거짓말이었는지도 몰라. 베티 스미스라는 여자와는 아예 모르는 사이였을지도. 아버지는 처음 듣는 이름이랬거든. 어차피 증거는 없으니까. 나는 헨리에게 그 말을 지금까지 몇 번이나 들었다. 그건 내게 하는 말이라기보다는 자신에게 하는 말에 가까웠다. 그런 이야기를 한 뒤 헨리는 언제나 침묵에 빠져들었다. 헨리가 생각하는 죽음의 끝에는 항상 데이비드가 있다는 것을 알았다. 그의 아들이자 나의 어릴 적 친구였던.

오랜 침묵의 시간이 지나면 헨리는 피곤한 눈빛으로 나를 바라보며 말했다. 누군가의 죽음에 대해 너무 오랫동안 깊게 생각하다 보면 마치 자신이 살해했거나 살해에 분명히 가담한 것 같은 확신이 든다고. 베티 스미스든 할아버지든 아니면 셰익스피어든. 그게 누구건 간에. 그래서 모든 죽음은 결국 타살이 아닐까. 언젠가는 나도 누가 죽이겠지. 물론 그게 신은 아니고, 하며 웃곤 했는데 그 모습이 내게는 우는 것처럼 보였다.

이번 전시의 주제에 대해 들었을 때 나는 헨리가 그동안 품고 있었던 어떤 침묵의 시간들을 정리하려 한다는 느낌을 받았다. 우리 사이에 놓인 데이비드의 그림자를 걷어낼 수 있다면 나는 그게 무엇이든 환영이었다. 아니, 걷어내는 게 불가능하다면 다른 빛깔을 입힐 수만 있어도 좋을 것 같았다.

나와 함께 살기로 했을 때 헨리는 아내와 살던 집을 정리했다. 말이 아내와 살던 집이지 실상은 헨리 혼자 살던 아파트였다. 그의 아내는 브라이턴에 있는 요양원에서 생활한 지 십 년이 넘었고 우리는 간혹 함께 그녀를 찾아가기도 했다. 그녀는 우리의 관계에 대해 아무런 관심도 없었다. 그저 어떻게 하면 술을 한 모금이라도 더 마실 수 있을까에만 온 정신이 쏠려 있었고 이제는 멍하게 텔레비전을 보거나 카드놀이를 하며 늙어가고 있었다. 독설을 거침없이 날리던 쾌활하고 아름다운 사람이었는데 이제는 내가 예전에 보았던 사람이 맞는지 믿기지 않을 정도로 달라져버렸다. 아니, 다른 사람이었다. 말 그대로 기억 속의 여자와 요양원의 여자는 그냥 다른 사람. 그래서 나는 가장 마음에 드는 내 어릴 적 사진을 꺼내놓고 자주 거울을 보며 비교해보았다. 나도 완전히 다른 사람이 될까봐.

나 괜찮아요? 내가 물으면 헨리는 언제나 고개를 끄덕이며 볼에 입을 맞추거나 따스한 손길로 등을 쓸어내리고는 다정한 눈빛으로 말했다. 걱정 마, 어떻게든 내가 먼저 흉해지고 있으니까. 아, 그러시군요. 나는 눈을 흘기며 대답했다. 난 당신처럼 멋있게 늙을 자신이 없는데. 그건 반은 진심이었고 반은 헨리의 기분을 좋게 해주기 위한 말이었다. 헨리는 내 의도를 알고 있었을 테지만 예의 그 부드러운 미소만 지을 뿐이었다.

헨리는 한 달 전에 은퇴를 했고 이번 전시를 마지막으로 런던에서의 삶을 정리하고 브라이턴으로 이사를 가기로 결정했다. 나와 함께 가고 싶은지 여부는 말하지 않았다. 그게 그의 방식이었고 결정은 내가 내리는 것으로 암묵적인 합의를 보았다. 이 집은 내 부모님의 집인데 몇 달 후에는 비워주기로 되어 있었다. 나는 헨리가 브라이턴에서 경제적으로 쪼들리지 않으면서 작업을 계속할 수 있도록 도와주고 싶었다. 그는 런던에서 수십 년간 사진기자로 일했지만 아픈 아내를 돌보고 때때로 전시를 하느라 모아둔 재산이 거의 없었다. 전시가 얼마나 주목을 받는지 사진이 얼마나 팔리는지에는 크게 관심이 없었고 그저 작업을 계속할 수 있다는 사실에 만족해했다. 나는 이번 전시를 위해 능력 있는 큐레이터를 섭외했고 갤러리 예약부터 에이전시와 관련된 사람들의 명단까지 미리 확보해두었다. 최선을 다해 헨리의 전시를 성공적으로 마칠 수 있도록 도울 작정이었다.

헨리는 브라이턴에 가면 평생 관광객들만 찍을 생각이라고 했다. 그런데 그곳에 가기도 전에 갑자기 관광객을 초대한 것이었다. 게다가 오늘은 우리의 기념일이었다. 함께 산 지 오늘로 삼 년째 되는 날이어서 식당도 보름 전에 예약해놓은 상태였다. 그런데 헨리는 전화 한 통으로 약속을 취소해버렸다. 나는 냉장고를 뒤져 냉동된 고기를 해동시키고 남은 채소를 죄다 꺼내어 샐러드를 준비했다. 다행히 엊그제 과일과 치즈를 사다놓은 것이 있었고 따지 않은 와인이 있었다. 헨리가 사람들을 초대하는 일은 거의 없었다. 게다가 오늘 처음 만난 사람들이라니. 관광객은 브라이턴에 가서 찍는 거 아니었어요? 물을 세게 틀어 채소를 씻으며 작게 물었다. 나는 짜증을 숨기지 못했는데 헨리는 너무나 당연하다는 듯 대답했다. 맞아. 그리고 천천히 테이블 세팅을 했다. 이번 작업에 쓸 거야. 나는 더 묻고 싶었지만 남자가 한 손에 붉게 얼룩진 수건을 들고 부엌으로 들어오는 것을 보고 입을 다물었다. 미안해요. 남자는 더러워진 수건을 쭈뼛거리며 내밀었다. 괜찮아요, 신경쓰지 말아요. 나는 짐짓 밝은 목소리로 말했다.

남자는 눈밑이 푸르스름했고 긴 셔츠를 입었는데도 너무 말라서 뼈대가 눈에 보일 정도였다. 만져보지 않아도 살이라곤 없는 마른 몸의 감촉이 느껴지는 것 같았다. 혹시 못 먹는 음식 있어요? 내가 남자에게 물었다. 그는 뭐든 다 잘 먹는다고 했다. 잘 먹는 게 거의 없을 것 같은 얼굴로. 그리고 혼자 큰 소리로 웃었다. 헨리도 따라 웃어주었다.

헨리는 일부러 작업을 하러 가지 않고 있었다. 도와주겠다는 것은 핑계였다. 헨리는 결과물이 궁금할수록 일부러 작업을 미루는 습관이 있었다. 그는 필름 카메라만 고집했는데 기대감이 큰 사진을 찍었을 때에는 식사를 하고 후식을 천천히 챙겨 먹고 뒷정리까지 하는 경우가 많았다. 그 궁금하면서도 설레는 시간을 가능한한 연장시키고 싶다고 했다. 내가 샤워를 하러 가거나 잘 준비를 할 때쯤 헨리는 작업실로 내려갔다. 그리고 새벽까지 인화를 했다. 오늘도 그런 날과 비슷했으나 사진을 보여주겠다며 직접 모델을 초대까지 해놓고 일부러 미적거리는 이유는 따로 있을 것이었다. 사진을 인화했는데 마음에 들지 않는다고 필름을 내놓으라고 할까봐 걱정되는 걸까. 몰래 찍은 게 들켜서 상황을 모면하려고 데리고는 왔는데 막상 닥치니 보여주기 싫어진 걸까. 다른 사람들에게는 인기가 없는 밋밋한 느낌의 사진일지 몰라도 나는 헨리의 작품을 좋아했다. 그에게는 빛의 흐름이나 피사체의 위치, 그리고 순간적 포즈를 섬세하게 캐치해내는 타고난 감각이 있었다. 그의 작품은 과장되지 않게 미묘한 부분에서 인물의 감정을 포착해냈다. 인물뿐만이 아니라 사물에서조차 그런 감정이 드러났다. 그러나 그런 이유로 저들은 사진을 마음에 들어하지 않을 수도 있을 것이다.

고기는 미디엄으로 구웠음에도 너무 오래 냉동되어 있어 질겼고 시즈닝을 충분히 하지 못해 간이 겉돌았다. 채소도 싱싱하지 않았다. 갑자기 준비하느라 음식이 부실한 것에 대해 사과를 했는데 둘은 맛이 좋다고 칭찬을 했다. 그들은 열심히 먹었다. 허기가 진 탓도 있겠지만 예의상 그러는 것 같아서 그렇게까지 할 필요 없다고 말하고 싶을 정도였다. 헨리는 대화가 끊기지 않도록 신경 쓰며 일부러 천천히 쉬운 단어로 말을 건넸다. 작업은 한 시간에서 두 시간가량 걸릴 거라는 헨리의 말에 둘은 별 반응을 보이지 않았다. 와인 맛이 좋아요. 남자가 말했다. 여자도 고개를 끄덕였다. 여자는 이제 남자가 와인을 홀짝여도 제지하지 않았다. 여자는 조금 전과 같은 실수를 하지 않으려는 듯 매번 조심스럽게 잔을 들었다. 런던은 마음에 드시나요? 내가 대화의 공백을 채우기 위해 말을 꺼냈다. 우린 신혼여행중이에요. 남자가 대답했다. 질문에 대한 답은 아니었지만 흥미가 생겼다. 둘은 신혼부부처럼 보이지 않았다. 오, 축하해요. 그런데 왜 여행지를 런던으로 택했나요? 아내가 에든버러에 가고 싶어했어요. 『폭풍의 언덕』을 좋아했거든요. 남자가 수줍게 말했다. 여자의 얼굴에 씁쓸한 미소가 잠깐 떠올랐다 사라졌다. 그런데 왜 에든버러에?

의아해하는 내게 헨리가 일부러 헛기침을 하며 끼어들었다. 아마 영화를 에든버러에서 찍었을 거야. 언덕이 많고 바람도 많이 불죠. 좋은 선택이에요.

예전에 좋아했어요. 예전에. 작은 목소리로 말하는 여자의 귓불이 붉게 물들어 있었다. 나는 요크로 가야 진짜 『폭풍의 언덕』과 관련된 곳을 볼 수 있다고 말해주고 싶었지만 헨리의 눈치가 보여 입을 다물었다. 그런데 남자가 말했다. 요크보다 왠지 에든버러가 끌린다고 했어요, 그때 아내는. 기억나? 남자가 여자에게 물었다. 여자는 보일 듯 말 듯 고개를 까딱하고는 계속해서 음식을 먹었다. 잠깐 동안 침묵이 흘렀다. 둘은 어디로 신혼여행을 다녀왔나요? 남자의 갑작스러운 질문에 헨리와 나는 웃음을 터뜨렸다. 우린 결혼하지 않았어요. 그러니 당연히 허니문도 없었죠.

아, 미안해요. 여자가 낯을 붉히며 대신 사과했다. 그래도 함께 여행을 간 적은 있지 않나요? 남자가 재차 묻자 여자가 남자를 바라보았다. 헨리는 그가 원하는 대답을 들려주기 위해 우리가 함께 갔었던 여행에 대해 말하기 시작했다.

혹시 아까 거기서 새 한 마리 못 봤어요? 여자가 무언가 생각난 듯 불쑥 질문을 던졌다. 새? 헨리는 의아한 표정으로 되물었다. 여자는 고개를 끄덕였다. 머리에만 파란색 깃털이 나 있는 새였는데, 이렇게 부드럽게 울고. 여자는 새소리를 흉내냈다. 혀를 떨며 진동하는 소리를 내다가, 이것보다 좀더 낮고 부드러운데, 하며 열심히 설명했다. 나는 그녀의 모습이 우스꽝스러워 웃음을 터뜨릴 뻔했지만 그녀는 더없이 진지했다. 파란 깃털이었어요, 마치 조슈아의 눈동자처럼 진한데 좀더 밝은. 아름다운 새였는데.

미안해요. 그런 새소리는 들은 것 같은데 머리만 파란 새는 못 봤어요. 헨리가 안타깝다는 듯 말했다. 여자는 무언가 더 말하려다가 그만두었다. 고개를 끄덕이며 한국말로 뭐라 중얼거렸지만 우리는 알아들을 수 없었고 남자가 여자에게 짧게 말을 던졌는데 여자는 어두운 표정으로 입을 다물었다. 까만 커트머리에 머리칼과 같은 색의 눈동자, 그리고 좁은 어깨와 쉽게 붉어지는 얼굴을 한 여자는 인형 같았다. 예쁘지는 않은. 그런 인형이 가게에 진열되어 있다면 분명 내 눈을 끌었을 것이다. 가격이 괜찮다면 살 것도 같았다. 헨리가 관심을 보이지 않는다면 나는 사달라고 조를 테고, 헨리가 마음에 들어하는 눈치라면 다시 제자리에 돌려놓을 것이다. 하지만 인형의 눈동자가 저렇게 다양한 표정을 가지고 있을 리는 없겠지. 여자는 자신의 눈빛이 얼마나 솔직한지 전혀 알지 못하는 것 같았다.

식사를 마치고 우리는 정원으로 나가 후식을 먹었다. 습도가 높은 날이라 가로등 불빛이 유독 부였다. 헨리는 천천히 담배를 피웠다. 여자가 사진에 대해 물었다. 헨리는 그동안 찍어왔던 작품들 그리고 전시에 대해 이야기했다. 그러나 죽음이나 무덤에 관한 말은 하지 않았다. 묘비나 납골당, 죽은 이들의 흔적을 찾아다닌다는 언급도 없었다. 여자는 좀 부끄럽다고 했다. 남자는 얌전히 듣고 있었으나 종종 탐탁지 않은 표정을 숨기지 못했다. 사진 찍히는 것을 좋아하지 않는 게 분명했다. 헨리는 아마 처음부터 눈치를 챘을 것이다. 그래서 설득해서 집에 데려오기까지 했는지도 몰랐다. 헨리는 내가 발가벗고 자는 사진도 찍었어요. 물론 허락도 맡지 않았죠. 그런데 허락을 했다 해도 잠이 들면 포즈를 취할 수가 없으니 난감한 일이에요. 나는 가볍게 말했다. 그래서 저도 복수를 해줬죠. 헨리가 변기에 앉아 졸고 있는 사진을 몰래 찍었거든요. 여자는 사진이 궁금하다고 했고 남자는 마지못해 조금 웃어주었다.

남자는 여자에게 약을 갖다달라고 부탁했다. 저는 회복하는 중이에요. 남자가 이마에 난 식은땀을 훔치며 말했다. 작은 수술을 받았거든요. 별거 아닌데. 여자는 한숨을 쉬듯 길게 담배 연기를 내뿜고 자리에서 일어섰다. 나는 헨리를 남자와 남겨두고 여자를 따라 실내로 들어왔다. 전기 포트에 물을 올리고 그녀에게 다가가 물었다. 남편은 많이 안 좋은가요?

네. 아마 평생 저렇게 지낼걸요, 마치 병에 중독된 것처럼. 여자는 가벼운 한숨을 내쉬고 아무렇지 않은 표정으로 말했다. 이건 허니문이 아니에요. 허니문의 반대. 그런 여행을 의미하는 말이 있나요? 음, 〈비터 문〉이라는 영화가 있긴 해요. 명작이죠. 여자는 내 말을 이해하지 못했는지 의아한 표정으로 나를 보았다. 농담이에요. 내 말에 그녀는 의례적인 미소를 보이고는 손을 좀 씻고 오겠다며 대신 전해달라고 약봉지를 건넸다. 저 사람은 아마 나보다 오래 살걸요. 사실 남편도 아니에요. 여자는 농담인지 진담인지 모를 말을 묘한 웃음과 함께 남기고 화장실 쪽으로 걸어갔다. 나는 부엌에서 물이 끓기를 기다렸다. 그런데 잠시 후에 계단을 밟는 소리가 들렸다. 여섯번째와 일곱번째 계단은 오래되어 발을 디디면 삐걱이는 소리가 났다. 이층까지 나무로 되어 있어 사람 발소리는 쉽게 구분해낼 수 있었다. 나는 숨을 죽이고 귀를 기울였다. 이층을 걷는 발소리를 분명 들은 것 같았다. 나는 조용히 거실로 들어와 화장실로 가보았다. 스위치가 켜져 있지 않았다. 여자가 이층으로 올라간 게 분명했다. 나는 잠시 고민을 하다가 우선 뜨거운 물을 준비해서 약과 함께 정원으로 가지고 나갔다. 남자가 비틀거리며 정원 한쪽으로 가로질러가고 있었다. 헨리는 몇 발 떨어져 그를 따라갔다. 무슨 일이야? 내가 물었지만 헨리는 고개를 돌려 나를 잠깐 보고는 다시 그에게로 시선을 옮겼다. 남자는 정원 구석에 서 있는 모과나무 둥치에 손을 대고 앞으로 고꾸라질 것처럼 심하게 구토를 하기 시작했다. 그 모습을 멀리서 보고 있는데 나도 모르게 미간이 찌푸려졌다. 저걸 어떻게 치우지, 하는 생각이 가장 먼저 들었다는 사실을 깨닫고는 그에게 약간 미안한 마음이 들었다. 헨리가 그에게 다가가는 걸 내가 팔을 잡고 못 가게 막았다. 남자는 한참을 앉았다 일어섰다 하다가 기진맥진한 모습으로 천천히 걸어왔다. 괜찮은지 물었으나 그는 입을 가린 채 미안하다고만 말했다. 마치 한바탕 심하게 운 것 같은 얼굴이었다. 그는 잠시 화장실에 다녀오겠다며 실내로 들어갔다. 우리는 테이블을 정리하고 거실로 들어가 소파에 앉았다. 여자가 이층에 있어요. 내가 작게 말했다. 헨리가 조금 놀란 눈빛으로 나를 바라보았다. 어디에 있다고? 나는 손가락으로 위층을 가리켰다. 화장실에 간다고 했는데 이층으로 올라갔어. 나는 낮게 한숨을 쉬었다. 기억에 남을 기념일이에요. 내 말에 헨리가 조용히 내 무릎에 손을 올렸다. 내가 올라가볼게. 남자는 한참이 지나도록 화장실에서 나오지 않았다. 나는 따뜻한 허브티를 준비했다. 여자는 도대체 위층에서 무얼 하고 있는 것일까. 겉모습만으로는 사람을 알 수 없다지만 위험한 여자로 보이지는 않았는데. 나는 부모님의 음반 컬렉션에서 엘피판 몇 장을 꺼냈다. 낡은 엘피판의 먼지를 손으로 닦아내자 부모님의 따스한 포옹이 문득 그리워졌다.

잠시 후 여자가 먼저 내려왔다. 나를 발견한 그녀가 울 것 같은 표정으로 무슨 말인가 하려고 입을 뗐다. 그런데 여자는 알아들을 수 없는 말을 웅얼거렸다. 왜인지 정확하게 설명할 수는 없지만 그 모습을 보는 순간 나는 그녀의 뺨을 후려치고 싶었다. 우는 꼴을 보고 싶었다. 그런데 내 마음을 읽기라도 한 듯 그녀가 순식간에 싸늘한 얼굴로 바뀌어서 나는 할말을 잃었다. 그때 남자가 나오는 소리가 들렸다. 남자는 세수를 했는지 얼굴 주위에 물기가 묻어 있었다. 나는 자리를 권했고 물방울이 옷으로 떨어질 것 같아 손을 내밀었는데 그가 화들짝 놀라서 나도 따라 움찔했다. 그 바람에 화는 가라앉고 내심 좀 우스워졌다. 여자는 왜 아직도 약을 먹지 않았는지 물으며 약봉지를 뜯어 남자에게 내밀었다. 남자는 말없이 약을 삼켰고 여자의 괜찮냐는 물음에 고개를 끄덕였지만 거기에 있는 누구도 그가 괜찮다고 생각지는 않았을 것이다. 그러나 여자는 그의 이마를 한번 짚어보았을 뿐 크게 걱정하는 눈치는 아니었다. 그후로 둘은 나와 눈을 잘 마주치지 않았다. 우리는 음악을 한두 곡 함께 들었고 음악이 흐르고 있는 동안은 침묵이 어색하지 않아 다행스러웠다. 남자의 눈밑은 이제 푸르다못해 거무죽죽했다. 그들과 함께 있은 지 몇 시간 되지 않았는데 아주 오랫동안 함께한 기분이었다. 가만히 다리를 뻗고 있는 그들의 발을 보았다. 남자의 검은 운동화와 여자의 회색 운동화는 크기도 다르고 모양도 달랐지만 왠지 잘 어울렸다. 마치 한 사람의 운동화처럼.

컨디션이 좋지 않고 내일 일찍 출발해야 하기에 숙소로 돌아가는 게 좋겠다며 남자가 양해를 구했다. 나는 그들이 빨리 떠나주길 바랐는데 막상 가겠다고 하니 조금 미안한 마음이 들었다. 괜찮다면 손님방에서 자고 가도 된다고 즉흥적으로 말해버렸는데 남자는 고맙지만 가야 한다고 했다. 그는 한시라도 빨리 떠나고 싶어하는 눈치였다. 반면 여자의 눈빛은 아쉬움을 드러내고 있었다. 그 눈빛을 보자 남자의 거절이 고마워졌다. 내가 지하로 헨리를 부르러 갔을 때 헨리는 눈을 감은 채 작업실 의자에 앉아 있었다.

그들은 떠났고 나는 머리가 아팠다. 예상치 못한 손님을 치르느라 신경을 쓴 탓일 것이다. 나는 두통약을 먹기 위해 이층으로 올라갔다. 침실의 침구가 흐트러져 있었다. 여자는 여기서 무엇을 한 걸까. 헨리와 둘이 얼마나 있었더라? 나는 방의 불을 다 켜고 침대 위를 살펴보았다. 여자의 검은 머리칼 하나를 발견했다. 나는 그것을 집어 변기에 넣고 물을 내렸다. 여자의 얼굴을 떠올리려 했는데 종종 바뀌던 눈빛만 떠오를 뿐 전체적인 얼굴이 금방 그려지지 않았다. 좁은 어깨와 커트머리. 입술에 자주 침을 바르던 버릇. 남자를 바라보는 무감한 시선. 그녀가 몰래 우리 침실에 들어왔다는 것이 불쾌하면서도 더이상 화가 나지는 않았다. 싸늘하게 변했던 그녀의 표정이 묘하게 나의 화까지 가라앉혔다. 나는 창문을 열고 커튼을 내렸다. 밤바람이 시원하게 방안으로 들어왔다. 두통약만 먹고 내려가서 뒷정리를 할 생각이었는데 다시 내려가고 싶은 마음이 사라졌다. 나는 옷을 벗고 미지근한 물로 샤워를 했다. 베티 스미스. 그들이 발음했던 것을 따라 말해보았다. 왜 그들은 하필 그 아래에 몸을 눕혔을까. 거기서 섹스라도 할 생각이었을까. 나는 공상을 펼치다가 피식 웃고 말았다. 이상한 저녁이었어. 나는 가볍게 혼잣말을 했지만 마음 한쪽은 무겁게 가라앉고 있었다. 이유를 생각해보았으나 그들과 나누었던 짧은 대화와 어색한 표정들만 반복적으로 떠오를 뿐이었다.

다음날 눈을 떠보니 헨리는 옆에 없었다. 창문은 닫혀 있었고 비 내리는 소리가 들렸다. 나는 가운을 걸치고 커피를 만들어 지하로 내려갔다. 헨리는 선 채로 무언가를 내려다보고 있었다. 내가 다가가자 고개를 들어 나를 바라보았는데 눈이 충혈되어 있고 수염이 조금 자란 것을 제외하면 크게 피곤해 보이지는 않았다. 그 사람들이 끝까지 사진을 보고 가겠다고 했으면 어쩔 뻔했어요? 내가 내민 커피를 받아들며 헨리는 희미하게 웃었다. 사진은 보내줄 생각이야. 그가 말했다. 생각보다 더 마음에 들어.
나는 그가 보고 있던 사진 앞에 가서 섰다. 콘트라스트를 다르게 해서 여러 장 인화한 사진이 일렬로 놓여 있었다. 나는 그 사진들을 헨리가 찍었다는 것이 믿기지 않았다. 이런 식의 작품은 그의 작업에서 본 적이 없었기 때문이었다. 헨리가 그들을 대상으로 촬영을 했다고 했을 때 나도 모르게 대략 어떤 느낌일지 머릿속으로 그리고 있었다는 것을 사진을 앞에 놓고서야 깨달았다. 내가 상상했던 느낌과는 무척 다른 작품이었다.

　중심이 되는 피사체는 다 무너져가는 베티 스미스의 묘비였다. 그리고 어제 본 남녀가 머리를 가까이 대고 누워 있었다. 정확하게 어깨 부근까지만 나오도록 찍은 사진이었다. 눈을 감은 남자는 죽은 사람 같았다. 내가 상상했던 것보다 더, 섬뜩할 정도로 물기라고는 없는 표정이었다. 고통에 시달리다가 이를 꽉 물고 죽은 사람 같았다. 남자가 마치 사진을 찍는 그 순간에 죽어버린 사람 같았다면 여자는 죽은 지 어느 정도 지난 사람 같았다. 놀라운 것은 여자가 눈을 아주 약간 뜬 채로 잠들어 있다는 점이었다. 아주 약간 눈을 뜬 채로, 눈동자가 보이는 채로. 어디를 응시하는지는 알 수 없었다. 그러나 소름이 돋아 나도 모르게 탄식 비슷한 것을 내뱉은 것은 둘 때문이 아니었다. 그건 베티 스미스 때문이었다.

　비석 중앙에 새겨진 베티 스미스의 눈동자가 둘을 무표정하게 내려다보고 있었다. 이거 봤어요? 내가 놀란 표정을 감추지 못하고 그에게 물었다. 그는 내 말에 수긍하는 듯 고개를 끄덕였다. 다른 위치에서 찍은 사진들도 있었는데 둘이 잠든 모습이 너무도 정적이고 무채색에 가까워 오히려 주위의 푸른 이파리나 나뭇가지, 야생화들 그리고 햇살의 생동감이 돋보였다.

이 사진은 빼고 주는 게 어때요? 헨리는 대답이 없었다. 묘비 위에 앉은 새를 찍은 사진도 있었다. 그리 크지 않은 까마귀였다. 나는 어제 여자가 어떤 새에 대해 말하던 것을 떠올렸다. 그 새는 파랗다고 했었는데. 내 눈동자처럼.

생각보다 사진을 많이 찍었네요. 그러니까 들키지. 나는 헨리를 쳐다보지 않은 채 농담을 던지고는 다시 처음 사진을 들여다보았다. 루페를 가져다 대고 베티 스미스의 얼굴을 자세히 확대해보았다. 분명히 눈동자랄 것도 없는 조각일 뿐이었다. 그런데 시선을 떼고 거리를 조금 두고 보면 역시 그들을 응시하고 있었다. 나는 과장되게 몸서리를 치며 헨리의 허리를 안았다. 차마 그에게 섬뜩한 사진이라고는 말할 수 없었다. 당신 작품 중에 이런 느낌은 처음인데, 왜 저렇게 찍은 거예요? 좀…… 으스스한데.

저 장면을 보는 순간 저렇게 찍는 게 맞다는 생각이 들었을 뿐이야. 알다시피 나머지는 빛의 장난이지.

헨리의 목소리가 갈라져서 나왔다.

처음엔 몰래 몇 장만 찍고 도망쳤어. 그러다 다시 돌아갔지. 그리고 기다렸어. 그들이 깨어나길. 그러면서 계속 찍었지.

헨리가 혼잣말처럼 읊조렸다. 그런데 그 여자는 모델이래.

무슨 모델?

헨리는 커피를 한 모금 마신 후 느릿하게 대답했다. 글쎄, 뭐라더라. 누드모델은 아니었는데, 하며 웃었다. 헨리가 대답하기 싫을 때 하는 버릇이었다. 무슨 모델? 나는 재차 물었다. 궁금하기도 했고 헨리에게 대답을 듣고 싶기도 했다. 저렇게 자는 사람을 알아.

어떻게요?

저렇게 눈을 조금 뜬 채로 자는 사람.

나는 그게 누군지 몰랐다. 그러나 알고 싶지는 않았다. 분명한 것은 그게 나는 아니라는 사실이었다. 나는 출근 준비를 했고 비가 멈출 기미가 보이지 않자 헨리는 나를 회사까지 데려다주었다. 비가 줄어들지 않는다면 퇴근 시간에 맞추어 데리러 오겠다고 했다. 나는 거절하지 않았다. 아직 마음의 결정을 내린 것도 아닌데 왠지 이런 일상이 얼마 뒤에는 사라질 것만 같은 아쉬움이 들어서였다. 직장을 그만두고 그곳에서 일을 구하는 것은 쉽지 않을 것이다. 크게 멀지 않은 거리니 떨어져서 관계를 유지할 수도 있겠지만 이상하게 불안한 기분을 떨칠 수가 없었다. 그렇게 되면 결국 우리는 얼마 안 가 헤어지게 될 것만 같은 예감이 들었다. 그리고 헨리 역시 말은 하지 않지만 나와 같은 생각을 하고 있다는 것을 알 수 있었다.

비는 오후가 되어 잠시 그쳤다가 저녁이 되자 더 세차게 내렸다. 그러나 헨리는 오지 않았다. 혹시 차가 막혀서 늦는가 싶어 이십분이 넘도록 기다렸지만 그의 미니는 보이지 않았고 그는 전화도 받지 않았다. 지하철을 타고 집에 도착했는데 집은 비어 있었다.

헨리는 열시가 넘어 돌아왔다. 어디 갔었냐는 물음에 그는 그저 좀 돌아다녔다고 했다. 묻고 싶은 말이 많았으나 그의 얼굴을 보는 순간 묻고 싶은 마음이 사라졌다. 나는 그에게 먹을 것을 챙겨주며 내일은 토요일이니 어제 하지 못한 기념일 외식을 하자고 제안했다. 그가 크게 기뻐하지 않으리라는 것을 알았고 나 역시 가지 않아도 상관없었지만 그냥 조르고 싶었다. 그는 내 머리에 키스를 해주며 그러자고 했다.

그는 내가 만들어준 파스타를 허겁지겁 먹기 시작했다. 맞은편에 앉아 그가 밥 먹는 모습을 보자 갑자기 눈물이 났다. 나는 우는 것을 들키지 않으려고 헛기침을 하며 거실로 나와버렸다. 체리 먹을래? 잠시 뒤에 헨리가 부엌에서 큰 소리로 물었다. 나는 마음을 진정시키고는 먹겠다고 밝게 대답했다. 냉장고 여닫는 소리가 났고 곧 싱크대에서 물이 흐르는 소리가 들렸다. 그런데 한참이 지나도 물소리가 멈추지 않았다. 부엌으로 가보니 헨리가 물속에 손을 담근 채 가만히 고개를 숙이고 있었다. 나는 헨리 곁에 다가가 물을 잠갔다. 그리고 찬물에 너무 오래 담그고 있어서 얼음장처럼 차가워진 그의 손을 꺼내 수건으로 닦아주었다. 손이 따뜻해질 때까지 오랫동안 잡고 있었다.

우리는 소파에 앉아 서로 기댄 채 쳇 베이커를 들었다. 너무 유명해서 오히려 꺼려지는 음악. 어제 그들도 멋쩍어하며 말했던 〈마이 퍼니 밸런타인〉을. 첼시에 갔었어. 헨리가 나직하게 말했다. 혹시라도 그들을 볼 수 있을까 해서.

그들이 아니라 그녀 아니고?

내 말에 헨리는 부정도 긍정도 하지 않고 말을 이었다. 하루종일 기다렸어. 전화가 오기를. 그러다가 오후엔 게스트하우스를 검색해서 다 찾아다녔어. 그냥 한 번만 더 보고 싶었거든. 정말로 있었던 사람들이라는 걸 확인하고 싶어서.

그건 변명 같은데. 아마 끌림이었을 거야. 이해돼요. 어딘가 묘한 구석이 있는 커플이었으니까.

만나면 사진을 주려 했다고 할 생각이었는데 집에 돌아오면서 보니까 사진은 챙기지도 않았더라고. 헨리는 헛헛하게 웃었다. 매혹당한 게 아니라고, 끌린 것도 아니고 그저 아파 보여서, 지쳐 보여서 안쓰러웠다고 말하는 걸 듣고 싶었는데 헨리는 결국 부정하지 않았다. 나는 엘피판을 바꾸기 위해 자리에서 일어났다. 헨리는 책장 앞에 서서 액자를 들어 유심히 바라보았다. 그녀는 데이비드를 닮았어. 데이비드라는 말에 나는 동작을 멈추었다. 웬만해서 그가 먼저 꺼내지 않는 이름이었다. 이상하지? 아무리 생각해봐도 전혀 닮은 구석이 없는데. 외모는 말할 것도 없고 성별도 나이도, 잘 알지는 못하지만 성격도. 그런데 자꾸만 그런 생각이 들더라고. 그래서 한번 더 보고 싶었나봐.

헨리는 일주일이 넘도록 그들의 연락을 기다리는 것 같았다. 그러나 그들에게서는 어떤 연락도 오지 않았고 나는 안도했다.

전시는 성공적으로 끝났고 헨리는 작지만 믿을 만한 에이전시와 계약이 되었다. 최상의 조건은 아니었으나 어쨌든 앞으로도 전시는 할 수 있을 터였다. 게다가 이번에는 작품 판매도 꽤 되어서 우리는 기분좋게 축하주를 나누었다.

죽은 사람들이 다양한 걸 다행이라고 해야 하나. 물론 내 나이 정도면 평균적인 거겠지만.

헨리는 샴페인 잔을 들어올리며 말했다. 작품 제목은 비석에 새겨진 이름이었고 괄호 안에는 생몰년도와 헨리와의 관계가 적혀 있는 식이었다. 친구의 어머니의 두번째 남편이라든가 사촌의 닥스훈트, 고모할머니의 첫사랑 같은 제목을 보면서 슬쩍 웃음이 나기도 했다. 나와 멀리 떨어진 죽음일수록 슬픔도 덜어지는 것은 어쩌면 당연한지도 몰랐다. 그러나 묘비를 바라보는 시선이 어떻든 그것이 묘비라는 사실만으로도 누군가 목덜미를 차가운 손으로 쓱 쓰다듬는 듯한 서늘함을 느끼게 했다. 그래서 비록 내가 한번도 만나지 않은 사람이나 심지어 동물이라 할지라도 결국 미소는 지워졌다. 관람객들 누구나 마찬가지였을 것이다. 죽음은 불시에 여기저기서 튀어나와 우리를 비탄에 빠지게 한다. 병마에 잠식당해 천천히 죽어가는 이를 겪게 함으로써 우리를 무기력으로 밀어넣는다. 헨리는 전시 준비 마지막까지 사인死因을 넣을 것인지 고민했다. 그러다가 결국 빼기로 했는데 생몰년도로 관객에게 상상의 여지를 주는 편이 더 나을 거라 판단했기 때문이었다. 왜 죽었는가보다는 죽음 그 자체가 더 중요했기에. 베티 스미스의 묘비를 담은 작품은 가장 많은 인기를 끌었으나 아무도 사지 않았다.

주말엔 해변을 다니면서 함께 모델을 찾아봐요.
나는 그에게 런던에 남겠다는 말을 정확하게 하지 않았다. 그러나 자연스레 서로 그렇게 이해하고 있었다. 기분 나쁜 예감이 스며들 때면 의식적으로 털어버리려 애썼다.
헨리는 브라이턴에 적당한 아파트를 찾았고, 계약을 하러 가는 날이 다가왔다. 간 김에 아내 면회를 다녀오겠다고 했다. 평일이라 나는 출근을 해야 했는데 그가 서류봉투를 내밀었다. 사진이랑 필름이야. 수신지에 서울, 코리아라고 적혀 있었다. 양진욱. 이게 누구 이름이에요? 아마 남자 이름이겠지. 여자 이름이 뭐였더라? 내가 되물었다. 영이라고 했지. 영. 웃기는 이름이지. 우리가 발음을 잘 못해서 그렇게 부르라고 했었잖아. 맞아. 영.
나는 사진을 꺼내어 다시 한번 보았다. 한국으로 돌아갔겠죠. 이메일은 보내봤어요?
주소가 잘못된 것 같아. 잘 지내고 있겠지. 살아 있다면.
농담인 줄 알았는데 헨리의 표정은 어두웠다. 그들의 죽음은 너무 가까운 것 같기도 했고 또 한없이 멀리 있는 것처럼 여겨지기도 했다. 그러자 사진이 더이상 무섭게 보이지는 않았다. 그들을 바라보는 베티 스미스의 시선도 처음과 달리 애틋한 느낌이었다.
당신이 직접 보내지 왜 나한테?

내가 기차 시간이 촉박해서. 헨리는 자리에서 일어나 옷을 챙겼다. 그는 내게 손을 한번 들어 보이고 집을 나섰다. 근처 마트에 갈 때에도 멀리 출장을 갈 때에도 항상 헨리는 그렇게 인사를 했다. 헨리는 오늘 저녁에는 집에 돌아올 것이다. 그런데 왠지 영원히 오지 않을 것 같은 기분이 들어서 가슴 한쪽이 아렸다. 꼭 오늘이 아니더라도 마지막으로 내게 손을 들어 보이는 날이 오겠지. 그때가 되면, 나는 알까. 그게 진짜 마지막이라는 걸.

나는 봉투를 챙겨 출근을 했다. 집 근처 우체국은 그냥 지나쳤다. 회사 바로 옆에도 우체국이 있었기 때문이었다. 그러나 나는 바로 회사로 향했다. 점심시간에 잠깐 나와서 보내야겠다 마음먹었다. 나는 동료들과 점심을 먹었다. 동료 하나가 봉투에 대해 물었다. 서울, 코리아? 한국이 어디에 있는 나라지? 그 옆의 여자 동료가 일본 옆이라고 대답해주었다. 일본은 섬이고 그 옆의 대륙 끝에 붙어 있어. 한국에 아는 사람이 있었어?

아니, 헨리가 아는 사람이야. 사실, 아는 사람도 아니지만. 나는 사진을 꺼내어 보여주려다 말았다. 동료를 먼저 보낸 후 커피를 한 잔 사들고 천천히 우체국으로 향했다. 날씨는 청명했고 바람이 한 번씩 불 때마다 낙엽이 후드득 떨어졌다. 곧 추운 겨울이 올 것이다. 나는 휴대폰을 꺼내어 서울의 날씨를 검색해보았다. 서울은 현재 밤 열시에 가까운 시간이었고 기온은 삼 도였다. 그쪽도 이젠 춥겠군. 나는 홀로 중얼거렸다. 우체국 앞 벤치에 앉아 무언가 보내려고 오는 사람들을 구경했다. 커피를 다 마시고 담배를 세 대나 피웠다. 나는 내가 무엇을 고민하는지 알고 싶지 않았다. 그저 우체국에 들어가고 싶은 마음과 가기 싫은 마음이 뒤섞여서 싸우게 내버려두었다. 가능하다면 우체국 문을 닫을 때까지 이대로 사람들이나 구경하며 앉아 있고만 싶었다. 그러나 점심시간이 이미 십오 분이나 지나 있었다. 나는 엉덩이를 털고 일어나 한 손을 코트 주머니에 넣고 근처 쓰레기통을 찾아갔다. 거기에 담배꽁초가 담긴 종이컵을 버렸다. 그리고 봉투를 사 등분으로 찢어 던져 넣었다. 죄책감은 없었고 어쩌면 헨리가 내게 심부름을 시킨 이유가 이것 아니었을까 하는 확신이 들었다. 헨리는 내가 어떻게 할지 알고 있었을 것이다.

헨리가 이사를 가던 날 나는 함께 가서 정리를 도와주었다. 일부러 짐은 꼭 필요한 것만 옮겨놓았다. 브라이턴의 하늘은 흐렸고 기온도 낮은데다가 라디에이터는 잘 작동되지 않았다. 헨리는 내 뒤에서 나를 안고 누웠다. 내가 그보다 몸집이 더 큰데 뒤에서 그가 안아주면 내 몸이 그의 품에 폭 감싸이는 기분이었다. 한 시간 거리니까 멀리 있다고 생각하지 말고 조신하게 지내요. 내가 그의 팔을 쓰다듬으며 말했다. 헨리는 너나 잘하라고 대답했는데 그 말에 나는 기분이 좋아졌다. 집은 알아보고 있어? 헨리가 물었다. 런던 알잖아요. 집은 썩었는데 집세는 세계 최고지. 친구들한테 부탁해놨어요.

길어야 이 개월 정도. 해머스미스의 집에서 지낼 수 있는 시간이었다. 그곳에서의 삼 년은 곧 헨리와의 삶이었다. 우리의 물건들, 침대와 식기. 사랑을 나누었던 기억들. 지금은 떼를 쓰듯 그의 물건을 내어주지 않고 움켜쥐고 있지만 몇 개월 후에는 이곳으로 옮겨주어야 할 것이었다. 그 집은 없어지는 게 나을까 아니면 낯선 사람들이라도 계속 살아서 존재하는 게 나을까? 헨리에게 물어보려다가 불쑥 다른 말이 튀어나왔다. 우리 여행 가요.

어디로?

일본 어때요? 회사 사람들이 그러는데 봄에 벚꽃이 엄청나대요. 관광객도 어마어마하고. 그리고 한국도 가깝다던데.

헨리는 대답이 없었다. 거기에 가면 우리도 관광객이잖아요. 거기에서 내 사진을 찍어줘요. 관광객처럼.

헨리는 낮게 웃었다. 그러겠다고 대답했다. 그러나 정말로 가지는 않으리란 것을 우리 둘 다 알고 있었다. 나는 그의 품에 더 깊숙이 파고들었다.

집으로 돌아와 나는 홀로 출근을 했고 종종 동료들과 식사를 했으며 게이 친구들과 바에 갔다. 간혹 욕조에 따뜻한 물을 받아놓고 오랫동안 목욕을 했다. 음악은 듣지 않았다. 디지 길레스피도 쳇 베이커도. 가끔 나도 모르게 흥얼거리기는 했지만.

헨리가 오기로 되어 있는 주말 저녁이었다. 어쩌면 이 집에서 함께 지낼 마지막 주말인지도 몰랐다. 나는 좋은 재료로 장을 봐서 식사를 준비해놓고 그를 기다렸다. 환기를 시킬 겸 문들을 열어놓고 뒤뜰 의자에 앉아 잠깐 담배를 피웠다. 그런데 담 위에서 빨간 불빛이 반짝했다. 나는 흠칫 놀랐지만 곧 그게 여우의 눈동자라는 것을 알아차렸다. 여름 이후로 처음 보는 여우였다. 앞발의 까만 무늬와 자그마한 몸집이 항상 동네에서 보던 그 여우였다. 반가운 마음에 나는 안녕, 이라고 말했지만 여우는 앞발을 하나 든 채 경계하며 눈치를 살폈다. 여우는 담을 내려와 천천히 정원을 배회했다. 아마도 음식 냄새를 맡은 모양이었다. 언뜻 보니 젖이 늘어져 있었다. 너 여자였구나. 엄마가 된 모양이네. 내가 말하자 여우는 역시 또 앞발을 든 채 멈춰서 나를 바라보았다. 날도 추운데 새끼들은 어쩌고. 나는 여우를 앞에 두고 혼잣말을 하는 내가 우스웠다. 전에 봤을 때보다 야윈 몸통이 안쓰러워 집안으로 들어가 생고기를 몇 점 꺼내왔다. 내가 다시 나왔을 때 여우는 가고 없었다. 나는 여우를 불러보려고 했는데 뭐라고 불러야 할지 난감했다. 여우야, 여우야, 해보았지만 아무런 기척도 없었다. 베티. 왜인지는 모르겠지만 그 순간 여우에게 베티라는 이름을 붙여주기로 했다. 베티라고 몇 번을 불러보았다. 다시 돌아와. 꼭 오늘이 아니더라도. 나는 베티를 부르면서 야윈 암여우를, 하이게이트의 베티 스미스를, 그리고 한국의 커플을, 마지막으로 헨리를 떠올렸다.

　헨리는 아직 도착하지 않았다.

마르케스를 잊어서

섬사람들은 부자라고 했다. 택시 기사는 룸 미러로 준우와 홍을 번갈아 보며 말했다. 소금이랑 시금치가 유명하잖습니까. 차로 한 시간 정도면 돌 수 있는 크기의 섬이었다. 그런데 여긴 산이 또 유명합니다. 기사는 무슨 산을 구경시켜주겠다고 했지만 준우는 정 중하게 거절했다. 잠시 후 기사는 다시 물었다. 아니, 내가 미터기 끈다니까. 진짜 안 가실 겁니까?

저희 여기 초행 아니에요. 홍의 목소리가 택시 안을 울렸다. 준 우는 홍의 그런 목소리를 안다. 평소보다 높고 지나치게 명랑한 목소리. 그녀의 시선은 여전히 창밖을 향해 있었고 택시 안에는 정적이 흘렀다. 목적지에 도착해서 기사는 몸을 돌려 준우를 보았 다. 홍은 이미 차에서 내린 후였다. 기사는 명함을 내밀었다. 미리 연락 주시면 됩니다. 준우는 두 손으로 명함을 받았다. 택시는 그들이 내린 뒤에도 한참 서 있다 천천히 출발했다. 준우는 뒤돌아서서 택시가 멀어질 때까지 기다렸다가 명함을 구겼다. 얇은 플라스틱 재질이라 잘 구겨지지 않았다. 준우는 인상을 찌푸린 채 휴지통을 찾다 금방 포기하고 바지 주머니에 쑤셔넣었다. 저멀리 수평선이 눈에 들어왔다.

8월의 마지막날이었다. 날은 흐렸지만 대낮인데다 섬이라서 더욱 후텁지근했다. 간혹 부는 바람에 축축한 소금기가 실려와 얼굴과 머리칼에 들러붙는 것 같았다. 홍은 뒤도 돌아보지 않고 바로 '미성식당(민박)'이라는 간판이 붙어 있는 가게로 들어갔다. 가게 안에는 낡은 사 인용 식탁 네 개가 자리하고 있었다. 가장 안쪽 식탁에서 무를 다듬고 있던 중년의 여자가 고개를 들었다. 전화로 예약했던 사람인데요. 홍의 말에 여자는 자리에서 일어나 바지에 손을 닦았다. 뒤이어 준우가 가게 안으로 들어섰고 둘은 여자의 뒤를 따라갔다. 식당 왼쪽으로 이어진 통로를 지나자 한쪽에 좁은 마루가 길게 이어져 있고 그 위로 미닫이문 세 개가 나란히 보였다. 여자는 중앙의 문을 열어준 뒤 말했다. 식사는 어떻게? 인당 칠천원 받아요. 백반.

감사합니다.

준우의 대답에 홍이 그를 흘끗 보았다. 여자는 공동 욕실과 화장실의 위치를 알려주고는 목례를 하고 돌아갔다. 신발을 벗고 마루로 올라서는 순간 준우는 문득 아련한 감정에 빠졌다. 양말에 닿는 미끌거리는 마루의 감촉과 값싼 스테인리스 문틀이 손에 닿을 때의 온도. 아무런 가구도 없어서 둘이 쓰기에는 너무 넓어 보이는, 누런 장판을 깐 오래된 방에서 나는 특유의 냄새. 그런 것들이 준우에게 어떤 기억을 환기시켰다. 준우는 그것이 홍과 관련된 것이리라 막연하게 짐작만 하고 말았다.

홍은 방에 들어가 가방을 내려놓고 그대로 드러누웠다. 하품을 하며 크게 기지개를 켰다. 예전의 그녀였다면 방바닥의 청결 상태부터 확인했을 것이다. 준우도 홍의 옆에 누웠다. 이곳에 도착하기까지 거의 일곱 시간이 걸렸다. 멀리에서 누군가 틀어놓은 음악 소리가 들려왔다. 피아노 연주곡이었는데 준우는 어디서 많이 들어본 곡이라고 생각했다. 등에 닿은 바닥이 차가웠다. 밖은 분명 더웠는데 방안은 서늘했다. 실내에는 에어컨도 없었고 낡은 선풍기 하나가 그들을 멍청하게 바라보고 있었다. 홍의 몸에서 희미한 땀냄새가 났다. 서늘한 방바닥과 오래된 이불 냄새와 홍의 체취, 그리고 멀리서 들려오는 피아노 소리가 그에게는 아주 옛날처럼 여겨졌다. 겨우 일곱 시간 정도 멀어졌을 뿐인데 아주 옛날로, 그러나 누구의 옛날인지 모르는 곳으로 빠져나온 것 같았다. 그리고 고작 일 년이 지났을 뿐인데 작년처럼 못 견디게 서울을 떠나고 싶은 마음은 아니었다는 사실이 의아했다.

준우는 깜빡 잠이 들었다가 인기척에 눈을 떴다. 홍이 옷을 갈

아입고 있었다. 작년보다 살이 좀 쪘나. 하얗게 드러난 그녀의 뒷
모습을 보고 가장 먼저 떠올린 생각이었다. 수영하러 가려고. 준
우가 깬 것을 보고 홍이 말했다. 너 수영 못하잖아. 준우는 몸을
일으켰다. 홍의 배꼽 아래로 가는 흉터가 눈에 들어왔다. 준우는
시선을 돌렸다. 못하면 뭐 어때.

뭐 어때?

준우가 되묻자 홍의 입가에 희미한 미소가 걸렸다. 준우는 그녀
의 미소를 오늘 처음 보았다. 홍은 뒤돌아 속옷을 벗고 손바닥만
한 원피스 수영복에 다리를 넣은 뒤 끄집어 올렸다. 수영복은 탄
력 있게 늘어나 몸에 감겼다. 힘을 주어 어깨끈을 올리자 수영복
이 피부에 붙으며 찰싹 소리가 났다. 끈 밖으로 볼록하게 살이 올
라왔다. 준우는 그 모습을 물끄러미 바라보다 한마디 던졌다. 너
무 붙는다. 홍은 피식 웃었다. 그가 준비해온 반바지로 갈아입는
동안 홍은 수영복 위에 긴 티셔츠를 입고 비닐봉지 안에 소지품을
담았다. 준우는 커다란 우산 하나를 챙겼다.

둘은 여자를 따라왔던 길을 되돌아 가게를 통해 밖으로 나왔다.
가게에는 아무도 없었고 선반 위의 작은 텔레비전이 켜져 있었다.
소리는 나지 않았다. 꼭 가게를 통해서 다녀야 한단 말이지. 그늘
진 가게 안을 돌아보며 준우가 말했다. 홍은 눈을 약간 찡그린 채
구름 낀 하늘을 올려다보았다. 비가 올 거 같아.

작년에는 제주도에 갔었다. 여섯 살이었던 딸이 죽은 지 사 년

째 되는 해였고 둘이 이혼한 지 두 해가 되어가던 때였다. 이혼을 했어도 둘은 기일이면 함께 딸의 납골당을 찾았고 작년에는 준우의 제안에 즉흥적으로 여행까지 나선 거였다. 준우는 눅눅한 분위기를 떨쳐버리고 싶은 마음에 그저 안부처럼 건넨 말이었을 뿐 홍이 정말로 함께 가겠다고 할 줄은 몰랐다. 홍 역시 그와 함께 있고 싶어서라기보다는 그저 집으로 돌아가기 싫은 마음이 더 컸기 때문이었을 것이다. 준우는 가능하면 서울에서 멀어지고 싶었다. 그때 준우는 풀 빌라를 렌트했지만 홍은 물에 들어가지 않았다. 생리중이라고 했다. 준우는 홀로 수영을 했고 홍은 선베드에 누워 책을 읽었다. 그녀는 얼음과 소주를 채운 커다란 유리잔에 빨대를 꽂았고 그는 맥주를 병째로 마셨다. 둘은 나란히 앉아 햇살에 반짝이는 물과 그 위에 떠 있는 커다란 홍학 모양의 튜브를 멍하니 바라보며 시간을 보내기도 했다. 어디선가 어린아이들의 새된 비명소리와 웃음소리가 들려오면 준우는 일부러 홍에게 말을 걸었다. 홍은 휴대폰으로 음악을 틀고 따라 흥얼거리며 웃어 보였다. 준우는 홍의 그런 웃음을 견디기 힘들어 팔을 크게 뻗어 물속으로 다이빙했다. 그리고 지칠 때까지 좁은 풀을 왕복했다. 수영을 마친 준우가 실내에 들어가서 시원한 새 맥주와 소주 온더록스를 양손에 들고 돌아왔을 때, 선베드는 비어 있었다. 물 밖으로 홍의 등이 떠 있는 게 보였다. 준우는 급히 물속으로 들어갔고 홍은 놀라 몸을 일으켰다. 둘은 물 밖으로 나와 드러누웠다. 낮게 욕설을 내

뱉는 준우를 보고 홍이 기침을 하며 큰 소리로 웃었다. 거짓말이
었어. 홍이 햇살 때문에 눈을 찡그린 채 얼굴의 물기를 닦으며 말
했다. 뭐가? 그가 물었다. 생리한다는 거.

　둘은 호흡이 잦아든 후에도 한참을 바닥에 누워 있었다. 준우
는 눈을 가늘게 뜨고 바람에 펄럭이는 파라솔의 끝단을 응시하며,
홍에게 여행을 제안했던 것을 후회했다. 홍이 자리에서 일어났다.
빌라의 문이 닫히는 소리를 듣고 나서야 준우는 그녀가 누웠던 자
리로 고개를 돌렸다. 홍의 몸이 닿았던 부분이 물로 얼룩져 있었
다. 물은 놀랍도록 빠르게 말라서 얼룩은 금방 희미해졌다. 살이
금방 탈 텐데. 맥주도 시원할 때 마셔야 하는데. 준우는 그렇게 생
각하면서도 그대로 누워서 움직이지 않았다.

　준우는 더이상 홍과 여행할 생각이 없었다. 그런데 이번에는 딸
의 기일 일주일 전쯤 홍에게서 전화가 왔다. 그때 그는 애인과 함
께 침대에 있었다. 받지 않으려 했는데 애인이 받으라고 재촉했
다. 안겨오는 애인의 머리를 쓰다듬으면서도 준우는 홍의 제안을
거절하지 못했다.

　둘은 민박집 옆에 있는 작은 구멍가게에 들어갔다. 카운터에는
아무도 없었다. 준우는 냉장고에서 이 리터짜리 생수 한 통을 꺼
냈고 홍은 초코바 몇 개를 카운터에 올렸다. 주인을 불러보았지만
여전히 인기척이 없었다. 그냥 가자. 홍이 들고 온 봉지에 초코바

를 담으며 말했다. 준우는 주머니에서 만원짜리 한 장을 꺼내 카운터 위에 두었다. 그냥 가자니까?

계산은 해야지.

이게 만원어치야?

잔돈 없는데. 그럼 뭐 더 챙기든지.

참 쓸데없다.

준우는 홍이 농담을 하는 거라 생각했다. 홍은 카운터 옆의 츄파춥스 통에 꽂혀 있는 막대사탕을 하나 빼 들었고 그 자리에서 포장을 벗겨 입에 물었다. 둘은 가게를 나와 해변으로 걷기 시작했다. 오 분 정도 걸어나오면 바로 모래사장이었다. 모래사장에 다다라 몇 발짝 걷다가 홍은 신발을 벗어 들었다. 준우는 그녀의 발자국을 눈으로 좇으며 우산과 물을 들고 뒤따랐다. 혹시 깨진 유릿조각 같은 게 있지 않을까 신경이 쓰여 바닥에서 시선을 거두지 못했다. 바닷가에서는 아쿠아슈즈가 필수라고, 함께 살던 시절 여행을 갈 때마다 준우는 강조했다. 그런데 홍은 여전히 스니커즈를 구겨 신고 와서는 신발을 벗어 들고 무신경하게 맨발로 걸어다녔다. 준우는 한숨이 나왔지만 그럼에도 바닥에서 눈을 떼지 못했다. 홍이 걸음을 멈추고 자리를 잡았다. 준우는 그제야 사방을 둘러보았다. 몇백 미터 길이로 만이 형성되어 있는 작은 해변이었다. 저멀리 만의 양쪽 끝부분에 마주보고 선 등대가 작게 보였다. 파도는 거의 없었고 하늘에는 하얀 구름층이 낮게 드리워져 있었다. 사람은 준우와 홍 둘뿐이었다. 물이 빠져나간 모래사장에는 조개껍데기와 미역 줄기 같은 것이 드문드문 드러나 있었다. 준우는 우산을 펼쳐 모래에 꽂았다. 그러나 우산대가 너무 짧아서 파라솔의 역할은 하지 못했다. 홍은 봉지를 우산 아래에 놓았다. 담배는 끊었어? 홍의 입에 물려 있는 막대사탕을 보고 준우가 물었다. 내가 언제 담배 피웠어? 홍은 의아하다는 듯 되물었다. 그리고 그때까지 입에 물고 있던 사탕을 빼서 모래에 거꾸로 박았다. 준우는 헛웃음이 나왔다. 홍은 생수통을 들고 물을 몇 모금 마신 후 책을 꺼냈다. 표지에는 '백년의 고독 1'이라고 쓰여 있었다. 응, 나 아직 이 책 안 읽었어. 표지를 쳐다봤을 뿐인데 그녀가 대뜸 말했다.

난 옛날에 읽은 것 같긴 한데……

눈앞에 펼쳐진 바다는 잔잔했지만 어두운 회색빛이었다. 구름으로 꽉 막힌 낮은 하늘과 후텁지근한 날씨 때문에 준우는 실내에 있는 기분이었다. 구멍이 작게 뿅뿅 뚫려 있는 모래를 손가락으로 파보았지만 기대했던 조개나 게 따위의 생물은 보이지 않았다. 더 파야지. 책을 읽다 말고 홍이 말했다. 그녀는 비닐봉지를 통째로 그에게 내밀었다. 봉지 안에는 초코바와 함께 카메라가 들어 있었다. 사진 찍어줘? 홍은 이마를 찌푸리며 고개를 저었다. 준우는 초코바를 씹으며 물었다. 재밌어?

그냥 읽는 거야. 숙제처럼.

준우는 입이 너무 달아서 생수로 입을 헹궜다. 바닷바람 때문에 금방 몸이 끈적해졌다. 어떻게 사람이 하나도 없을 수가 있지. 그가 중얼거렸지만 그녀는 말이 없었다. 준우는 바다에 들어갈 생각으로 자리에서 일어나 가볍게 몸을 풀었다. 홍은 책을 덮고 카메라로 바다를 찍기 시작했다. 무심하게 셔터를 눌러대는 모습에 준우는 뭘 찍는 거냐고 물었다. 홍은 카메라 액정에서 눈을 떼지 않은 채 심드렁하게 대답했다. 그냥 기념으로.

홍은 카메라를 다시 봉지 안에 넣고 일어섰다. 그러고는 바다를 향해 터벅터벅 걸어갔다. 준우는 한마디 하려다 포기하고 그녀가 던져둔 비닐봉지와 책, 생수통과 신발을 우산 아래 가지런히 모아두었다. 누가 가져가면 어떡할래? 그가 홍의 뒤통수에 대고 소리쳤다. 아무도 없는데 뭐. 홍은 귀찮다는 듯 대답했다.

바닷물이 몸에 닿자 홍은 과장되게 소리를 질렀고 둘은 잠깐 동안 이를 드러내고 웃었다. 물은 생각보다 차갑지 않았다. 준우는 몸을 돌려 우산의 위치를 다시 한번 확인했다.

준우는 부표가 떠 있는 곳까지 수영을 해서 나갔고 홍은 그리 깊지 않은 곳에서 물에 몸을 맡긴 채 하늘을 바라보며 가만히 떠 있었다. 그는 수영을 하다가 한 번씩 홍이 있는 곳을 살폈다. 이십 분가량 수영을 하고 준우는 지쳤다. 여전히 바닷가에는 둘뿐이었고 홍은 처음 모습 그대로 물에 떠서 움직이지 않았다. 준우는 홍에게 다가갔다. 귀가 물에 잠기는데 물이 귀에 안 들어오는 건 무

슨 원리야? 홍이 물었다. 압력 차이 때문 아닌가? 준우는 생각나
는 대로 말했다. 너 되게 똑똑하다. 그런데 확실히 잘 뜨네. 짜서
그런가. 홍은 가만히 눈을 감았다. 준우는 온몸에 힘을 뺀 채 그녀
의 옆에 똑같이 누웠다. 구름 때문에 직사광선이 없어서 맨눈으
로 하늘을 바라볼 수 있었다. 눈이 조금 시리기는 했지만 간지러
운 느낌이 좋았다. 중력을 벗어나 바다에 몸을 맡긴 채 낮은 하늘
을 바라보는 기분은 말할 수 없이 아늑했다. 홍의 말대로 귀는 바
닷물에 잠겼다. 간혹 물결이 울렁이는 소리가 부스럭대며 귓가에
서 울렸는데, 이 모든 낯선 감각 때문에 이 순간이 비현실적으로
여겨졌다.

〈트루먼 쇼〉 기억나? 준우는 나지막이 말하기 시작했다. 홍에
게는 들리지 않을 것을 알았다. 홍은 짐 캐리를 좋아했고 그가 나
오는 영화는 준우가 항상 먼저 예매했다. 준우는 짐 캐리가 웃기
는 연기의 일인자라고 했고, 홍은 반대로 슬픈 연기의 일인자라고
했다. 트루먼이 된 기분이랄까. 저기 구름을 찢으면 조명이 내리
쬐는 세트장이 보이는 거지. 그러니까 이 바다도 가짜고, 민박도,
가게도. 오늘은 모두 다 가짜. 큐! 하면 무를 다듬겠지. 나는 다 눈
치챘는데. 그 아줌마는 연영과 출신이야? ……그런데 그 영화 결
말이 어떻게 되더라. 준우는 계속 중얼거렸다. 입술에서 짠맛이
났다. 준우는 눈을 감았다. 피부에 닿는 물의 뭐라 말할 수 없는
감촉과 얼굴에 닿는 습기를 머금은 포근한 온도, 감은 눈을 통해

들어오는 붉은빛, 그리고 바닷물 특유의 신선한 물비린내. 애써 몸에 힘을 뺀 채, 잠에 빠진 것도 명확하게 깨어 있는 것도 아닌 채로 물위에 떠 있는 준우의 머리에 하나의 기억이 떠올랐다.

반짝이는 은빛 종이로 포장된 사각형의 상자. 포장된 상자는 그를 설레게 했다. 모르니까. 딸이 포장지를 뜯어내자 그 안에는 토마스 기차가 들어 있었다. 토마스의 그 커다랗고 검은 눈동자. 동그란 얼굴과 파란 몸통의 기억. 딸은 토마스의 얼굴이 무섭다고 울음을 터뜨렸다. 홍은 준우를 향해 눈을 흘겼지만 웃고 있었다. 그러나 준우는 딸에게 토마스 기차를 사준 적이 없었다. 항상 다른 걸 골랐다. 그게 뭐였더라. 조금 지나서야 준우는 그것이 자신의 체험과 무관한 이야기라는 걸 깨달았지만 실제로 있었던 일처럼 생생했고 감미로웠다. 그래서 이해할 수 없었다. 짧은 순간이었지만 왜 정말로 그랬던 적이 있다고 믿었을까. 아무 의심도 없이. 마치 완벽하게 밀봉되어 있던 기억을 꺼내보는 듯.

홍의 다급한 목소리를 듣고 준우는 반사적으로 몸에 힘을 주었다. 발끝이 생각보다 더 깊게 내려갔다. 홍이 허우적대고 있었다. 바로 옆에 누워 있다고 생각했는데 어느새 꽤 멀어져 있었다. 준우는 수영을 해서 홍을 잡았다. 이삼 미터 뭍 쪽으로 나오니 수심은 금방 얕아졌다. 둘은 물속에 잠긴 채 걷기 시작했다. 몇 발자국 옮기는데 홍이 짧게 비명을 질렀다. 준우는 홍이 유릿조각이라도 밟은 줄 알았다. 홍은 팔을 들어 무언가를 가리켰다. 해변에 꽂아

두었던 우산이 물위에 떠서 흔들리고 있었다. 홍은 계속해서 비명과 탄식을 섞어가며 속도를 내 걸어갔지만 물속에 잠긴 다리는 생각처럼 빠르게 움직이지 않았다. 밀물이구나. 그 생각을 못했네. 준우는 이런 말밖에 할 수 없었고 그건 현재로선 아무 소용도 없는 말이었다. 문득 준우는 홍과 이혼할 수밖에 없었던 이유를 생각해냈다.

딸의 갑작스러운 죽음을 겪으며 어느 순간 둘 사이에는 소용없는 말만 남은 듯했다. 대화는 점점 줄어들었고 나중에는 일상적인 말조차도 내뱉고 나면 무용하게 여겨졌다. 준우는 무기력해졌다. 그것은 일종의 패배감이었다. 노력으로 어떻게 되는 일이 아니었다. 생각이라는 것을 할 수 있게 되었을 때 정신을 차려보니 모든 것이 이미 그렇게 되어버린 상태였다. 준우는 그것이 자신의 잘못이라고만은 생각하지 않았지만 홍을 탓할 수도 없었다. 홍의 분노는 준우보다 더 오래갔다. 그러나 그녀 역시 직접적으로 그를 탓한 적은 없었다. 준우는 그것이 둘 사이에 불문율처럼 정해진 감정의 마지노선 같은 것이라 여겼다. 그러나 왜, 어째서 홍은 내 탓을 한 번도 하지 않았을까? 물에 둥둥 떠다니는 우산을 향해 허둥지둥 힘겹게 발을 옮기는 그녀를 보며 준우의 머리에 문득 떠오른 의문이었다.

준우는 좀더 속력을 내어 홍보다 앞서 우산이 있는 곳에 도착했다. 혹시나 하는 기대를 비웃는 듯 모든 소지품은 고요하게 물에 잠겨 있었다. 준우는 급히 봉지를 먼저 주워 들었고 홍은 봉지를 낚아채 카메라를 꺼냈다. 그리고 거의 울 듯한 표정으로 욕설을 내뱉었다. 준우는 찰랑이는 바닷물 밑에 얌전히 누워 있는 『백년의 고독 1』을 건져올렸다. 이어서 사방을 둘러보았다. 근처에 둥둥 떠 있는 홍의 신발을 잡기 위해 발을 옮기며, 두 짝 모두 찾을 수 있어서 그나마 다행이라고 생각했다.

올 때와 마찬가지로 준우는 우산과 물통을, 홍은 비닐봉지를 들고 숙소를 향해 걷기 시작했다. 달라진 점은 물통의 물이 반 정도 남아 있다는 것과 둘의 모든 소지품이 그들의 몸과 마찬가지로 푹 젖었다는 것이었다. 준우는 고개를 돌려 해변을 바라보았다. 여전히 인적은 없었다. 대신 어디선가 나타난 수탉 한 마리가 꼿꼿한 자세로 모래사장 위를 걸어다니며 간혹 바다을 콕콕 쪼아대고 있었다. 봤어? 준우가 물었다. 아까부터 있었는데. 홍은 먼 곳으로 시선을 옮겼다. 준우는, 닭이 바닷물에 잠기는 일은 없겠지, 하고 말하려다 말았다. 알아서 돌아가겠지? 하고 역시 생각만 했다. 그러나 동시에 닭이 바다에 점점 잠기는 모습을 그려보았다. 몸이 모두 잠기고 빨간 볏만 수면 위로 드러나 가늘게 떨리는 장면까지 상상하다가 준우는 고개를 돌렸다. 홍의 시선을 따라가자 구름이 갈라진 틈 사이로 햇살이 내려와 바다에 닿아 있었다. 햇살이 닿은 부분만 반짝였다. 둘은 한동안 같은 곳을 바라보았다. 둘 다 걸음을 멈추지는 않았다.

가게에서는 여자가 설거지를 하고 있다가 둘을 향해 보일 듯 말 듯 고개를 숙였다. 홍은 모래가 묻은 발을 제대로 털지도 않고 방으로 들어가 휴대폰을 꺼내들었다. 준우는 이 상황에서 잠시 벗어날 겸, 갈아입을 옷과 수건을 챙겨 욕실로 향했다. 욕실은 널찍했지만 불을 켜도 어두컴컴했다. 바닥에는 시멘트가 발라져 있었고 구석에는 오래된 세탁기가 놓여 있었다. 샤워기 아래로 비누와 샴푸 따위가 보였고 선반에는 물때 낀 잡동사니들이 무질서하게 자리잡고 있었다. 남의 가정집 욕실에 들어온 것 같았다. 세면대는 따로 없었고 수도꼭지 아래에 세숫대야가 하나 있을 뿐이었다. 준우는 신발을 벗었다. 차가운 시멘트 바닥이 발에 닿았다. 신발에는 모래가 가득했다. 수도에서는 찬물밖에 나오지 않았다. 물은 얼음처럼 차가웠고 금방 온몸에 소름이 돋았다. 머리에 물을 뿌리며 눈을 감았는데 꼭 무언가가 뒤에서 보고 있는 기분이었다. 소름이 더 바짝 일어 피부가 죄어들었다.

서둘러 샤워를 마치고 욕실 문을 닫는 순간에도 준우는 안에서 누군가가 쓰윽 손을 내밀 것만 같아 또다시 목덜미부터 정수리까지 찌릿했다. 준우는 팔을 쓸어올리며 잰걸음으로 방에 들어갔다. 홍은 없었다. 준우는 가게 쪽으로 발걸음을 돌렸다. 여자는 텔레비전을 보느라 그가 가게로 들어서도 돌아보지 않았다.

홍은 테이블에 앉아 무언가 열심히 하는 중이었다. 테이블 위에는 대접이 놓여 있었다. 그 안으로 카메라가 물에 잠겨 있는 게 보였다. 홍은 모래가 묻은 축축한 셔츠를 입은 채로, 바닷물에 젖어 붙어버린 책장을 한 장씩 분리하는 일에 집중하고 있었다. 준우가 말을 건네려는데 휴대폰이 울렸고 홍은 재빨리 전화를 받았다. 지금 소금기 빼려고 물에 담가놨는데. 응, 완전히 빠졌어. 역시 그렇겠지? ……그래도 어떻게 안 될까?

홍은 전화를 끄고 대접에 담긴 카메라를 응시했다. 버리래. 방법 없다고.

준우는 적절한 위로의 말이 떠오르지 않아 홍의 등을 잠깐 토닥여주었다. 홍은 씻어야겠다며 일어섰다. 참, 종이는 마르기 전에 다 분리해야 된대.

테이블 위에는 물에 불어 울퉁불퉁해진 『백년의 고독 1』이 덩그러니 남겨졌다. 준우는 여자의 눈치를 보며 홍이 앉았던 자리에 엉덩이 모양으로 남은 물기와 모래를 휴지로 닦아냈다. 그리고 홍 대신 앉아서 책장을 하나씩 분리했다. 준우는 작업을 대강 마무리하고 물건들을 챙겨 일어섰다. 그런데 여자가 와서 손을 내밀었다. 네? 준우의 물음에 여자는 말하기도 귀찮다는 듯 그의 손에 들린 책을 낚아채서 가게 안쪽으로 들어갔다. 준우는 엉거주춤 그녀를 따라갔다. 여자는 주방에 있는 커다란 냉장고를 지나 구석의 작은 회색 냉장고 문을 열고 익숙한 동작으로 책을 집어넣었다. 여자가 고개를 돌려 지루한 표정으로 물었다. 저녁은 어떻게 하시겠어요?

둘은 여자가 만들어준 백반에 해물탕을 추가해서 저녁을 먹었다. 커다란 냄비 안에는 다양한 크기의 조개와 살아 있는 낙지가 들어 있었다. 탕이 끓기 시작하자 홍이 조개껍데기를 건져 식탁 위에 버렸다. 준우는 여자에게 껍데기를 버릴 그릇을 달라고 청했다. 여자는 플라스틱 대접을 가져다주었고 가위로 해산물들을 손질하기 시작했다. 그런데 여자의 오른손 검지 한 마디가 없었다. 준우는 못 본 척했고 홍은 그녀의 손에서 눈을 떼지 못했다. 준우는 눈치를 주려 했지만 홍은 그를 보지 않았다. 직접 잡은 것들인가요? 준우는 평소와 다른 톤으로 여자에게 물었다. 여자는, 아닌 것도 있고, 하고 말끝을 흐리며 돌아갔다. 홍은 조개껍데기를 그릇에 담으며 물었다. 껍데기랑 껍질의 차이점이 뭔지 알아? 준우는 대답 대신 여자에게 소주를 주문했다.

둘이 식사를 하는 동안 여자는 턱을 괴고 구석 테이블에 앉아 드라마를 보았다. 소리가 나지 않는 화면에서는 말싸움이 한창이었다. 소주 두 병을 다 비웠는데도 둘을 제외하고 가게에는 여전히 손님이 없었다. 여자는 졸고 있었다. 슬슬 눈치가 보이기 시작한 준우는 홍에게 그만 들어가자고 말했다. 홍은 해물탕이 아깝다며 여자에게 데워줄 수 있는지 물었고 여자는 고개를 끄덕이며, 가게 문을 닫아야 하니 방으로 가져다주겠다고 했다. 준우는 새로 주문한 소주 두 병을 들고 방으로 들어가며 작게 말했다. 해감을 덜 한 거 같지 않아? 모래를 몇 번이나 씹었어.

둘은 방에서 2차를 시작했다.

그러니까, 책을 얼리면 다시 멀쩡해진단 말이지? 홍이 조금 어눌해진 발음으로 물었다. 어 그렇대. 나 정말 깜짝 놀랐다니까. 준우가 탕 속의 낙지를 건져 먹으며 말했다. 나한테 냉동실 문을 열어서 보여주는데, 책이 적어도 스무 권은 넘었다니까. 그리고 더 웃긴 게, 『백년의 고독』이 네 거만 있는 게 아니더라고. 게다가 죄다 1권뿐이야.

그리고 또? 홍이 신기하다는 듯 물었다. 또 무슨 책들이 있었는데?

대충 많이 들어본 제목들이었는데. 죄와 벌, 돈키호테, 기형도, 천국보다 낯선…… 뭐 그런 거 있잖아.

어이없네. 여긴 도대체 어떤 인간들이 오는 거야? 여기까지 와서 기형도? 병이다, 병. 그런데, 〈천국보다 낯선〉은 영화 아니야?

영화를 책으로 냈겠지. 원래 책인데 영화로 만들었거나.

같이 봤나?

그랬지. 뭐 어디 가는 얘기였는데. 흑백으로.

흑백? 난 제목 빼고 기억이 하나도 안 나.

둘은 취한 채로 냉동실의 책들에 관해 계속 이야기하며 과학의 세계는 알 수 없다는 둥 주억거리다가 피식 웃다가 했다.

다들 얼려놓고 그냥 가버린대. 찾아가는 사람이 거의 없다고. 너는 까먹지 말고 꼭 찾아가. 준우는 말했다. 홍은 불쾌해진 얼굴을 손으로 쓸어내리며 어, 했다. 대답은 했지만 홍은 내일이면 분명히 또 잊을 거라 준우는 확신했다. 그리고 이게 우리가 헤어진 이유라고.

해물탕이 다시 차갑게 식고, 소주병이 거의 비워졌을 때쯤 준우는 또 모래를 씹었다. 에이씨. 준우는 인상을 썼다. 그런 준우를 홍이 가만히 보다 갑자기 버럭 소리를 질렀다. 작작 좀 해.

뭐가?

너무하잖아.

내가 뭘……

너무 바라는 거잖아. 어떻게 싹 다 토해내라 할 수 있냐, 조개한테. 어? 조개뿐이 아니야. 낙지는 또 어떻고. 존나 살아 있어야 되지? 막 다 썰어도 존나게 움직여야 돼. 그거 진짜 너무하는 거라고 생각 못하나?

준우는 어리둥절했다가 어이가 없어 웃기 시작했다. 웃음이 나오지? 그러나 준우의 웃음소리는 점점 커졌고 어느 순간 홍도 따라 웃고 있었다. 방안은 둘의 숨넘어가는 웃음소리로 가득찼다. 그러다 준우는 벽을 두드리는 소리를 들었다. 준우는 웃음을 멈추었다. 잘못 들었나 했는데 또다시 벽을 콩콩 두드리는 소리가 났다. 순간 정신이 번쩍 들었다. 홍도 웃음을 멈추고 그를 바라보았다. 소리가 난 벽 쪽에서 저기요, 하는 목소리가 들렸다. 낯선 중년 여성의 목소리였다. 예? 준우가 큰 소리로 대답했다. 너무 시끄러운 거 아니에요? 응? 이 시간에 말이야. 듣자 듣자 하니까 진짜.

준우가 막을 새도 없이 홍이, 뭐가 어째요? 라고 되받아쳤고 준우는 급히 손가락으로 조용히 하라는 제스처를 취하고는 홍의 목소리보다 더 크게, 예, 죄송합니다, 알겠습니다, 하고 대답했다. 홍이, 알긴 뭘 알아, 하고 신경질을 냈다. 준우는 홍이 몸을 일으키려는 것을 억지로 막았다. 그리고 애원하듯 속삭였다. 그만 그만. 그냥 자자. 늦었잖아. 제발.

홍을 진정시키고 준우는 이불을 깔았다. 둘은 불을 끄고 누웠다. 부끄러운 줄 알아야지 어쩌고 하는 여자의 목소리와 잠깐의 정적. 이어서 사람들의 폭발적인 웃음소리가 가깝게 들렸다. 준우는 손을 뻗어 홍의 손목을 잡았다. 소리는 곧 잠잠해졌다. 언제 또 손님들이 왔지? 준우가 작게 속삭였다. 홍은 대답이 없었고 방에는 적막이 감돌았다. 나 불면증 없어진 거 알아?

적막을 뚫고 홍이 말했다. 준우는 잠에서 급히 빠져나왔다. 아, 그래? 잘됐다. 홍은 아이를 낳은 후 줄곧 불면증에 시달렸다. 딸을 어린이집에 보내고 직장을 다시 다니기 시작한 후에도 불면증은 사라지지 않았다. 준우가 깊게 잠든 모습이 못 견디게 꼴 보기 싫다고 툴툴거린 적도 있었다. 어떻게 없어졌어?

아무나랑 자거든. 홍이 나지막하게 말했다. 응? 그가 되물었다. 나, 아무나랑 잔다고. 준우는 뭐라 대답해야 좋을지 몰랐다. 처음에는 그것도 별 소용이 없었는데, 이젠 잘돼.

잘된다니, 뭐가?

모르는 사람이랑 자는 거. 난 그냥 아무나랑 쿨쿨 자고 싶었거든. 돼지 새끼처럼. 근데 그게 맘대로 되나? 빨아달라고 하면 빨아주고, 씹하자고 하면 씹하고……

준우는 자신의 귀를 의심했다. 화가 났는데, 불을 켜고 홍을 일으켜세우고 싶었는데, 옆방 사람들이 들을까봐 그저 한숨만 내쉴 수밖에 없었다. 소주 탓인지 관자놀이 부근이 날카롭게 쑤셨다. 홍은 계속해서 뭐라고 중얼거렸다. 준우는 그녀의 입안에 주먹을 쑤셔넣고 싶었다. 괜히 제왕절개 했어. 처녀 흉내는 글렀잖아. 준우는 마지막으로 숨을 크게 한번 내쉬고 말했다. 닥치고 자라. 너 취했다.

취하기는. 홍은 그가 화가 난 것을 모르는지 아니면 정말 취해서인지 히죽거리며 알아듣기 힘든 말을 띄엄띄엄 내뱉었다. 나 잔다고. 준우가 힘을 주어 낮게 말하자 홍은 그제야 입을 다물었다. 그리고 한참 뒤에 다시 입을 열었다. 나 사실 다 알고 있었어.

준우는 감고 있던 눈을 떴다. 우리 헤어지기 한참 전부터 너, 걔랑.

홍의 어조는 여전히 나른하고 담담했지만 준우는 차가운 물을 뒤집어쓴 기분이었다. 침묵이 그의 몸에 무겁게 내려앉았다. 곧이어 홍은 낮게 코를 골기 시작했다. 달아오른 준우의 얼굴은 쉽게 가라앉지 않았다. 그 어떤 생각에도 집중하지 못한 채 창밖이 어렴풋이 밝아올 때까지 잠들지 못했다. 수치심과 함께 대상을 알수 없는 분노가 치밀었다. 역시 홍과 여행을 오는 건 잘못된 선택이었다고 자책했다. 첫 배를 타고 서울로 올라가야겠다고 마음먹었다.

준우가 잠에서 깨었을 때 방에 홍은 없었다. 이불도 말끔하게 개어져 구석에 가지런히 놓여 있었다. 급히 시계를 찾아보니 아홉시가 채 되지 않은 시각이었다. 준우는 이불을 대충 정리하고 밖으로 나왔다. 가게에서 따뜻한 음식 냄새가 풍겨왔다. 홍의 목소리가 들렸다. 준우는 가게로 들어갔다. 여자와 홍이 무슨 이야기 끝에 웃고 있었다. 일어났어? 홍이 가벼운 목소리로 물었다. 홍은 깔끔하게 머리를 묶고 엷게 화장까지 마친 상태로 하늘색 민소매 원피스를 입고 있었다. 처음 보는 옷이었다. 아침 먹고 바로 출발해야 할 거 같아. 저녁에 약속이 있는데 깜빡했어. 홍이 테이블 위에 수저를 놓으며 말했다.

준우는 홍의 맞은편에 앉았다. 여자가 밑반찬을 날라다주며 잠은 잘 잤는지 물었다. 네, 그런데 옆방 손님들은 벌써 나갔나봐요?

옆방 손님이요? 여자가 되물었다. 어제 사람들 소리가 들리던데. 준우는 동의를 구하기 위해 홍을 바라보았다. 난 못 들었는데. 준우는 홍이 취해서 기억을 못한다고 생각했다. 못 듣기는. 내가 말렸잖아. 홍은 어깨를 한번 으쓱하고는 여자가 내어준 콩나물국을 떠먹었다. 어젯밤을 떠올리자 준우는 기분이 언짢아졌다. 어제

와 달리 하늘에는 해가 쨍하게 나 있었고 열린 문으로 시원한 바람이 들어왔다. 바깥을 바라보니 너무 환해서 눈이 저절로 가늘게 떠졌다. 준우는 이곳을 떠나면 다시는 홍을 만나지 않을 생각이었기에 그저 고개를 가볍게 한번 흔들고 숟가락을 들었다. 여자는 갓 지은 밥과 구운 생선을 가져다주었다. 반찬 그릇을 옮기는 그녀의 오른쪽 검지는 멀쩡했다. 왼손이었나? 준우는 그녀의 왼손으로 눈을 돌렸으나 쟁반에 가려져 보이지 않았다. 맛있게 드세요. 뭐 부족하면 말씀하시구요. 여자가 상냥하게 말했다. 어머, 자기가 좋아하는 가자미네. 홍은 음식이 너무 맛있어서 맛있게 먹지 않을 수가 없다며 웃어 보였다. 준우의 입맛에는 밥이 너무 질었고 생선은 원래 좋아하지 않았다. 여자는 리모컨을 들어 텔레비전을 켰고 화면에서는 뉴스를 진행하는 아나운서의 목소리가 또박또박 흘러나왔다. 홍은 여자에게 콩나물국과 시금치나물을 더 달라고 했다. 준우는 씻겠다며 먼저 일어섰다.

준우는 욕실로 향했다. 욕실은 창으로 햇살이 들어와서 환하고 따뜻했다. 여기에 창이 있었나? 준우는 고개를 갸웃했다. 어제는 분명히 너무 어둡고 축축했는데. 준우가 씻고 나와 옷을 갈아입는 동안에도 홍은 방으로 돌아오지 않았다. 휴대폰을 꺼내보았으나 광고 문자를 제외하고는 아무 연락도 없었다. 준우는 배 시간을 검색해보았다. 지금 출발하면 넉넉하게 다음 배를 탈 수 있을 것이었다. 그다음 배는 세 시간 후에나 있었다. 준우는 어제 택시 기사에게 받은 명함이 떠올랐다. 그를 부르고 싶은 마음은 없었다. 그런데도 주머니에 손이 들어갔다. 뒷주머니까지 뒤졌지만 명함은 없었다. 막상 없으니 아쉬워져 가방과 지갑까지 살펴보았다. 잃어버렸다고 체념하려던 순간 지갑 안쪽에서 명함을 발견했다. 신의 선물 명품 천일염. 전국 특급 배송. 문구 아래에 휴대폰 번호가 적혀 있었다. 준우는 멍하니 명함을 바라보았다. 그러다가 곧 기사가 부업을 하는 걸 거라 짐작했다. 콜을 할까 잠깐 망설이다 애인에게 전화를 걸어보았다. 받지 않았다. 어디선가 귀에 익은 트로트가 들려왔다.

잠시 뒤에 홍이 방으로 돌아왔다. 양손에는 종이컵이 들려 있었다. 홍이 컵 하나를 준우에게 내밀며 말했다. 자기 좋아하는 다방커피. 자기라는 말이 거슬렸지만 내색하지 않았다. 준우는 그저 자신이 예민해진 탓으로 돌렸다. 달고 진한 커피를 마시자 피로가 풀리는 기분이었다. 홍이 트로트 멜로디를 따라 흥얼거렸다. 이게 무슨 노래지? 준우가 물었다. 나도 모르겠는데. 참, 아줌마가 택시 불러줬어. 좀 이따 나가면 돼. 홍은 마치 준우의 마음을 읽은 듯 말했다. 그는 대수롭지 않다는 듯 고개를 끄덕였다. 커피를 다마신 홍은 빈 종이컵을 야무지게 구겨서 어제 들고 다녔던 비닐봉지 안에 넣었다. 그리고 방 정리를 시작했다. 그가 대충 접어놓은 이불을 다시 깔끔하게 개어 베개와 함께 가지런히 포갰다. 휴지로 바닥을 훔쳐 먼지와 머리카락을 모아 봉지에 담았다. 홍이 청소를 하는 동안 준우는 엉거주춤 일어서서 괜히 가방을 들었다 놨다 하며 서성였다. 엎드려서 방을 쓸고 다닌 홍의 무릎이 빨개져 있었다. 이마에는 땀이 맺혔다. 준우는 선풍기의 버튼을 눌렀다. 오래된 선풍기가 털털거리며 돌아가기 시작했다. 회전 버튼을 눌렀는데 딱딱 소리만 나고 회전은 되지 않았다. 홍은 괜찮다고 했지만 준우는 그녀 쪽으로 선풍기를 돌려주었다. 바람이 너무 세서 머리카락이 뒤로 넘어갔고 홍은 웃었다. 웃고 있는 그녀의 눈을 준우는 똑바로 볼 수가 없었다. 홍은 선풍기 앞에 앉아 화장을 고쳤다. 아까 왜 옆방에서 났던 소리 못 들었다고 했어? 준우가 물었다. 홍은 립스틱을 바르다 말고 그를 바라보며 작게 말했다. 왜 그래, 무섭게.

둘은 각자의 가방을 들고 밖으로 나갔다. 홍은 샌들을 신었다. 운동화는 버렸어? 준우의 물음에 홍은, 무슨 운동화? 하고 눈을 동그랗게 뜨고 되물었다. 어제 바닷가에서 신었던 운동화. 홍은 한참 뒤에 아, 그거, 하고는 끝이었다.

둘은 가게로 나가 택시를 기다렸다. 의자에 앉아 바깥을 응시하고 있는 홍에게 여자가 다가왔다. 여자는 봉지 하나를 건넸다. 시금치예요. 여기 시금치가 유명하거든. 소금이랑. 홍은 깜짝 놀라는 표정으로 이 귀한 걸 그냥 받아도 되냐, 그래도 값을 치르고 싶다, 실랑이를 잠깐 하고는 결국 감사하다며 고개를 숙였다. 처복이 있으시네. 여자는 흐뭇한 표정으로 준우에게 말했다. 준우는 그저 고개를 주억거리며, 아, 예, 하고 말았으나 표정에서 난처함을 숨기지 못했다. 그런데 염전이랑 시금치 밭은 어디에 있어요? 홍이 물었다.

응? 그런 건 저쪽에. 안 보여, 여기서는.

차가 들어오는 모습이 보였고 둘은 가게 밖으로 나갔다. 준우가 조수석 문을 열자 작은 요크셔테리어가 그를 향해 짖었다. 준우는 놀라서 뒤로 물러섰다. 또 뵙습니다. 기사가 고개를 빼고 준우에게 인사했다. 어제 보았던 그 기사였다. 준우는 이마를 찌푸렸다. 그리고 문을 거칠게 닫았다. 생각보다 힘이 더 실려 문 닫히는 소리가 크게 났다. 그 소리에 금방 마음이 움츠러들었다.

둘은 뒷좌석에 나란히 앉았다. 여자는 택시가 떠나는 모습을 가게 밖에 나와 지켜보고 있었다. 홍은 창을 내리고 손을 흔들었다. 그러나 여자는 홍이 보이지 않는 것처럼 무표정한 얼굴로 뒷짐을 지고 서 있었다. 그런데도 홍은 계속 손을 흔들었다.

여기에 산이 또 유명한데, 올라가보시죠. 한 바퀴 쭉 돌고. 기사는 어제와 같은 말을 반복했다. 준우는 그게 어제가 아니라 오래전 일처럼 여겨졌다. 앞좌석의 개는 앞발로 창틀을 짚고 서서 밖을 내다보고 가끔씩 발작하듯 짖었다. 개가 서너 번 짖으면 그제야 기사는, 어허, 흰둥아, 오늘 너 물 끓인다, 하며 손을 뻗어 개의 머리를 쓰다듬을 뿐이었다. 준우는 기사가 물 끓인다 운운하는 말을 할 때마다 자신도 모르게 홍을 바라보게 되었다. 그런데 이름이 왜 흰둥이예요? 홍이 물었다.

나도 몰라요. 딸내미가 지었으니까. 걔가 육지에서 공부하는데 간만에 오거든. 근데 하도 데리고 나오라 그래가지고. 하여간 미안하게 됐습니다.

좋으시겠어요. 귀여워요.

준우는 홍이 귀엽다고 한 게 흰둥이를 말하는 것인지 그의 딸을 말하는 것인지 모호하다고 생각했다. 홍이 인사치레로 한 말에 기사는 신이 나서 딸 이야기를 주워섬겼지만 둘 다 크게 반응이 없자 금방 입을 다물었다.

홍은 가방을 뒤적이더니 카메라를 꺼내들었다. 그리고 창밖을 찍기 시작했다. 준우는 카메라의 검은 액정을 보았다. 고장난 거 아니야? 홍은 듣지 못했는지 카메라의 뷰파인더에 눈을 가까이 대고 창에 바싹 다가가 앉았다. 준우는 홍의 팔을 잡았다. 홍이 화들짝 놀라는 게 그의 몸에 그대로 전달되었다. 미안. 그런데 고장났잖아. 홍은 카메라를 빼앗기지 않겠다는 듯 팔에 힘을 주고는 가방 안에 카메라를 도로 집어넣었다. 나도 알아.

택시는 해안도로를 빠져나가 서서히 가파른 언덕을 질주하기 시작했다. 도로에는 차가 거의 없었다. 기사님, 이 방향이 맞습니까? 준우는 조심스레 물었다. 여보세요, 제가 여기서 태어난 사람입니다. 기사는 웃지도 않고 말했다. 그러나 차는 점점 고도가 높아지는 길을 올라가고 있었다. 그런데 왜 거짓말하셨습니까? 갑작스러운 기사의 말에 준우는 눈을 동그랗게 떴다. 순간 머릿속으로 수많은 생각이 두서없이 지나갔다. 초행인 거 다 아는데. 기사는 짐짓 엄한 목소리로 말하고는 호탕하게 웃었다. 그걸 어떻게 아시는데요? 홍이 호기심어린 표정으로 물었다. 여기 두 번 오는 사람은 못 봤거든 내가. 준우는 기사의 대답에 속으로 말했다. 만약 그렇다면 그건 다 네놈 때문일 거다.

가파르고 경사진 길이 이어졌고 양쪽으로 무성한 나무들이 점점 많아졌다. 준우는 일부러 기사에게 들릴 만한 목소리로 홍에게 물었다. 배 시간이 몇시지?

제가 알아서 모셔다드립니다. 기사의 말에 홍은 선선히 네, 감사합니다, 하고 대답했고 준우는 이 상황을 포기하는 쪽으로 마음을 접었다. 준우가 창을 내렸고 차 안으로 싱그러운 바람이 들어왔다. 그러나 앞좌석의 개가 헐떡이거나 간간이 짖어대는 소리가 자꾸 신경을 건드렸다. 날씨가 정말. 홍이 말했다. 그러게, 정말 좋다. 준우는 반사적으로 이어서 말하고 홍을 바라보았다. 홍이 울고 있었다. 소리는 내지 않고 눈물만 흘리고 있었다. 준우는 당황했다. 홍은 반대쪽 창으로 얼굴을 돌리고 연신 손으로 눈물을 훔쳤다. 순간 룸 미러로 준우와 기사의 눈이 마주쳤다. 준우는 휴지를 건네주는 것 외에는 할 수 있는 게 아무것도 없었다. 한동안 차 안에는 홍이 참다 참다 내는 훌쩍이는 소리와 개 짖는 소리만 간간이 들려왔다. 어느 정도 시간이 지나자 나무들 사이로 바다가 눈에 들어왔다. 고도가 꽤 되는 듯했다. 기사는 먼바다까지 잘 내려다보이는 위치에 차를 세웠다. 잠깐 쉽니다. 내려서 경치 구경 좀 하시고.

준우는 기사가 원망스러웠다. 바로 부두로 데려다줄 것이지, 저 씨발 새끼 때문에, 하고 속으로 몇 번이나 욕을 했다. 홍은 차에서 내려 바다가 잘 보이는 절벽 근처로 걸어갔다. 준우는 홍을 뒤따랐다. 홍은 멈춰 서서 크게 코를 풀었다. 기사는 개를 데리고 둘과 좀 떨어진 곳으로 가서 담배에 불을 붙였다.

하늘은 구름 하나 없이 파랗게 맑았고 뜨거운 햇볕을 그대로 받은 바다는 눈부시게 빛났다. 해안가에는 사각으로 이어진 염전이 반듯하게 펼쳐져 반짝이고 있었다. 아직은 이른 시각인데 어제와 달리 습도가 낮아 크게 덥지도 않았다. 사방이 고요했고 바람 부는 소리와 바람에 나뭇잎이 흔들리는 소리만 들려왔다. 어제도 이랬으면 좋았을 텐데. 준우는 생각했다. 그러나 마음대로 되는 일은 아니었다. 저기 있네 염전. 멀리서 보니까 유리창 같다. 준우가 말했다.

박살 내고 싶다.

뜬금없는 홍의 말에 준우는 할말을 잃었다. 자꾸 이해가 되려고 해. 홍이 읊조리듯 말했다. 자꾸 이해가 되려고 해서 미치겠는 거야. 그런데, 지금은.

……지금은?

해피해.

준우는 뭐라 말해야 좋을지 몰랐다. 갑자기 해피하다니.

너는?

나? 나는.

홍의 질문에 준우는 아까보다 더 당혹스러웠다. 쉽게 말이 나오지 않았다. 대답을 기다리며 준우의 얼굴을 빤히 바라보고 있던 홍이 갑자기 큭큭 웃었다. 쫄기는. 홍은 준우에게 무언가를 꼭 쥐여주었다. 코 푼 휴지였다. 홍은 바다를 바라보며 숨을 크게 들이마셨다가 길게 내쉬었다. 정말 끝내준다. 그리고 나 잘 자거든. 그런 것도 해피하다면 해피한 거지. 홍은 눈가를 한번 훔치고는 기사가 있는 곳으로 걸어갔다. 그리고 기사에게 담배를 빌려 함께 피우기 시작했다. 개는 나무마다 마킹을 하느라 정신없었다. 홍은 그런 개를 따라다니며 머리를 쓰다듬었다. 준우는 그제야 민박집 냉장고에 『백년의 고독 1』을 두고 왔다는 사실을 기억해냈다. 준우는 입술을 깨물었다. 다시 돌아갈까 잠깐 고민했지만 이상하게 너무 멀리 와버린 기분이었다. 그런데 정말 냉장고에 그 책들이 다 들어 있었나? 꿈이 아니었나? 준우는 고개를 돌려 바다를 바라보았다. 바다가 너무 찬란하게 빛나서 눈이 시리다못해 아렸다. 눈에는 안 좋겠다 생각했지만 한참 동안 시선을 떼지 않았다. 해피. 해피. 무의식적으로 되뇌다보니 무슨 개 이름을 부르는 것 같았다. 손가락을 눈 가까이에 대고 염전을 향해 튕겨보았다. 그러다 눈 고랑에 고인 눈물을 손가락으로 찍어냈다.

주머니에서 전화기가 울렸다. 애인이었다. 준우는 받기 싫은 마음과 함께 전화가 끊기면 어쩌나 하는 불안감이 동시에 들었다. 대여섯 번의 신호 후에 급히 전화를 받았다. 서울에는 비가 내리는데, 당신은 좋아? 애인의 목소리는 방금 잠에서 깬 듯 나른했다. 저쪽에서는, 그랬어? 그랬어? 하며 아이를 달래는 듯한 홍의 목소리와 기사의 웃음소리가 꿈결처럼 들려왔다. 휴지를 버리고 싶었는데 아무리 둘러봐도 휴지통이 없었다. 손에 쥔 휴지는 점점 더 축축해졌다. 준우는 휴지통을 찾고 싶은 생각뿐이었다. 다른 마음은 아무것도 들지 않았다.

Take Me Somewhere Nice

대학 시절 우진이 여자친구 주영의 집에 놀러가면 해영은 늘 자다 깬 부스스한 얼굴로, 키우던 고양이에게 하네스를 채우고 산책을 나가곤 했다. 주영은 그런 언니를 보며 혀를 찼다. 자신에게 혀를 차는 동생을 향해 해영은 가운뎃손가락을 들어 보였다. 고양이를 산책시키는 것은 보기 드문 일이어서 우진은 신기하다 생각했다.

몇 개월 만에 연락한 해영이 J시로의 여행을 제안했을 때 우진은 흔쾌히 응했다. 해영은 J시에 도착할 때까지 세 시간 반가량을 한 번도 쉬지 않고 운전했다. 시골의 밤공기는 초여름임에도 불구하고 서늘했다. 적당히 수증기를 머금은 바람이 우진의 얼굴을 쓸고 지나가자 시야가 상쾌해졌다.

　해영은 톨게이트를 지나 처음 보이는 편의점 앞에 차를 세웠다. 그리고 담배 네 보루와 라이터, 이온음료를 샀다. 우진은 계산을 하는 해영의 뒤에 섰다. 올해로 마흔인 해영은 나이에 비해 흰머리가 많이 보였다. 그녀의 목덜미에 후, 바람을 불어보았다. 아무렇게나 묶은 머리 아래로 흘러내린 몇 가닥의 머리칼이 입김에 살살 흔들렸다. 그러나 아무것도 느끼지 못한 듯 그녀는 무표정하게 계산을 마치고 편의점을 나섰다.

　해영은 차 키를 우진에게 넘기고 조수석에 앉았다. 상향등 켜. 우진이 시동을 걸자 해영이 담뱃갑의 포장을 뜯으며 말했다. 로드킬을 조심하라는 말이었다. 해영은 서울의 한 동물보호협회에서 십 년 넘게 일하고 있었다.

　장충단공원 옆을 해 질 무렵 지나고 있었어. 차로. 해영이 담배 연기를 길게 내뿜었다.

　한 십 미터쯤 앞 도로에 로드킬 당한 고양이가 누워 있었어. 난 고개를 돌렸지. 그런데 운전하던 사람은 못 본 거야. 피하라고 말하기엔 이미 늦은 거리였거든. 눈을 감아버렸는데, 고양이가 있겠다 싶은 부분에서 차가 덜컹, 하더라고.

　해영은 띄엄띄엄 말을 마친 후 담배를 깊게 빨았다.

　……그냥 돌이나 뭐 그런 거였을 수도 있잖아.

　너는 모를 거야. 그 느낌.

우진은 할말을 찾지 못해 화제를 돌렸다. 참, 애들은 어떻게 하고 왔어?

해영은 당연한 걸 묻는다는 듯 한동안 말이 없다가 작게 대답했다. 맡기고 왔지.

왠지 더이상 말을 걸면 안 될 것 같아 우진은 입을 다물었다. 어두운 길가에서 무언가 튀어나올 것 같아 속도를 조금 늦추었다. 서울에서 내려오는 내내 예민해 보였던 해영은 운전대를 넘긴 후 피곤이 몰려오는지 의자를 뒤로 젖히고 한숨을 길게 내쉬었다.

해영은 굳이 자신이 운전을 계속하겠다고 우겼다. 그리고 그의 요구를 묵살하고 모든 휴게소를 그냥 지나쳐왔다. 우진은 고속도로에서 최소한 두 번은 과속 카메라에 잡혔을 거라 생각하며 상향등을 켠 채로 천천히 차를 몰았다. 차 안에서 반복해 들었던 노래가 자꾸만 입가에 맴돌았다. 아이유 노래 한번 더 들을까? 해영이 희미하게 웃었다. 우진은 창을 통해 들어오는 시골의 진한 여름밤 내음을 한껏 들이마셨다.

최종 목적지는 시내에서 이십 분 정도 더 들어가야 하는 면 단위 마을로, 주로 포도 농사를 짓는 작은 동네였다. 게다가 그들이 가는 곳은 마을 사람들이 모여 사는 동네와는 또 좀 떨어진 곳에 위치한, 저수지와 뒷산 사이에 비슷하게 생긴 단층의 석조건물 두 채가 간격을 두고 서 있을 뿐인 외진 곳이었다.

우진은 검은 산으로 둘러싸인 어둑한 시골의 밤길이 익숙지 않왔다. 혹시라도 산짐승이 튀어나오지는 않을까 내심 불안했다. 음악 볼륨을 좀더 높였다. 해영은 팔짱을 낀 채 아무런 감흥도 싣지 않고 멜로디를 따라 흥얼거렸다.

내비게이션을 켜고 갔는데도 우진은 마을 입구에서 길을 잘못 들었다. 차를 돌리는 동안 해영은 새 담배를 꺼내 입에 물었다. 그러다 길가에 우두커니 서 있는 남자를 보았다. 해영이 낮은 비명을 지르자 우진도 놀라 짧게 소리를 뱉었다. 허름한 회색 점퍼에 머리가 덥수룩하게 긴 남자가 초록색 야구 모자를 쓰고 있었다. 너 때문에 내가 더 놀랐다. 길을 빠져나오자마자 우진이 말했다. 너도 봤지? 나만 본 거 아니지? 해영은 놀란 마음이 가시지 않는지 어리둥절한 표정으로 물었다.

사람 아니잖아.

사람이 아니라고?

마네킹에 옷 입힌 거잖아.

둘은 한동안 말이 없다가 어느 순간 해영이 소리 내어 웃기 시작했다. 우진도 따라 웃었지만 마냥 웃기지만은 않았다.

띄엄띄엄 늘어선 가로등 너머로 불 켜진 낯익은 집이 보였고 이어서 대문 밖에 서 있는 한의 실루엣을 확인했을 때 둘은 말할 수 없는 안도감을 느꼈다. 한은 따뜻한 미소로 둘을 맞아주었다. 한에게 우진은 선물로 준비한 시디 몇 장과 케이크를, 해영은 담배 세 보루를 건넸다. 서로 인사를 나누는 동안 개 짖는 소리가 허공에 울려퍼졌다. 낮은 대문을 열고 들어서자 커다란 도베르만 두 마리가 우진과 해영을 보고 짖어댔다. 한이 다가가 개들의 목을 쓰다듬으며 말했다. 여기에선 짖지 않는 개는 아무 소용이 없거든. 해영이 이름을 부르며 개들에게 다가가 손등을 내밀었다. 개들은 해영의 냄새를 맡고는 금방 귀를 내리고 꼬리를 흔들었다. 해영은 익숙하게 개들을 쓰다듬었다. 다 컸구나.

한은 해영을 통해 알게 된 사람이었는데 그에 대해 우진이 아는 것은 거의 없었다. 정확한 나이도 본명도 알지 못했다. 일이 년에 한 번씩 볼 때마다 함께 사는 사람도 매번 바뀌어 있었다. 우진의 물음에 해영은 한 번도 시원하게 대답해준 적이 없었다. 이건 좀 불공평한 거 아니야? 저 사람은 내 이름이랑 직업이랑 다 아는데.

아마 한은 네 이름이랑 직업에 관심이 없을 거야. 그런 사람이야.

해영은 언제나 이런 식의 대답뿐이었다. 그리고 덧붙였다. 공부가 목적이면 공부만 열심히 하다 오면 되는 거야. 그래, 안 그래.

우진은 대학을 다니다 군대에 갔다. 제대 후에는 학교를 그만두고 파리로 유학을 떠나 음향 공부를 했다. 그러나 부모님이 이혼하는 바람에 졸업을 한 학기 앞두고 학교를 그만둘 수밖에 없었다. 파리는 생활비가 너무 많이 들었고 아버지는 다른 여자와 재혼을 했다. 부모의 경제적 지원이 끊어진 삶에 아무런 대비도 해놓지 않았던 때였다. 아르바이트를 구하고 집세가 싼 곳을 찾아 어떻게든 버텨서 졸업을 할 수도 있었을 것이다. 그러나 그때는 모든 것이 불가능하게 여겨졌다. 당시 사귀던 여자친구와의 이별도 한몫했다는 것은 아무에게도 말하지 않았다. 세상의 모든 불행이 자신을 공격하는 기분이었고 우진은 그것을 극복할 힘이 없었다. 졸업장이 없는 탓에 서울에서는 제대로 된 일자리를 구하기 힘들었다. 친구의 소개로 겨우 작은 프로덕션에 계약직으로 입사해서 일하기 시작했다. 그리고 십여 년이 지난 지금도 아직 그곳에서 일하고 있었다. 정직원이 되었으나 대우가 크게 좋아진 것은 아니었고 여전히 텔레비전이나 라디오 광고에 들어가는 음향을 만들었다. 광고주들과 개인적인 친분을 쌓아 나중에 독립해야겠다고 막연히 생각해왔지만 역시나 구체적인 계획은 없었다. 다만 계절이 바뀔 때마다, 연말이 올 때마다, 아 시간 더럽게 빠르다는 말만 반복할 뿐이었다.

그리고 결정적으로, 음향에 대한 제대로 된 개념 자체가 한국에는 아직 없어요. 멜로디나 임팩트만 중요하게 생각하지 소리의 질에 대한 감각은 빵점이에요. 아, 이제 빵점은 아닌가. 몇 년 전에 ASMR이 유행했잖아요. 그래서 그나마 이젠 한…… 사오십 점은 되는 것 같네요.

AS…… 그게 뭐죠?

네? 아 그게, 하여간 이게 다 한국 사람들이 '공부'를 하지 않아서 그런 거 아닐까요?

우진은 대답 대신 엉뚱한 질문을 던진 후 지나치게 큰 소리로 웃었다.

'공부'란 보통 마리화나를 말아 피운다는 뜻으로 그들끼리 쓰는 은어였다. 한은 대마초나 마리화나라는 말을 한 번도 입에 올린 적이 없었다. 우진은 유학 시절 친구들과 해시시를 자주 피웠다. 평소보다 청각이 예민해져 작업을 할 때 유용했다. 그러나 한국에 와서는 해시시를 구할 수도 없었을뿐더러 청각을 곤두세우고 작업을 할 만한 일이 없었다. 헤드폰을 끼고 밤을 새워 섬세하게 작업을 해가도 아무도 알아주지 않았다. 같은 업계에 종사하는 친구들을 만나 답답함을 토로하면 오히려 은근히 비꼬는 투로 말했다. 여기는 프랑스가 아니야. 아직도 감 못 잡았냐?

한의 안내로 현관문을 열고 들어가자 처음 보는 여자가 서 있었다. 하늘색 반팔 티셔츠에 트레이닝팬츠를 입은 여자는 우진의 눈에는 아무리 봐도 고등학생 정도로밖에 보이지 않았다. 여기는 민수라는 친군데, 잠깐 일 도와주고 있어.

한은 언제나 이런 식으로 사람을 소개했다. 소개를 받은 여자는 고개를 까닥하며 가볍게 인사했다. 짐을 내려놓고 일행은 거실의 좌식 테이블에 옹기종기 둘러앉았다. 그런데 해영씨는 안색이 영 별로다? 한이 해영의 얼굴을 찬찬히 훑어보며 말했다. 개새끼들 때문에 개고생해서 그래요. 해영은 마치 오늘 날씨 구리네, 따위의 말을 할 때처럼 무감한 어조로 대답했다. 그녀가 말하는 개새끼가 진짜 개를 가리키는 것인지, 동물 학대범들을 가리키는 것인지 우진은 모호하다고 생각했다. 아, 우리 오다가 이상한 사람 봤어. 기절하는 줄 알았네. 해영의 말에 우진이 덧붙였다. 그거 사람 아니라니까. 왜 있잖아요, 허수아비 같은 거. 마네킹에 옷 입혀놓고.

혹시, 머리 길고 모자 썼어요? 그거 사람 맞아요. 근데 죽었는데.

한이 민수의 머리를 장난스레 탁 치며 말했다. 또 거짓말한다.

나 급한데. 일단 먼저 하면 안 돼?

해영이 재촉하자 한은 서랍장에서 작은 나무상자를 꺼내왔다. 그리고 상자 안에 든 비닐 팩에서 잘 마른 잎을 한줌 쥐어 얇은 종이에 올렸다. 연초를 마는 한의 능숙한 손동작을 나머지 셋은 조용하게 주시했다. 한은 종이에 침을 발라 꼼꼼하게 마무리한 후, 연초를 입에 물고 불을 붙였다. 민수는 우진이 선물로 가져온 자미로콰이 베스트 앨범을 틀었다. 한은 연기를 한 모금 깊게 빤 뒤숨을 멈추고는 연초를 해영에게 건넸다. 해영은 조심스레 연초를 받아들고 그가 했던 것처럼 연기를 빨아들인 후 숨을 멈추었다 천천히 내뱉었다. 연초는 계속해서 옆 사람에게로 건네졌다. 두세번 정도 돌아간 후에는 비릿하면서도 구수한 향의 연기가 공중에 자욱하게 배어들었다. 한이 두번째 연초를 말고 끝까지 다 피웠을 때쯤에는 모두의 표정이 한결 자연스럽게 바뀌어 있었다. 얼마쯤 지났을까. 우진에게는 음악이 연기가 되어 눈앞에서 유영하는 것처럼 보이기 시작했다. 해영의 입가에는 부드러운 미소가 번졌고 사람들은 마치 오래된 친구들처럼 조곤조곤 이야기를 나누었다.

한이 만드는 연초는 담배보다 목 넘김이 부드러웠고 피운 후에도 입안이 텁텁하거나 머리가 탁해지는 느낌이 없었다. 해시시를 과도하게 피우고 났을 때 느꼈던 매스꺼움도 전혀 없었다. 대신 평화로움이 찾아왔다. 눈이 편안해졌고 음악은 바로 옆에서 연주하는 것처럼 풍부하게 들렸다. 무엇보다 식욕이 왕성해졌고 소화도 금방금방 되는 기분이었다. 그리고 깊은 잠을 잘 수 있었다. 맨발로 보들보들한 구름을 밟고 다니는 것처럼 평온하고 즐거웠다. 아무런 욕망도 없이 잔잔하게 흐르는 물처럼.

이번에는 더 확 오는데요? 이게 정확히 뭐죠? 우진이 조심스레 물었다.

교재가 좋아야 공부가 잘되는 법. 알다시피 내가 구력이 좀 되잖아. 나머지는 각자 알아서 생각하자구요.

우진은 한과 민수가 눈빛을 교환하는 것을 보았다. 해영이 단 게 먹고 싶다고 했다. 이미 자정이 지난 시각이었으나 누구 하나 싫다는 말은 하지 않았다. 넷은 달짝지근한 아이스 와인을 한 병 따고 사이좋게 녹차 케이크를 나누어 먹었다. 와인은 금방 비었고, 한은 레드 와인 한 병을 더 땄다. 민수는 치즈와 크래커, 과일 따위를 꺼내왔다. 해영은 안주까지 깨끗하게 먹어치운 후 벽에 등을 기대고 눈을 감았다. 음악은 첫번째 곡으로 다시 넘어갔다. 민수가 일어나서 한의 팔을 끌었다. 둘은 서로의 손을 잡고 음악에 맞추어 가볍게 춤을 추기 시작했다. 우진은 이 장면을 언젠가 본 적이 있는 것 같았다. 자미로콰이는 고등학교 때부터 들었던 거니까…… 아닌 가, 대학 때였나. 왜 한은 언제나 예전 음악을, 그것도 꼭 시디나 엘피로 듣는 걸까. 우진은 새삼스러운 눈으로 주위를 둘러보았다. 마치 과거의 어떤 장소에 와 있는 듯했다. 낯선 곳인데 사실은 어 릴 때부터 알았던 장소 같은. 이제 조금만 더 애쓰면 기억해낼 수 있을 것 같은. 한과 민수도 기억을 해보면 내가 아는…… 이건 말 이 안 되나. 우진은 코웃음을 치고 고개를 흔들었다.

얘기 좀 해봐. 또 어떤 사건 사고가 있었는지. 우진이 해영에게 말을 걸었다. 해영은 답이 없었고 우진은 대화를 하고 싶었다. 요 즘은 얼마나 데리고 있어, 집에? 더 늘었어? 해영은 손가락 다섯 개를 다 폈다가 곧 하나를 접어 넷을 만들었다. 하나가 얼마 전에 무지개다리를 건넜지.

나이가 많았어?

아니, 새끼. 얼마나 던지고 밟고 했는지 걷지도 못해서 똥도 앉 아서 썼어. 그래서 집으로 데려왔는데 밥을 안 먹더라고. ……죽 고 싶었나. 동물 중에도 그런 애들이 있거든. 별수없지. 아, 요전 날에는 눈알에 쇠구슬 박힌 고양이도 들어왔었다. 누가 정성껏 아 주 정확하게 박아놨더라고. 정말 창의적이지 않니?

살아 있는 애한테? 안 죽었어?

그냥 애꾸눈 됐지 뭐. 이런 얘기 이제 안 지겨워?

아니 들을 때마다 화가 나는데.

너는…… 멀리 있어서 그런가.

해영은 길게 하품을 했다. 그러고는 미소가 마치 무표정인 양 한참을 묘하게 웃는 얼굴로 있다가 일단은 자야겠다고 했다. 지금 딱 너무 행복한 기분이라고.

잘 자라는 인사와 함께 한과 민수는 안방으로 들어갔다. 둘에게 는 거실 쪽에 있는 방을 쓰라고 했다. 이곳에 올 때마다 같은 방을 썼기에 어색한 일은 없었다.

전에 있던 남자는 어쩌고 이젠 여자애? 딱 봐도 어린데. 미성년 자 아니야.

방에 들어오자마자 우진이 작게 말했다. 해영은 씻지도 않고 자 리에 누워 불을 끄라는 손짓만 했다. 불 꺼진 방은 한순간에 밀도 높은 어둠으로 가득찼다. 밖에서는 개구리 울음소리가 들려왔다. 손을 더듬어 자리에 눕자 우진도 슬며시 입꼬리가 올라갔다. 잔잔 한 호수 위에 누운 듯한 느낌이었다. 눕자마자 신기하게도 몸이 무거워져 손가락 들 힘도 없었지만 그게 좋았다. 마치 오랫동안 떠돌다 고향집에 내려온 듯한 낯설고도 안온한 느낌. 시골에 고향 이 있다면 이런 기분일까.

그때 주영이가 소영이를 밖에 내보낸 게 맞아. 그년이 일부러 그랬다고. 너도 기억하지?

잠 속으로 빠져들려는 찰나, 해영의 목소리가 우진을 물 밖으로 끌어냈다.

주영이는 잘 지내고? 둘째는 유치원 들어갔나?

우진은 해영의 말에 동조도 반박도 하기 힘들어 다른 말을 꺼냈다.

주영과 이별한 지 얼마 되지 않았을 때였다. 주영에게 전화가
와서 집으로 달려갔을 때, 해영은 두 눈이 벌게진 채로 넋이 나가
서성이고 있었다. 주영은 고양이가 집을 나갔는데 늦은 밤인데다
어디서부터 찾아야 할지 엄두가 나지 않아 연락했다고 했다. 해영
은 몇 시간 동안 동네를 헤맸고 119에 전화해서 고래고래 소리를
지르며 억지를 부렸다고 했다. 소영이라니까 사람인 줄 알았는데
고양이라는 사실을 알고는 구급대원이 어이없어했다고 주영은 전
했다. 자신을 의심하는 언니 때문에 억울하다며 눈물을 글썽였다.
그녀가 고양이를 좋아하지 않는다는 것은 알고 있었으나 그 말이
거짓말처럼 들리지는 않았다. 우진은 해영과 밤새 동네를 뒤졌다.
그뒤로도 전단지를 만들어 붙였고 며칠간 시간을 내어 함께 소영
이를 찾으러 다녔다. 찾지 못할 거라는 확신 사이에 그래도 혹시
나 하는 바람이 있었다. 그렇게 잃어버린 해영의 고양이 소영은
결국 다시 돌아오지 않았다.

소영이는 열한 살이었어. 주영이는 소영이를 싫어했어. 너도 알
잖아? 동물이랑 같이 사는 거 자체를 혐오했지. 아직도 그때 생각
을 하면 난…… 그런데 주영이 때문은 아니고, 사실은……

우진은 해영의 손에 자신의 손을 올려놓았다. 십 년도 더 지난

일이었다. 그러나 고양이를 찾아 헤매던 밤을 분명히 기억한다. 고양이의 이름을 애타게 부르던 해영의 뒷모습을. 땀에 젖어 동그랗게 얼룩이 번진 그녀의 등을. 그때 그 골목들, 발소리, 밤공기의 습도까지도 기억할 수 있을 것 같았다. 소영이라는 이름 때문인지 그날 밤에는 정말로 잃어버린 사람을 찾는 기분이 들었다. 그런데…… 주영이랑은 왜 헤어졌더라.

해영이 동물보호협회에 들어갔다고 했을 때 우진은 어쩌면 당연한 결과인지도 모른다는 생각을 했다. 그러나 이것은 그저 술에 취한 해영의 잠투정일 것이다. 해영이 뭐라 웅얼거리는 소리가 음향처럼 들려왔다. (명랑한 목소리로) 우리는 함께 고양이를 찾으러 다닌 사이지요. (고양이 소리) 소영아! 어, 아니네. (여자의 웃음소리) 이렇게 쉬울 리는 없겠죠. 이들은 무엇을 잘못한 것일까요? 아시는 분들은 전화번호 1577…… 우진은 갑자기 웃음이 나려는 것을 입에 힘을 주어가며 겨우 참았다. 우진은 해영의 머리칼에 후, 하고 바람을 불어주고 싶다는 생각을 하며 빠르게 잠 속으로 빠져들었다.

우진이 눈을 떴을 때 해영의 자리는 비어 있었다. 거실로 나가보니 모두 일어나 식사 준비를 하고 있었다. 한은 계란프라이를 만들고 커피를 내렸다. 해영은 채소를 씻어 샐러드를 만들었다. 민수는 아직 잠이 덜 깬 표정으로 식탁 앞에 앉아 토스터의 식빵이 구워지길 기다리며 하품을 했다. 오늘 낮 기온이 삼십 도 가까이 된대요. 아닌가, 넘는댔나. 민수가 햇살이 드는 거실을 응시하며 혼잣말처럼 중얼거렸다.

우진의 귀에 사람들이 식사하는 소리가 여느 때보다 선명하게 들렸다. 우진은 눈을 감고 공간에 번지는 고소한 향과 소리들을 음미했다. ASMR…… 그게 그러니까, 무슨 뜻이더라.

식사를 마친 후 각자 커피잔을 손에 들고 넷은 또다시 거실 테이블에 둘러앉았다. 민수는 커튼을 꼼꼼하게 쳤다. 연초는 항상 한이 말았다. 진짜 잘 만다. 고1 때부터랬나? 해영의 물음에 한은 미소로 대답을 대신했다. 거의 장인 수준이네.

우진은 한의 이력이 무척 궁금했다. 외모만 보면 오십대 중반 정도로 보이는데. 그러나 물어봤자 아무 대답도 들을 수 없을 것이 뻔해 입을 다물었다. 부잣집 아들이겠지. 그러니 고등학교 때부터 자기 멋대로……

낮에 말이야, 한이 꼼꼼하게 만 연초를 들어 종이에 침을 발라 붙이며 물었다. 이렇게 환하고 조용한 대낮에 말이야, 공부하며 듣기에 제일 좋은 음악이 뭔지 알아?

〈Take Me Somewhere Nice〉. 우진이 말하자 민수가 대뜸, 뭐라고요? 나이스? 오빠는 트와이스 좋아할 거같이 생겼는데, 하며 팔을 긁적였다. 우진이 뭐라 답하기도 전에 해영이 퉁명스럽게 말을 던졌다. 오빠 같은 소리 하고 있네. 한이 웃었고 민수도 따라 웃었다. 이어서 해영도 웃기 시작했다. 우진은 어리둥절했지만 사람들의 웃음소리가 웃겨서 함께 웃었다.

한이 완성된 연초를 해영에게 건넸다. 해영은 불을 붙이고 연기를 깊게 들이마셨다. 연초 끝에서 가느다란 연기가 빠져나와 허공 속으로 천천히 올라갔다.

뭐든 다 좋지만, 오늘은 베토벤 소나타를 듣자. 언드라시 시프로, 정확하게.

한은 몸을 일으켜 음악을 틀었다. 잠시 후 익숙한 멜로디가 흘러나왔다. 이거 〈월광〉 아니에요? 맞아, 소나타 14번. 사람들은 '월광' 하면 무조건 밤만 떠올리니까. 그런데 이런 환한 햇빛에 더 어울리는 곡이지. 나는 그렇게 생각해.

당신은 그렇게 생각하는구나. 해영이 읊조리듯 말했고 아무도 웃지 않았다. 낮은 단조의 예리하고 우아한 피아노 소리가 빛과 연기 사이로 침범해 들어왔다. 해영은 바닥에 누웠다. 민수는 한의 다리를 베고 누웠다. 한은 그녀의 머리를 쓸어주었다. 만족스러운 미소가 그녀의 입가에 번졌다.

제목을 잘못 지었네. 어떤 새끼가 월광이래. 선라이트라고 바꾸자. 해영이 허공에 대고 말했다. 그리고 손을 뻗어 빛을 만지듯 천천히 허공을 쓰다듬었다. 우진은 마치 오래된 필름을 보고 있는 기분이었다. 빛에 닿은 사람들이, 테이블이, 커피잔이 점점 희미하게 색이 바래고 있었다. 보여? 정말 아름답지. 말을 하려 했으나 발음이 되어 나오지 않았다. 아쉬웠고, 그런 무력한 기분이 드는 게 참을 수 없이 감미로웠다.

배고프다. 고기 먹으러 갈까. 해영이 말했고 다들 고개를 끄덕였으나 아무도 선뜻 일어나지 않았다. 한참이 지나서야 한이 기지개를 켜며 몸을 일으켰다. 한은 개들을 목욕시키고 집 정리를 해야 하니 셋이 다녀오라고 했다. 올 때 피자나 몇 판 사와.

우진은 여자들이 외출 준비를 하는 동안 한을 따라 마당에 나가 개들과 놀아주었다. 햇살 때문에 정수리가 금방 뜨끈해졌다. 한은 수도꼭지를 틀어 호스로 잔디며 나무에 물을 뿌렸다. 개들이 꼬리를 치며 물줄기를 따라 뛰었다. 개들의 리듬과 물줄기의 속도, 길게 늘어져 반짝이는 붉은 혀의 미세한 움직임. 우진의 눈에 각각의 장면들이 슬로모션처럼 각인되었다. 개와 돌과 나무와 흙, 플라스틱 의자와 이 모든 사물이 햇살에 달궈져 독특한 냄새를 만들어냈다. 한은 개의 등에 비누칠을 했다. 검은 등에 금방 하얗게 거품이 일었다.

민수는 민소매 티셔츠에 핫팬츠 차림이었다. 드러난 다리는 울긋불긋한 멍과 함께 모기 물린 자국에 딱지가 앉은 것 같은 붉은 흉터로 어지러웠다. 해영은 청바지에 처음 보는 주황색 티셔츠를 입고 있었다. 민수에게 빌린 것이라고 했다. 옷을 못 챙겨왔네. 정신이 없어서. 해영은 웅얼거리듯 말하고는 눈을 가늘게 뜬 채 한이 개를 씻기는 모습을 응시했다. 한이 여자들 쪽을 한번 보고 비누칠을 마친 개의 몸에 물을 뿌리며 말했다. 이쁘다. 개에게 하는 말인지 여자들에게 하는 말인지 알 수 없었다. 거품이 섞인 물이 바닥으로 줄줄 흘렀다. 빛을 받은 거품이 알록달록 빛났다. 셋은 물줄기가 바닥을 흘러 하수도 구멍으로 사라지는 모습을 바라보며 한동안 멀뚱히 서 있었다. 한이 갑자기 몸을 틀어 민수의 다리에 물을 뿌렸다. 민수가 놀라 소리를 질렀고 사람들의 웃음소리가 공중에 퍼져나갔다. 개들은 힘차게 꼬리를 흔들며 경중댔다.

운전대는 우진이 잡았다. 민수는 뒷좌석의 창을 내리고 한에게 손을 흔들며 안녕, 하고 외쳤다. 마치 멀리 떠나기라도 하는 사람처럼. 그러나 한은 팔을 한번 들어 보였을 뿐 곧 개의 털을 닦는 일에 몰두했다.

어떨 땐 너무 차가워. 민수가 말했다. 아무 대꾸도 없는 둘에게 민수가 물었다. 그런데 둘은 어떤 사이?

결혼 안 하는 사이. 해영의 대답에 민수는 피식 웃었다. 이 언니 진짜 재밌다니까.

내가 왜 네 언니니? 민수는 못 들은 척 시선을 돌렸다.

민수는 시내 지리에 밝았다. J시에서 태어났다고 했다. 햇살은 점점 뜨거워졌다. 에어컨에서 쿰쿰한 냄새가 올라왔다. 우진은 에어컨을 끄고 창을 모두 내렸다. 민수가 팔을 창밖으로 뻗었다. 위험해.

촌스럽긴. 시골은 괜찮아요.

식당은 허름했으나 유명한 곳인지 대낮임에도 사람들로 북적였다. 셋은 구석에 자리를 잡았다. 생갈비 주세요. 환기가 잘 되지 않았지만 아무도 개의치 않는 듯 보였다. 셋은 걸신들린 것마냥 말없이 불판 위의 고기에 집중했다. 셋이 오 인분을 먹어치우고 나왔을 때에는 온몸에 고기 냄새가 배어 있었다. 민수는 자신의 머리칼을 코에 가져가 냄새를 맡으며 인상을 썼다.

소화도 시킬 겸 오락 한판 할래요?

오락실이 있어?

민수는 앞장서서 식당 맞은편으로 걸음을 옮겼다. 대학교 때 이후로는 본 적 없는 오락실이 과거 모습 그대로 남아 있었다. 시끄러운 전자음과 곰팡이와 먼지 냄새, 찌든 담배 냄새와 군데군데 금이 간 기계들. 지나치게 투박하고 큰 기계들은 알록달록한 버튼을 달고 반복되는 화면만 보여주었다. 인서트 코인. 버튼이며 의자는 가운데가 반질반질해서 오랜 시간 사람 손을 탄 흔적이 역력했다. 여기도 신장개업이라는 걸 한 적이 있을까. 우진은 해영의 혼잣말을 들었다. 그리고 신장개업…… 하고 속으로 되뇌어보았다. 낯설었다.

민수가 자리를 잡았고 둘은 민수 뒤에 섰다. 동전을 넣고 게임의 시작을 알리는 음악이 울리자 민수는 바지에 손을 쓱 문질러 땀을 닦았다. 그녀는 어깨를 한껏 구부렸다 폈다 하며 게임에 몰입했다. 해영은 열심히 돌려차기를 하고 있는 화면 속의 거대한 초록색 괴물을 응시했다. 우진은 레버를 흔드는 민수의 가는 손목, 다리를 떨 때마다 흔들리는 허벅지, 리듬감 있게 버튼을 누를 때 함께 팽팽하게 당겨지는 매끈한 목덜미에 자꾸 눈이 갔다.

귀가 멍멍해. 소화도 잘 안 되고. 너무 급하게 먹었나.

해영이 나가자고 했을 때 민수는 입맛을 다시며 자리에서 일어섰다.

우리가 지금 감각이 예민해져서 그래.

그렇게 생각하니까 그런 거 아니에요? 그걸 뭐라더라, 펠라티오? 플라시보? 하여간 뭐 그런 거 아니에요?

민수의 말에 우진은 뜨악한 표정을 지었고 해영은 소리 내어 웃었다. 셋은 근처의 피자집을 찾아 들어갔다. 주문한 피자가 나오길 기다리는 동안 해영은 소화제를 사러 약국에 다녀오겠다며 자리를 떴다. 민수와 우진은 테이블을 사이에 두고 마주앉았다. 민수가 다리를 까딱대다 발로 우진의 다리를 한 번씩 쳤다. 그럴 때마다 둘의 눈이 마주쳤다.

오빤 뭐하는 사람이에요? 들었는데 까먹었네.

몰라도 돼.

치. 유학파라면서요. 프랑스는 좋아요? 불어 한번 해봐요.

우진은 고개를 저었다.

해봐요. 섹스가 불어로 뭐야?

우진은 기가 찬다는 듯 콧방귀를 뀌고는 대뜸 반문했다. 섹스가 섹스지. 섹스가 한글로는 뭔데? 기를 누르려고 내뱉은 말에 속으로 아차 싶어 급히 말을 이었다. 너 몇 살이니? 고딩? 설마 중학생? 민수는 그런 우진을 빙글거리며 바라보다 한마디 던졌다. 왜요? 신고하게?

해영이 가게 안으로 들어왔다. 셋은 피자를 포장해서 다시 차에 올랐다. 해영은 얼마 가지 않아 식은땀을 흘리기 시작했다. 시내를 벗어나 몇 분쯤 달렸을까. 해영이 차를 세워달라고 했다. 민수가 손짓으로 샛길을 가리켰다. 저기로 들어가면 저수지 근처에 세울 수 있어요. 샛길로 오십 미터 정도 들어가니 풀이 듬성듬성 나 있는 공간이 나왔다. 불과 일이십 미터 앞이 바로 저수지였다. 낚시터처럼 보이기도 했다. 뒤쪽으로 커다란 나무들이 서 있어 그늘을 만들어주었다. 저수지에서 진한 물비린내가 올라왔다. 해영은 차에서 내리자마자 풀숲에 들어가 구역질을 했다. 등 두드려줄까?

해영은 손을 크게 내저었다. 풀 사이로 쪼그려앉은 해영의 등이 보였다.

참 별일이다. 원래 공부하면 소화가 엄청 잘되는데.

오빠도 그게 대마초 뭐 그런 거라 생각하는 거지?

우진은 민수의 말에 잠깐 혼란스러웠다. 이 어린 여자애에게 말려드는 기분이 들었다. 자꾸 반말할래? 우진이 정색했다. 민수는 피식 웃으며 노래하듯 말을 이었다.

여기 찾아오는 사람들 보면 참 신기해. 다 전문가들이래. 아무 이파리나 말려서 줘도 다 좋대. 어떤 아저씨는 타이레놀 갈아줬더

니 신나서 코로 들이마시고 질이 끝내준대나…… 나 참. 어, 그런
데 저게 뭐지?

민수의 시선을 따라가보니 바닥에 무언가 납작하게 얼룩처럼
붙어 있었다. 우진은 내키지 않았으나 가까이 가보았다. 이미 죽
은 지 오래되어 개인지 고양이인지 알 수는 없었지만 동물의 사체
가 분명했다. 민수는 징그럽다는 듯 얼굴을 찡그렸다. 그리고 고
개를 들어 주위를 한번 쓱 둘러보고 말했다. 여기 원래 애들이 연
애하러 오는 덴데.

연애?

그거.

설마.

그게 뭔 줄 알고? 민수가 놀리듯 또다시 빙글거렸다.

뒤로 하는 거 좋아해요?

우진은 목덜미가 달아올랐다. 반사적으로 해영이 있는 곳을 바
라보았다. 오늘 기온은 삼십 도가 넘는 게 분명하다고 생각했다.
민수는 아무렇지 않은 얼굴로 다리를 긁다가 바닥에 쪼그려앉았
다. 해영이 천천히 걸어나오는 게 보였다. 우진은 잘못한 것도 없
는데 무언가 숨기는 기분이 들었다. 해영도 쪼그려앉아 민수가 발
견한 사체를 자세히 들여다보았다. 이제 그만 일어나자고 우진이
재촉했으나 말이 없었다. 대신 나뭇가지를 주워 들고 사체를 이리
저리 건드려보기까지 했다.

이건 누가 죽인 거야.

해영이 건조한 목소리로 말했다. 그리고 천천히 손을 털고 일어섰다.

토했어?

해영은 고개를 가로저었다. 셋은 차가 세워진 곳으로 걷기 시작했다. 해영이 뒷좌석 문을 열고 들어갔다. 민수는 빙긋 웃으며 조수석에 올라탔다. 차 안에는 피자 냄새가 진동했다.

그런데 나 궁금한 게 있는데, 호수랑 저수지랑 어떻게 다른 거예요?

자갈이 튀는 좁은 길을 빠져나오다 셋은 길에 서 있는 남자를 발견했다. 목 주위가 너덜거리는 회색 점퍼를 걸쳤고 얼룩진 바지는 지퍼가 열려 있었다. 머리는 덥수룩해서 목덜미까지 자랐고, 입을 반쯤 벌린 얼굴이 검게 그을려 있었다. 어? 잠깐. 차 좀 세워봐요. 민수가 말했고 해영은 내려가 있던 창을 올렸다. 민수가 창밖으로 팔을 빼고는 남자를 향해 손을 흔들었다. 병신아, 안녕?

그녀가 병신이라고 부른 남자는 천천히 민수를 향해 고개를 숙였다. 나야 나. 알겠어, 누군지? 남자가 개기름이 흐르는 얼굴을 민수 쪽으로 들이밀었으나 그녀는 개의치 않는 듯했다. 존나 병신아, 나 모르겠어? 감내동 민선이. 장민선. 민수는 오랜만에 만난 친구한테 인사하듯 반갑게 말했다. 멍한 눈길로 바라보던 남자는 순간 씩 웃더니 그녀를 향해 침을 탁 뱉었다. 예상치 못한 일에 민수는 비명을 질렀다. 야 이 개새끼야!

남자는 민수의 욕설에 아랑곳하지 않고 뒷좌석의 해영을 향해 한번 더 침을 뱉었다. 남자가 뱉은 침이 파편처럼 창에 퍼져 천천히 흘러내렸다. 해영은 놀란 눈으로 그 장면을 지켜보았다. 우진은 잠깐 사이에 벌어진 일에 당황해 멈칫하다 액셀을 밟았다. 민수는 휴지로 얼굴을 닦으며 계속해서 욕을 했다. 해영은 고개를 돌려 남자가 시야에서 사라질 때까지 바라보았다. 민수는 욕설을 내뱉으면서도 재미있다는 듯 싱글거렸다. 아 골때리네. 저 새끼가 저럴 줄 누가 알았겠어요. 아직 안 뒈지고 살아 있었네.

야, 너는 말이, 왜 그러냐.

우진의 비난에도 민수는 킥킥대며 말했다. 집에 가서 소주로 소독해야겠다.

그런데…… 본명이 민선이야?

아니요.

집에 도착할 때까지 우진은 갓길에 두 번 차를 세웠고 해영은 손가락을 목구멍에 집어넣기까지 했지만 결국 헛구역질만 심하게 했다. 우진은 해영의 등을 쓸어주며 주황색 티셔츠가 그녀와 어울리지 않는다고 생각했다.

집에 도착했을 때 피자는 거의 식어 있었지만 한은 게걸스레 한

판을 모두 먹어치웠다. 민수도 옆에서 거들었다. 왜 이리 늦었냐는 한의 말에 민수는 차를 타고 오다 있었던 일을 얘기했다. 그런데 내가 분명히 그 새끼 죽었다고 들었거든요. 그동안 어디 처박혀 있다 기어나온 걸까? 게다가 늙지도 않아. 옛날이랑 똑같아, 진짜.

우진과 해영은 둘의 모습을 멀찍이 바라만 보고 있었다. 저녁에 거실에 모여 앉아 연초를 피울 때에도 우진은 전처럼 기분이 좋아지는 것 같지 않았다. 해영은 저녁도 거른 채 이온음료에 소주를 타서 마셨다. 나 이거 마셔봐도 돼요? 해영이 대답하기도 전에 민수가 해영의 잔을 들어 입으로 가져갔다. 해영은 더이상 잔에 입을 대지 않았다. 그런데 언니 그거 알아요? 해영이 민수를 바라보았다.

언니한테 개 냄새 나는 거.

한이 민수의 등을 찰싹 소리가 날 정도로 때렸다.

우진은 해영이 고개를 돌려 자신의 어깨에 코를 대고 슬며시 냄새를 맡는 모습을 못 본 척했다.

방의 어둠은 어제와 같았다. 그러나 오늘은 그 밀도에 숨이 막혔다. 개구리 소리는 신경을 건드렸다. 민수의 가는 손목과 탄력있는 허벅지가 떠올랐다. 다리에 난 상처들. 우리 내일 갈래? 우진의 목소리가 방안을 잠시 떠돌다 사라졌다. 대답이 없어 자는가보다 했을 때 해영의 목소리가 들렸다. 싫어.

의외의 단호한 어조에 우진은 할말을 잃었다. 해영이 자리에서 일어나 앉았다. 우진도 따라 일어났다. 왜? 아직 속이 안 좋아?

나 사실, 집에 애들, 아무데도 맡기지 않았어.

우진은 그 말의 의미를 깨닫는 데 한참 걸렸다. 장난치지 마.

해영은 아무 대답도 하지 않았다.

밥은 주고 왔지? 가만, 오늘이 며칠이지?

우진이 몸을 일으키자 해영의 차가운 손이 우진의 손을 잡았다.

장충단공원 있잖아. 그때 운전하던 건 나였어. 고양이는 내가 지나가기 전까지는 죽은 게 아니었을 수도 있어.

해영의 목소리가 희미하게 떨렸다. 우진은 천천히 자리에 다시 앉았다.

우진아, 나…… 사람 맞아?

내일 일찍 떠나자. 아니면, 지금 갈까?

자꾸 모르는 척하고 싶어. 이해돼?

우진은 살며시 그녀의 얼굴에 손을 대보았다. 따뜻했다. 해영의 숨이 우진의 얼굴에 닿았다.

나 등 좀 두드려줄래. 세게.

해영은 갑자기 등을 돌리고 앉았다. 우진은 그녀의 등을 두드렸다가 쓸었다가 해주며 목덜미에 후, 하고 가만히 입김을 불어보았다. 해영은 아는지 모르는지 오랫동안 가만히 앉아만 있었다.

화양

짐보는 매번 히치하이킹을 해서 생판 모르는 사람의 차를 얻어
타고 왔다. 처음 만난 날에도 그랬다. 서울이라고 크게 써넣은 종
이를 들고 길가에 서 있으면 꼭 태워주는 사람이 나타난다고 했
다. 내가 믿지 못하는 눈치를 보였더니 가방 안에서 서울 아무데
나, 라고 적힌 종이를 꺼내 흔들었다.

우리는 서로의 진짜 이름을 몰랐다. 짐보라는 이름은 일본의 유
명 드러머에게서 따온 것이라고 했다. 그는 휴대폰으로 진짜 짐보
가 연주하는 영상을 보여주었다. 자기도 그처럼 위대한 드러머가
되고 싶다고 했다. 연습이 중요해서 가방 안에 항상 스틱을 넣어
다닌다며 보여주었다. 새것이었다.

짐보는 내게 서른세 살이라고 했다. 나도 서른셋쯤으로 말해야

겠다고 미리 마음먹고 있었으나 우리는 전혀 동갑으로 보이지 않았다. 그가 묻지도 않았는데 나는 서른다섯이라고 알려주었다. 그는 짐짓 놀란 얼굴로 그렇게 많아 보이지 않는다고 했다. 그의 과장된 말투에 싱긋 웃음이 났다. 아마도 만나는 상대마다 습관처럼 해왔던 말이겠지. 나는 아직도 짐보가 정말로 몇 살인지 모른다. 그리고 짐보가 내 나이에 크게 관심이 없다는 것도 안다. 어쨌든 우리는 고작 두 살 차이밖에 나지 않는 사이처럼 굴기로 한 것이다.

짐보를 계속 만날 생각은 없었는데 서너 번 만나다보니 어느새 몇 달이 지났다. 그는 경기도의 부모님 집에서 살고 있지만 자주 들어가는 것 같지는 않았다. 부모님은 노래방을 운영한다고 했다. 그는 간혹 노래방을 봐주다가 나를 만나러 서울로 오기도 했다. 히치하이킹은 그에게 이미 일상적인 일이었다. 나는 외국에서도 히치하이킹을 해본 적이 없다.

남편은 오늘 홍콩으로 출장을 떠났다. 함께 가도 괜찮다고 했지만 나는 집에 있겠다고 했다. 대신 돌아올 때 꽃무늬 치파오를 사다달라고 부탁했다. 되도록 아이리스 무늬였으면 좋겠다는 말도 덧붙였다. 남편은 아이리스가 어떤 꽃이냐고 묻지 않았다. 아마 공항으로 향하는 차 안에서 검색을 해보겠지.

직원도 따라가요? 남편은 마치 준비한 듯 부하 직원 둘의 이름을 말했다. 앞으로는 묻지 말아야지 다짐하지만 매번 묻게 된다. 남편은 내가 따라나서지 않을 거라는 사실을 알고 함께 가자고 말해본 것일까?

　남편은 나보다 열 살이 많고 해외 출장이 잦다. 나는 그와의 시간을 빈틈없이 보내려고 애썼다. 나는 천성이 게으른 편인데 남편이 그 점을 마음에 들어하지 않을 것 같아서 열심히 움직였다. 그러나 내가 노력해도 남편의 부지런함을 따라잡기는 힘들었다. 청소하는 남편을 거들거나 와인 셀러 정리를 돕다가 종종 나도 모르게 한숨을 쉬면 그는 개의치 말라고 했다. 자기가 하면 되는 일들이라고. 식사가 끝나면 나는 좀 앉아서 이야기를 나누며 소화를 시키는 스타일인데 그는 치우지 않은 식탁에 앉아 있는 것을 좋아하지 않았다. 설거지를 미루는 것도 싫어해서 식기세척기가 있는데도 바로 고무장갑을 끼고 물을 틀었다. 그는 모든 것을 빨리 처리하는 능력을 지니고 있었다. 나는 그 점이 항상 존경스러웠다. 그래서인지 모르겠지만 그와 함께 있으면 그가 나보다 십 년이나 더 살았음에도 내가 가진 시간보다 그에게 남은 시간이 더 많은 것처럼 여겨졌다.

　나는 짐보에게 전화를 걸어 평소 만나던 곳이 아닌 다른 장소에서 보자고 했다. 만나기로 한 도롯가에 짐보는 이미 와 있었다. 몸을 차도 쪽으로 향한 채 어딘가를 응시하고 있었다. 그의 왼쪽 눈은 초점이 희미했고 동공이 항상 크게 열려 있었다. 선천적으로 눈이 무척 나쁜데 왼쪽 눈은 거의 보이지 않는다고 했다.

　초점이 희미한 눈동자는 왠지 여유로워 보였다. 그저 슥 본 듯만 듯 스치고 지나가기 일쑤인 그의 텅 비어 보이는 시선이 나는 좋았다. 그런데 짐보는 그 눈으로 언제부턴가 사람들의 색을 볼 수 있게 되었다고 했다. 그러나 모두가 색이 있는 것은 아니고 색깔들이 어떤 의미를 가지는지도 잘 모른다고 했다. 나는 내게도 그런 게 보이는지 물었다. 짐보는 몇 초간 뜸을 들이더니 아이보리, 라고 대답했다. 아이보리? 확실해? 그것도 색이야?

색이지. 그게 뭐예요, 그럼.

나는 짐보를 태우고 강남의 한 백화점으로 향했다. 그는 어디로 가는지 묻지 않았다. 그와 만날 때마다 처음 몇 분간은 어색했고 어떤 말로 공기를 바꾸어야 할지 생각하느라 또 시간이 흘렀다.

오늘도 히치하이킹?

그는 고개를 끄덕였다. 응, 이라고 대답을 한 것도 같았다.

정말 한 번도 실패한 적 없어?

그냥 계속 기다리면 돼요.

나도 한번 해보고 싶다.

자긴 모르는 사람은 안 태워줄 거 같은데?

태워주는 거 말고, 타는 거. 너처럼. 그게 히치하이킹이지.

그는 별 반응이 없었고 나는 계속 말했다.

그러게, 그러고 보니 히치하이커를 태워주는 사람을 부르는 말은 없네?

그는 여전히 말이 없었다.

……우리 어디 가요?

사거리에서 신호 대기로 멈춰 있는데 그가 조용히 물었다. 맞혀
봐.

해코지하거나 그런 건 아니죠?

나는 그의 말을 이해하지 못한 척했다. 그리고 조금 뒤에 소리
내어 웃었다. 정말로 우습기도 했지만 소리도 내서 크게 웃어야
할 것 같았다. 신호가 바뀌어 브레이크에서 발을 떼고 가볍게 액
셀을 밟았다.

누구를? 너랑 내가?

나는 그의 얇은 팔뚝을 살짝 잡고 장난치듯 흔들었다. 그제야
그의 표정이 가벼워졌다.

그는 재영이 이야기를 하고 있는 것이었다. 재영이는 남편의 딸
인데 올해로 열여덟 살이 되었다. 그 아이를 남편과 결혼하기 전,
그러니까 사 년 전에 한 번 본 적이 있다. 나는 재영이가 아직도
남편과 한 달에 한 번쯤 만나고 있다는 것을 안다. 남편은 내게 그
사실을 이야기하지 않았고 나도 묻지 않았다. 그러나 돈을 주면
사람들은 많은 것을 알아다주었다. 짐보에게 그애 이야기를 몇 번
인가 한 적이 있다. 하지만 매끈한 얼굴을 커터 칼로 그으면 어떤
느낌일까에 대해 이야기했을 때는 술에 취한 상태였다. 짐보는 나
와 어떠한 연결고리도 없기에 그에게는 마치 땅을 파서 비밀을 이
야기하고 묻어버리는 것처럼 마음에 담아둔 말을 할 수 있었다.

그는 대체로 말이 없는 편인데다가 그의 멍한 눈동자를 보고 있으면 안전한 기분이 들었다. 우리가 하긴 뭘 하겠니?

백화점에 도착한 우리는 스포츠 매장으로 올라갔다. 오늘 나오는데 갑자기 너랑 가고 싶은 데가 생각이 나는 거야. 수영은 할 줄 알지?

그는 대답이 없었다. 대신 가격표를 들춰보았다. 나는 러플이 달린 파란색 비키니 수영복을 골랐다. 짐보의 것도 골라주었다. 내가 계산을 하는 동안 짐보는 조용히 매장을 돌아다녔다. 에스컬레이터를 타고 주차장으로 내려가는데 짐보가 팔을 잡아끌었다. 배가 좀 고픈데.

우리는 지하의 식품 매장으로 내려갔다. 평일 낮시간인데도 사람들로 북적였다. 그는 푸드 코트를 죽 훑어보고 천천히 식품 판매대가 늘어선 쪽으로 들어갔다. 일반 마트에서는 팔지 않는 다양한 향신료와 차, 초콜릿과 각종 유기농 음료 등 독특한 포장으로 시선을 끄는 상품들이 다양하게 진열되어 있었다. 물건을 하나씩 들어보고 천천히 구경하는 짐보 옆에서 나는 그의 표정을 관찰했다. 배고프다며? 그는 살짝 고개를 끄덕였지만 시선은 여전히 다른 곳을 향해 있었다. 그러다 그가 작은 병 하나를 주머니에 넣는 것을 보았다. 자기 주머니에 들어 있던 것을 꺼냈다가 다시 집어넣는 사람처럼 너무나 자연스러운 모습이어서 그저 바라만 보고 있었다. 나는 갑자기 불안해졌다. 짐보는 내 얼굴을 흘끗 한번 보고는 혼자 다른 곳으로 천천히 걸음을 옮겼다. 나는 그를 따라가려다가 몸을 돌려 디저트를 파는 코너로 갔다. 마치 혼자 온 사람처럼 조각 케이크를 몇 개 골라서 사고 에스컬레이터를 타고 주차장으로 내려왔다. 누군가 나를 따라와 팔을 잡고 추궁할 것만 같았다. 뒤를 돌아보고 싶었으나 앞만 보고 걸었다. 차 안에 들어와서 앉자 가슴이 조금 두근거렸다. 이대로 그냥 가버릴까 생각했다. 잠깐 고민하는 사이에 짐보가 오는 모습이 보였다. 그의 뒤에는 아무도 따라오지 않았다. 그가 조수석에 타자마자 나는 백화점을 빠져나왔다.

나한테 사달라고 하지.

왜 사요? 그냥 가져오면 되는데.

걸리면 어쩌려고.

나는 언성을 높였다. 그에게 이야기를 들을 때엔 재미있었는데 직접 보는 것은 재미있지 않았다.

나도 암으로 죽게 될까요?

뭐라고?

요즘엔 젊은 사람들도 암으로 죽고 늙은 사람들도 암으로 죽더라고요. ……게다가 유전이라던데.

나는 무슨 말을 하려다가, 무슨 말을 하려고 했는지 잊어버렸다.

한강 다리를 건너 서울 중심가의 특급 호텔로 차를 몰았다. 그럴 리가 없다는 걸 알면서도 자꾸만 백미러로 누군가 따라오지 않나 살피게 되었다. 대단한 걸 훔친 것도 아닌데.

남은 방은 스위트룸뿐이라고 했다. 우리는 엘리베이터를 타고 십구층으로 올라갔다. 엘리베이터 안은 금빛으로 도장되어 있었고 어디선가 맡아본 익숙한 향이 공간에 배어 있었다. 남편이 쓰는 향수 냄새였던가? 짐보가 어깨에 걸친 회색 가방은 손잡이 부분의 고무가 거의 다 벗겨져 무척 낡아 보였다. 그가 걸친 재킷도 마찬가지였다. 짐보에 비해 나의 옷차림은 너무 과하다는 생각이 들었다. 이 엘리베이터처럼. 그러나 여기에서는 짐보만이 도드라졌다. 우리는 동행 같지 않았다. 반들거리는 벽에 내 모습을 비추어보았다. 나는 이곳에 어울리는 사람으로 보이나? 나는 짐보에게서 한두 발짝 떨어져 섰다.

여기 대실은 안 되죠?

짐보가 농담처럼 물었고 나는 웃었다. 그러나 그는 무표정하게 입을 약간 벌리고 구석에 서서 숫자가 올라가는 것만 바라보고 있었다.

중간에 엘리베이터가 한 번 서고 몸에 꼭 맞는 슈트를 입은 남자가 탔다. 그는 슬쩍 우리를 보았는데 잠깐 짐보에게 향하는 시선을 나는 놓치지 않았다. 이상하게도 자꾸 웃음이 나려 했다. 나는 고개를 옆으로 돌리고 무표정을 연습했다. 괜히 휴대폰을 꺼내 오지도 않은 메시지를 보는 척 창을 열었다 닫았다.

방은 고요했고 창으로 도심이 한눈에 보였다. 하늘에는 뿌옇게 스모그가 내려앉아 있었지만 방안으로는 햇살만 들어와 포근했다. 따뜻한 곳에서 보니 바깥도 마치 봄이나 여름 같았다. 짐보는 가방을 소파 위에 올려놓고 주위를 둘러보며 말했다.

되게 좋네요. 걸을 때 소리도 안 나. 카펫이 깔려 있어서 그렇구나.

그는 테이블 위에 놓인 상자를 집어들었다. 초콜릿도 있네? 그냥 주는 건가?

나는 그에게 상자를 건네받은 뒤 포장을 풀고 하나를 입에 넣었다. 방값이 얼만데.

짐보는 손을 씻겠다며 화장실로 들어갔다. 나는 소파 위에 마치 인상을 쓴 것처럼 놓여 있는 그의 가방을 보았다. 들어보니 제법 묵직했다. 가방 안을 열어볼까 잠시 망설이는 사이 그가 나와서 신기하다는 듯 말했다. 욕실에도 큰 창이 있어요.

아까 백화점에서 뭐 가져온 거야?

내가 케이크 상자를 열며 물었다. '훔치다'라는 단어가 입 밖으로 잘 나오지 않았다. 그는 주머니에서 무언가 주섬주섬 꺼냈다. 한 개가 아니었다. 짐보는 작은 유리병 세 개를 가지런히 올려놓았다. 모양이 다른 작은 유리병 안에는 각각 붉은빛과 검정색의 결정체, 그리고 초록색 가루가 들어 있었다. 그것들은 모두 소금이었다. 난 소금이 이렇게 다양한지 몰랐어요. 게다가 너무 비싸. 이런 게 왜 필요할까?

예쁘잖아. 흔하지 않고. 그런 게 중요한 사람들도 많아.

짐보는 피식 웃음을 흘렸다. 어차피 다 짤 텐데.

그런데 소금은 왜 세 개씩이나? 겁도 안 나?

그냥, 처음 보는 거라. 그런 데서는 훔친다는 생각도 전혀 안 들어요. 없어져도 아무도 피해 안 본다고. 그냥 가져오는 거야. 기념으로 자기 줄게.

정말 아무렇지도 않아?

짐보는 아이 다루듯 내 볼을 살짝 꼬집고 가지런한 치열이 보이게 미소 지었다. 나는 가끔 도둑 역할을 하는 것뿐이에요. 진짜 도둑은 아니고.

나는 붉은빛 소금 결정이 들어 있는 유리병을 들어보았다. 영어로 안데스산맥 핑크 소금이라고 쓰여 있었다. 햇빛에 비추어보니 반투명한 결정들이 고요하게 빛났다. 핑크색이라기보다는 연한 주홍빛에 가까웠다. 산에서도 소금이 나나?

짐보는 케이크를 크게 한입 떠 넣었다. 입가에 크림이 묻었다. 옛날에 바다였나보죠.

나는 도대체 호수나 강도 아닌 바다가 산이 되려면 어떤 일을 겪어야 하는 것인지 상상해보았다. 만화 같은 일이라고 생각했다. 더 신기한 점은 산속에 소금이 있다는 사실을 알아낸 사람들이 있다는 것이었다. 나는 일부러 케이크를 크게 잘라 짐보처럼 입가에 크림을 묻히며 먹어보았다. 짐보는 가방을 뒤적이더니 무언가 꺼내어 내밀었다. 물안경이었다. 그는 마치 심부름시킨 물건을 사다가 주는 사람처럼 당연하게 내밀었다. 내가 놀란 표정으로 바라보자 그는 아무렇지 않게 말했다. 수영복 샀으니까 물안경은 내가. 짐보는 손가락으로 내 입가에 묻은 크림을 닦아주었다.

우리는 간단하게 배를 채우고 호텔 수영장으로 향했다. 겨울이라 실내 수영장만 오픈한 상태였다. 실외에는 자쿠지만 운영한다고 안내판에 적혀 있었다. 커다란 통유리 밖으로 보이는 텅 빈 실외 수영장은 마른 나뭇가지들이 바람에 흔들리는 모양 때문인지 한층 을씨년스러웠다. 하늘에는 구름이 많았고 그 사이로 희미하게 햇살이 비쳤다. 창을 향해 가지런히 줄지어 놓은 선베드에 누워 바깥을 바라보거나 동행과 이야기를 나누는 사람들이 드문드문 보였다. 정작 수영을 하는 사람은 거의 없었다. 우리도 나란히 선베드에 자리를 잡았다. 사람들 사이로 유니폼을 단정하게 차려입은 어린 종업원들이 음료와 간식을 나르고 있었다. 겨울에 수영복을 입은 낯선 이들이 모여서 수영도 하지 않고 일렬로 누워 서울 시내를 바라보고 있는 모습이 우스꽝스러웠다. 온도는 그다지 높지 않은데 습도 때문에 후텁지근했다. 짐보는 덥다고 했다. 카키색 티셔츠는 빛이 바랬고 어깨에는 작은 구멍이 나 있었다. 더우면 옷을 벗으라고 하니 잠시 망설이다가 머리 위로 한 번에 벗었다. 짐보의 피부는 흰 편이었다. 그래서 내가 고른 핑크색 수영복이 잘 어울렸다. 너는 옷을 안 입는 게 더 잘 어울려.

난 새 옷을 입는 게 불편해요. 나는 그런 의미가 아니었다고 말하려 했지만 짐보가 계속 말을 이었다. 그런데 여기서는 헌옷을 입고 있으니 너무 눈에 띄어서 좀 불편하네요. 벗으니까 오히려 편한데요? 그리고 싱긋 웃었다. 사람들은 진짜 헌옷이 아니라 빈티지 스타일인 줄 알 거야. 내 말에 짐보는 다시 피식 웃고 말았다. 물에 들어가도 되는 거죠? 내가 고개를 끄덕이고 난 후에도 짐보는 한참을 있다가 자리에서 일어나 물속으로 들어갔다.

짐보는 수영을 잘하지 못했다. 잠수를 해서 앞으로 나가는 것만 할 수 있는 것 같았다. 숨이 차면 잠깐 일어나서 쉬는 것을 반복했다. 이곳의 사람들은 타인에게 시선을 오래 두지 않았다. 모두 자신과 동행에게 집중하고 있는 것처럼 보였다. 그러나 무관심과 정중함을 가장해 은근슬쩍 서로를 관찰했다.

나는 젊은 여자 하나가 짐보를 간간이 바라보고 있는 것을 알았다. 그녀는 이 호텔 피트니스 센터의 회원인지도 몰랐다. 친구들과 돈을 모아 호텔에 투숙해 하루를 보내는 것으로 자신의 삶이 우아해졌다고 착각하는 부류에게서 볼 수 있는 몸짓이나 표정이 없었다. 그녀는 동행도 없는 것 같았다. 단순한 남색 원피스 수영복에 수영모를 착용하고 다리를 물에 담근 채 앉아 있는 몸의 표정은 이곳에 그저 수영을 하러 온 사람으로밖에 보이지 않았다. 간혹 주위를 둘러보는 눈빛에서 지루함이 묻어났다. 짐보가 잠수를 하다가 물 밖으로 머리를 내밀어 푸아, 하고 숨을 크게 내뱉을 때마다 그녀의 시선이 잠시 그에게 머물렀다. 그녀의 입꼬리가 잠깐 올라가는 것도 같았다. 그녀는 어딘가 재영이를 닮아 있었다. 탄력 있는 어깨와 동그란 얼굴, 쌍꺼풀 없는 기다란 눈이 닮았나? 아니다. 재영이는 눈이 동그랬다. 콧날도 저렇게 얇지 않았는데. 그녀도 나를 저런 식으로 바라보았던가. 재영이의 얼굴은 남편과 많이 닮았다. 그러니까 재영이는 세상에서 유일하게 남편을 닮은 여자인 것이다. 저기 저 여자애도 자기 아버지를 닮았을까?

그녀의 시선이 내게 향했다. 여자는 나의 시선을 피하지 않고 의아한 듯 바라보았다. 그제야 내가 너무 오래 그녀를 바라보고 있었음을 깨달았다. 나는 최대한 자연스럽게 시선을 옮겼다. 그리고 천천히 자리에서 일어나 풀에 걸터앉았다. 짐보가 물에서 나와 내 옆에 앉았다. 숨을 거칠게 내쉬며 얼굴의 물기를 몇 번이나 쓸어내렸다. 재밌어?

나는 짐보의 팔에 팔짱을 꼈다. 그의 팔이 내 가슴에 닿도록 아주 가깝게. 그는 가만히 있었다. 언제나 그랬다. 짐보는 내가 원하는 대로 해주는 사람이니까. 우리 잠수하자.

괜찮겠어요?

수영하는 사람도 별로 없고, 구석에 가서 하자. 내기할까?

무슨 내기?

내기를 하고 싶었는데 무슨 내기를 해야 할지 떠오르지 않았다. 우리는 별수없이 음, 하는 소리를 내며 한동안 말없이 생각만 했다. 여자가 라인 끝에 서서 입수하는 모습을 지켜보았다. 천천히 수영을 하며 앞으로 나아갈 때 물 밖으로 드러나는 팔의 선이 아름다웠다.

저 여자애, 다리 잡기.

짐보가 나의 시선을 따라 여자를 바라보았다. 그리고 나를 향해 웃으며 말했다. 미쳤어요?

여자는 능숙하게 물을 가르며 앞으로 나아가고 있었다. 우리는 풀의 가장자리로 가서 몸을 담갔다. 물속은 따뜻하지도 춥지도 않았다. 힘을 빼면 다리가 저절로 둥실둥실 뜨는 기분이 좋았다. 비키니에 달린 러플이 살아서 움직이는 것 같았다. 여자에 비해 내 다리는 짧고 팔은 너무 통통했다. 나도 그냥 원피스 수영복을 살 걸 그랬다고 잠깐 후회했다. 나는 짐보가 훔쳐다 준 물안경을 착용했다. 우리는 하나 둘 셋, 하고 동시에 물속으로 들어갔다. 물안경을 꼈는데도 반사적으로 눈을 꼭 감았다. 짐보가 나의 팔을 잡았을 때에야 살며시 눈을 떠보았다. 또렷하지는 않지만 짐보가 보였다. 물속의 짐보는 원래보다 짧고 둥그랬다. 그 세계에는 모서리가 없었다. 나 역시 둥글었고 약간 멍청한 아이가 되어 쉽게 즐거워졌다. 간혹 코로 공기 방울이 보글거리며 새어나왔다. 몸 어딘가가 간지러웠다. 누군가 커다란 손으로 내 귀를 막고 있는 것 같았다. 밖에서는 들을 수 없는 소리들이 들렸다. 고개를 돌려보니 여자애의 길고 쭉 뻗은 다리가 유연하게 움직이고 있었다. 다

리는 거품을 뿌리며 아득하게 멀어져갔다. 짐보는 볼을 빵빵하게
부풀려 숨을 참고 있었다. 그 모습에 웃음이 터져버려 나는 몸을
급하게 일으켰다. 우리는 물에서 빠져나와 한참 기침을 하고 웃었
다. 사람들이 욕할까봐 소리를 죽여가며.

　다리 잡으러 가세요, 그럼.

　짐보가 팔짱을 끼고 고개를 까딱하며 말했다. 그의 눈가에 그새
물안경 자국이 나 있었다. 여자는 잠시 뒤에 수영을 마치고 풀 밖
으로 나왔다. 수영모를 벗고 짧은 커트머리를 손으로 털었다. 나
는 눈가를 한참 문질렀다.

　자리로 돌아가려다가 실외 수영장으로 통하는 문을 밀고 밖으
로 나갔다. 가는 눈발이 날리고 있었다. 차가운 바람과 함께 눈발
이 젖은 몸에 달라붙어 순간 오싹했는데 기분이 나쁘지는 않았다.
눈이 내리는 하늘에는 여전히 구름 사이로 지는 햇살이 조금 비
치고 있었다. 이런 날씨를 뭐라고 부르더라. 짐보에게 물어볼까
했는데 그는 실내에서 나를 바라보고 서 있었다. 나는 가볍게 손
을 한번 흔들어주고 천천히 자쿠지 안으로 들어갔다. 나이가 지긋
한 여자 셋이 먼저 몸을 담그고 있었다. 차가운 몸을 기포가 부글
거리는 뜨거운 물에 담그자 살갗이 따가웠다. 발이 얼얼했다. 여
자들은 나를 한 번씩 쳐다보고 다시 작은 목소리로 대화를 시작했
다. 그래, 다음달에 날 잡아보자구.

　'저는 월, 화, 수, 목이 좋아요. 주말에는 저도 가족이 있어서.'

나는 여자의 말에 마음속으로 대답을 했다. 나도 모르게 목소리가 튀어나오지 않도록 조심하며 그들의 대화에 끼어들었다.

가는 눈발이 물에 닿기도 전에 사라지는 모습이 아름다웠다. 오줌이 마려웠다. 자쿠지는 생각보다 넓었고 굵은 기포들이 열심히 몸을 간지럽혔다. 나는 목까지 물에 잠기게 몸을 담갔다. 그리고 천천히 오줌을 누었다. 미소가 떠오르지 않도록 어금니를 지그시 깨물고 조용히 앞만 바라보았다. 아무 소리도 들리지 않는 사람처럼 고요한 얼굴로. 여자들 중 하나가 물에 담갔던 손을 빼서 얼굴을 적셨다. 여자들이 돌아간 후에도 나는 한참을 그대로 앉아 있었다. 내리던 눈은 금방 멈추었다.

짐보는 선베드에 누워 졸고 있었다. 그의 옆자리에 여자가 누워서 이어폰을 낀 채 다리를 까딱까딱하고 있었다. 짐보가 내 몸에 소름이 돋았다며 타월을 덮어주었다. 나는 옆의 여자에게 다가 갔다. 그리고 발목에 살짝 손을 대어보았다. 여자가 화들짝 놀라며 귀에서 이어폰을 뺐다. 어머, 재영이가 아니었네? 미안해요. 사람을 잘못 봤어요. 여자의 입에서는 무슨 뜻인지 모를 영어가 몇마디 빠르게 흘러나왔다. 미국 사람인가보네, 라고 무심결에 생각을 말로 뱉어버렸다. 아니, 사람을 잘못 봤다구요. 그럴 수도 있는 거잖아요. 나는 계속 말했다. 왜 자꾸 내가 말을 하고 있는지 나도 알 수 없었다. 짐보가 내 팔을 끌어당기며 난처한 표정으로 여자에게 말했다. 암 쏘리. 여자는 고개를 흔들며 자리에서 일어나 물건을 챙겨 다른 곳으로 가버렸다. 지저스.

짐보는 손으로 내 얼굴을 가볍게 잡았다. 이제 그만 올라가자고
했다. 사람들이 쳐다본다고. 나는 내기에 져서 벌칙을 수행하려
했을 뿐이라고 했다. 짐보는 어이없어하며 웃었다. 나도 그를 따
라 웃었다. 배가 고팠다.

우리는 뷔페식당에 가서 저녁식사를 했다. 사람들은 천천히 움
직였다. 간간이 외국인들도 보였고 어린아이들을 데리고 식사를
하러 온 젊은 부부도 있었다. 아까 보았던 재영이와 닮지 않은 그
여자는 없었다. 음식들은 주황빛의 조명을 받아 더욱 먹음직스러
웠다. 짐보와 함께 디저트를 가지러 갔다가 작은 잼 병들이 눈에
띄었다. 내가 그의 귀에 대고 작게 말했다. 가져갈까?

룸으로 올라와 짐보는 주머니에서 작은 병들을 꺼냈다. 나는 아
까 진열해둔 소금 앞에 잼을 나란히 세워두었다. 창밖으로 서울의
야경을 보며 가방에서 비타민을 꺼내 삼켰다. 여행 온 거 같아. 짐
보가 말했다. 외국에 온 거 같기도 하고. 꼭 무슨, 밖에 있는 사람
한테는 보이지 않는 창 안에 있는 기분.

나는 옷을 벗고 짐보의 냄새가 밴 낡은 반팔 티셔츠를 뺏어 입
었다. 짐보는 샤워 가운을 걸치고 거울에 이리저리 비춰보았다.
흡족한 표정이었다. 그는 가방 안에서 팩소주 몇 개와 염색약을
꺼냈다. 나는 감자칩 한 봉지를 뜯었다. 우리는 팩소주에 빨대를
꽂아 하나씩 들고 침대에 나란히 자리를 잡았다. 텔레비전을 켜니

화면에 뿌연 하늘의 서울 시내가 나왔다. 뉴스 앵커가 겨울철 황사에 대해 보도를 하고 있었는데 삼겹살을 먹는 것은 체내 먼지 제거에 전혀 도움이 되지 않는다는 말로 마무리했다. 그뒤에는 거리에서 웃으며 종을 흔드는 구세군이 나왔다. 빨간 모금함 위에 '자선냄비'라고 적힌 글씨가 클로즈업되었다.

쓰레기들.

짐보가 화면에 시선을 고정시킨 채 말했다. 누가 쓰레기들인데?

……전부 다요.

과자를 씹을 때마다 짐보의 턱 근육이 딱딱하게 뭉쳤다. 나는 의아했지만 더이상 묻지 않았다. 이 방에서는 어떤 일이 일어나도 아무도 모를 것 같았다. 이곳은 우리에게 자꾸 바깥만을 보여주었다. 이게 짐보가 좀전에 말한 여행 온 기분이겠지.

염색하려고?

남편은 보름에 한 번쯤 염색을 하러 미용실에 다녔다. 머리를 검게 염색하면 훨씬 젊어 보였다. 남편은 너무 부지런했다. 내가 케이스를 들어 살펴보자 짐보가 말했다. 애시 그레이예요. 요즘 유행하는. 짐보는 그저 기분 전환이라고 했다.

나는 염색약을 짜서 그의 머리에 발라 빗질해주었다. 그는 혼자 해도 된다고 했지만 내가 발라주는 것이 좋은 눈치였다. 숱이 많은 머리칼이 탐스러웠다. 약 냄새 때문에 눈이 매웠다. 머리가 짧아서 꼼꼼하게 발랐는데도 약이 남았다. 그의 머리에 비닐 캡을 씌워주고는 거울 앞에 서서 남은 약을 내 머리칼에 발랐다. 얼룩 질 텐데. 그가 말했지만 개의치 않았다. 아무도 모를걸.

설명서에는 머리에 바른 후 삼십 분가량 두라고 되어 있었으나 나는 냄새 때문에 시간을 다 채우지 못하고 욕실로 들어갔다. 하얀 욕조 안으로 누런 염색약이 흘러내렸다. 나는 야경을 바라보며 샤워를 했다. 욕실에서 보아도 서울의 불빛은 이제 좀 지루했다. 야경은 홍콩이 유명하다고 했었지. 그래봤자 야경. 남의 집 불빛들. 처음에는 와, 하지만 금방 흥미가 사라지는. 그러고 보니 야경이 지겨워진 지 사실 몇 년쯤 된 것 같았다. 나는 젖은 머리에 수건을 두르고 다시 짐보의 낡은 티셔츠를 입었다. 티셔츠에 염색약이 조금 묻어 있었지만 원래 있었던 얼룩처럼 보였다. 욕실로 짐보가 들어왔다. 아무렇지 않게 가운을 벗고 욕조로 가서 씻기 시작했다. 허리를 숙이고 머리를 감는 그의 구부러진 등에 척추가 도드라졌다. 척추가 너무 볼품없어 보여서 나는 못 본 척하고 욕실을 나왔다.

우리는 불을 끄고 침대에 누웠다. 자기 색도 보여? 내가 물었다. 글쎄, 모르겠는데요. 짐보가 대답했다. 애시 그레이 아닐까? 잘 어울리는데. 내가 말하자 짐보는 대답이 없다가, 그러게요, 그럴지도 모르겠네, 하고는 코웃음을 쳤다. 나는 애시 그레이와 아이보리 중에 어느 것이 더 별로인가 생각해보았다. 아까 그 수영장에서 본 여자애는? 개한테도 색이 보였어? 내가 다시 물었다. 짧은 침묵이 지났다. 누구요? 기억 안 나. 그가 무심하게 대답했다. 거짓말을 하는 것 같았지만 더 묻지는 않았다. 나는 짐보에게 이번이 우리의 마지막이라고 말해야 할지 여전히 결정을 내리지 못했다. 짐보가 내 쪽으로 돌아누웠다. 자기는 앞으로 뭐할 거야? 내가 또 물었다. 먼저 말을 꺼내는 게 목적이었을 뿐 크게 궁금하지 않은 문제였다. 그는 가볍게 한숨을 내쉬고는 대단한 비밀이라도 말하는 것처럼 작은 목소리에 힘을 주어 말하기 시작했다.

스반홀름으로 갈 거예요.

어디를 간다고?

덴마크에요. 있잖아요, 왜. 다 같이 농사짓고 동물도 키우고 주말엔 파티하고. ……말하자면 천국 같은 곳이지.

그런 데가 진짜 있어?

자기가 하고 싶은 걸로 매일 네댓 시간만 일하면 나머지는 자유래요. 거기에선 서로 아무것도 빼앗지 않아도 돼. 그냥 다 줘.

그게 가능해?

난 거기에 정착할 거야. 본격적으로 드럼 공부도 하고. 그런데 덴마크어를 배워야 된대. 안 그럼 안 받아준대요. 배울 수 있을까? ……덴마크 말은 어떤 건지 상상도 안 가네.

언제 갈 건데?

어느 정도 돈만 모으면.

스반홀름. 낯선 지명이었다. 짐보의 손이 내 어깨 위로 올라왔다. 나는 그의 손을 잡고 말했다.

오늘은 그냥 자자. 아까 풀장에서 너무 까불었나봐. 피곤해.

짐보가 내 귓가에 대고 속삭였다.

그래도 돈은 줄 거죠?

그의 입에서 소주 냄새가 났다. 아니.

그가 피식 웃으며 말했다. 뭐야, 이런 걸로 장난치는 거 나 싫어하는데.

건조한 그의 말투가 거슬렸다. 나는 장난으로 말했을 뿐이었는데 의외의 반응에 잠시 할말을 잃었다. 불편한 침묵이 지나갔다. 나는 그저 농담이었을 뿐이라고 그를 재빨리 다독일 수도 있었다. 그러나 그렇게 하지 않았다. 그가 자리에서 일어나 앉았다. 일박같이하는데, 안 했다고 돈을 안 주겠다고? 아줌마가 하기 싫다며? 지금까지 같이 있는 것도 일로 쳐야지.

나는 알겠으니 그만 말하라고 했다. 갑자기 덥고 목이 말랐다. 나는 입고 있던 그의 티셔츠를 벗고 물을 마셨다.

쌍년.

이것은 나도 모르게 나온 말이었다. 아주 작은 목소리라서 못들었을 줄 알았는데 짐보가 나를 바라보았다. 나는 당황해서 혀를 날름했다. 잘 어울려? 내가 묻자 짐보가 대답했다. 뭐가요? 쌍년이? 우리는 동시에 웃음이 터졌다. 너무 우스워서 말 그대로 배를 잡고 웃었다. 나는 눈물까지 흘렸다. 너무 격렬하게 웃다보니 우는 것처럼 되어버렸다. 짐보가 나의 머리를 장난스레 안아주었는데 자꾸만 눈물이 흘렀다. 나는 우는 게 아니라 웃는 것이라는 사실을 알려주려고 일부러 계속 웃음소리를 냈다. 열네 살짜리 여자애가 나한테 그랬다. 넌 쌍년이라고. 또박또박. 화도 안 내고.

누구? 그애? 그래서 가만히 있었어요?

나? 아니. 웃었어. 그냥 웃었지.

웃었다는 말을 하니 신기하게도 웃음이 잦아들었다. 우리는 웃음을 멈추고 몇 번이나 크게 숨을 내쉬었다. 그가 내 팔을 쓸어내리며 물었다. 정말 안 할 거예요?

나는 고개를 끄덕였다.

그럼 이번엔 반만 줘요.

짐보가 잠든 지 한참이 지나도 나는 잠이 오지 않았다. 깨워서 얘기라도 할까 하다가 일어나서 옷을 입고 준비해온 봉투를 꺼내어 탁자 위에 올려두었다. 그냥 나가기 허전해서 방을 둘러보았다. 소파 위에 짐보의 가방이 눈에 들어왔다. 나는 조용히 가서 가방을 열어보았다. 드럼스틱은 처음 보았을 때와 마찬가지로 새것 그대로였다. 그리고 시집 한 권과 포장도 뜯지 않은 작은 향수가 들어 있었다. 나는 피식 웃음이 났다. 시집과 향수라니. 나는 시집을 꺼내들었다. 읽은 흔적은 없었다. 아직도 시를 읽는 사람이 있나. 가방 구석에 낡은 지갑이 보였다. 나는 잠시 망설이다 지갑을 열어보았다. 주민등록증이 꽂혀 있었다. 나는 짐보의 본명과 나이를 알게 되었다. 이상한 이름도 아니었고 나이도 짐작했던 것과 비슷했는데 갑자기 심장이 두근거리고 얼굴이 달아올랐다. 짐보도 이미 내 본명과 나이를 알고 있을 거라는 확신이 들었다. 도둑놈의 새끼. 나는 낮게 욕설을 내뱉고 잠든 짐보를 잠깐 바라보았다. 그리고 조금 전 올려두었던 봉투에서 돈을 꺼내어 탁자 위에 던졌다. 지폐 몇 장이 바닥에 떨어졌다. 그대로 방을 나가려다 다시 돌아와 소금과 잼을 챙겼다. 향수도 가방 안에 넣었다. 마지막으로 시집을 펼쳐서 아무데나 한 장을 찢었다. 찢는 순간부터 후회가 들었지만 멈추지 못했다. 그냥 종이일 뿐인데. 나는 찢은 페이지를 구겨서 주머니에 넣고 망설였다. 떨어진 지폐를 다시 탁자 위에 가지런히 올려놓고 방을 나왔다.

누구에게 줄 선물이었을까? 짐보는 내일도 호텔 앞에서 히치하이킹을 하려나?

나는 집으로 가다가 차를 돌려 재영이가 사는 동네로 향했다. 그녀가 엄마와 함께 살고 있는 아파트 단지 앞에 차를 주차하고 단지 안으로 걸어들어갔다. 늦은 시각인데다가 춥기까지 해서 사람이 드물었다. 나는 경비실에서 관리인이 졸고 있는 모습을 멀찍이서 바라보았다. 가로등 한두 개가 전부인 놀이터로 가서 벤치에 자리를 잡았다. 눈으로 재영이가 사는 집을 가늠해보았다. 사층이

라고 했는데 라인이 자꾸 헷갈렸다. 삼층이라고 했던가? 눈이 나
빠졌든지 머리가 나빠졌든지 뭔가 나빠진 게 분명했다. 기억을 더
듬어 눈을 멈춘 층에는 아직 불이 켜져 있었다. 바람이 한 번씩 세
게 불 때마다 머리가 띵했다.

　나는 일어나 주위를 둘러보았다. 돌멩이가 어디에 있을 텐데.
내 손에 딱 맞게 작고 견고한 돌멩이를 찾고 싶었다. 그러면 한 번
에 던져서 창을 맞힐 수 있을 것이다. 창문에 정확하게 구멍을 내
고. 날카로운 파열음과 함께 칼바람이 들이치고. 소스라치게 놀라
고. 경찰차의 사이렌소리가 울리고. 삐뽀삐뽀. 나는 일어나서 나
만 들을 수 있는 소리로 삐뽀삐뽀를 발음하며 어두운 바닥을 눈으
로 훑었다. 주위를 서성이며 돌멩이를 찾아보았다. 그러나 마음
에 드는 돌멩이는커녕 아무 돌멩이도 없었다. 아쉬운 대로 화단
에 누군가 버리고 간 박카스 병을 주워 손에 쥐었다. 끈적하고 차
가웠다. 병을 눈에 가져다대고 창을 가늠해보았다. 나는 놀이터
에서 나와 몇 미터 앞 바닥을 향해 힘껏 병을 내리꽂았다. 파열음
이 생각보다 날카롭고 커서 몸을 움찔했다. 탁, 하고 파편이 불규
칙하게 퍼지는 순간 겨드랑이가 뜨거워졌다. 병은 목 부분만 형체
가 남아 저 멀리에서 나뒹굴었다. 나는 고개를 들어 불 켜진 창들
을 훑어보았다. 병을 쥐었던 손에 병이 깨질 때의 충격이 남아 있
는 것은 착각일까? 그런데 경찰차의 사이렌소리는 삐뽀삐뽀가 맞
던가? 그건 구급차 아닌가? 경찰차는 어떤 소리였더라? 재영이가

내다보면 물어볼까?

　잠에서 깬 관리인이 어리둥절한 표정으로 밖으로 나와 나를 바라보았다. 나는 그에게 다가가서 담배 하나만 빌리자고 했다. 남편이 살림을 차렸는데 저는 오늘 암에 걸렸어요. 관리인은 내 눈을 응시했다. 나는 울 수도 있을 것 같았다. 관리인은 내게 담배를 내밀었다. 그런데 담배 피우는 것 좀 가르쳐주실래요?

　아파트를 벗어나 집으로 돌아왔다. 재영이네 아파트가 아닌 것도 같았다.

　그날 밤 꿈에 나는 호텔의 풀장에 있었다. 남편도 나왔는데 그는 재영이, 그리고 아내와 함께였다. 나는 그의 부인이 아니라 부하 직원일 뿐이어서 손바닥만한 수영복을 입고 있는 게 부끄러웠다. 재영이가 나를 보고 손가락질했다. 나는 그들을 피해 잠수를 하기로 했다. 잠시 후 그들이 풀 안으로 들어왔다. 나는 다리들이 물속에서 유영하는 모습을 구석에서 가만히 보고 있었다. 더이상 숨을 참을 수 없었을 때, 발바닥으로 숨을 쉴 수 있다고 생각하니 정말 그렇게 되었다. 발에서 보글보글 기포가 올라왔다. 나는 새로운 종류의 물고기가 되었는데 그런 물고기는 지구상에 나밖에 없었다. 외롭거나 쓸쓸하지는 않았지만 누군가에게 알려주고 싶어도 그럴 수가 없어서 그 점이 아쉬웠다. 내가 세상에서 하나밖에 없는 물고기가 되었는데!

이틀 뒤 남편에게서 문자메시지가 왔다. 체크무늬도 모던하니 예쁜 것 같은데 어떻게 할까? 그리고 이어서 아이리스 무늬와 체크무늬가 있는 두 장의 치파오 사진을 보내왔다. 누구랑 갔어요? 물어보려고 몇 번이나 메시지를 썼다가 그만두었다. 재영이에게는 어떤 선물을 준비했을까?

남편이 오는 날에는 미리 장을 보러 나갔다. 아이를 카트에 넣고 장을 보는 엄마들이 눈에 띄었다. 대형 마트에 오면 언제나 목이 말랐다. 공기가 좋지 않기 때문일 것이다. 나는 냉장고 가장 안쪽에 있는 레모네이드를 꺼내어 카트에 담았다. 조미료 코너를 지나는데 소금 병들이 보였다. 백화점에서 보았던 것과는 달랐지만 그곳에도 핑크 소금이 있었다. 히말라야 핑크 소금. 나는 히말라야와 안데스산맥이 바다에서 융기하는 모습을 상상하며 카트에 든 레모네이드를 따서 돌아다니는 동안 다 마셨다. 오전이라 마트에는 사람이 많지 않았다. 나는 수입 맥주를 파는 진열대 구석에 빈 병을 넣어두었다. 계산대에 서서 기지개를 켜면서 천장을 올려다보았다. 여러 개의 감시 카메라가 달려 있었다. 물건을 사는 것처럼 몸을 잘 구부리고 병을 넣었으니 눈치채지 못했을 것이라고 스스로를 안심시키다가 짐보를 떠올렸다. 그러자 아무렇지도 않아졌다. 그냥 목이 너무 말랐고, 그건 마트에서 공기 관리를 잘 하지 않아서니까 내 잘못이 아니었다.

남편이 사온 체크무늬 치파오는 몸에 겨우 들어갔다. 남편은 내가 살이 찐 것 같다고 했지만 치파오가 너무 작았다. 나는 남편에게 치파오를 입은 채로 하고 싶다고 말했다. 나는 거실의 카우치에 비스듬히 누웠다. 치파오를 입고 있으니 홍콩 영화가 떠올랐다. 나는 남편이 안경을 벗을 때의 몸짓을 좋아했다. 안경을 벗은 남편의 눈매는 양조위와 비슷했다. 나는 장만옥을 닮고 싶었던 적이 있었다. 남편은 찢어진 치파오 사이로 드러난 나의 다리를 손으로 쓸어올렸다. 내 위에 올라와 목덜미에 키스를 했다. 그리고 귓가에 속삭였다. 미안한데 밥부터 먹으면 안 될까? 그의 입가에 진 주름이 깊어 보였다. 나는 그의 셔츠 단추를 풀었다. 당신이 없어서 너무 외로웠는데. 나는 지금 관능적인 아내 역할을 맡고 있다고 생각했다. 남편은 다시 나의 옷 속에 손을 집어넣었다. 나는 다리를 그의 허리에 감았다. 이사님, 나한테 욕 좀 해봐요. 내가 말하자 그가 얼굴을 들어 나를 바라보았다. 무슨 욕? 아무 욕이나. 남편은 내 얼굴을 잠시 응시하고는 몸에 힘을 풀고 내 가슴에 머리를 기댔다. 미안. 나, 배가 너무 고파.

나는 자리에서 일어나 거울을 보며 머리를 매만졌다. 그 영화에서 기억나는 것이라고는 담배 연기가 허공에 퍼지는 장면과 베드신이 없다는 사실뿐이었다. 둘이 자는 게 훨씬 더 말이 되는 건데. 거울 속의 나는 장만옥과 닮은 점이라곤 하나도 없었다. 남편 말대로 살이 너무 많이 올라 있었다. 그래서인지 목도 더 짧아 보였고 뱃살이 도드라져 치파오는 어울리지 않았다. 머리카락은 한쪽만 한 톤 밝은 색으로 염색되어 있었다. 그레이로 보이지는 않았지만 생각보다 티가 많이 났는데 남편은 거기에 대해 아무런 언급도 없었다. 나는 낑낑거리며 겨우 옷을 벗었다. 중간에 실밥이 터지는 소리를 들었지만 어디가 뜯어졌는지는 찾아보지 않았다.

나는 고기를 구웠다. 접시에 익힌 채소와 함께 핑크 소금을 곁들여 냈다. 남편이 식사하는 모습을 보며 물었다. 소금 맛 어때요?

이거 히말라야 소금인가?

안데스산맥 소금이래요.

그제야 남편은 고기를 소금에 찍어 입에 넣었다. 그냥 짠맛이지. 소금이잖아. 그런데 히말라야 소금은 더럽다더군.

히말라야 소금이 왜 더러운데요?

글쎄, 뭐라더라, 못사는 나라 사람들이 채취해서 그렇다고 한 거 같아.

남편은 짐보가 훔친 소금에 고기를 찍어 맛있게 먹었다. 당신은 왜 안 먹어?

다이어트하려고요. 나는 밝은 표정으로 대답했다.

남편과 함께 불을 끄고 침대에 누웠다. 그가 섹스를 해야 한다는 생각을 할까봐 미리 오늘은 푹 주무시라고 말했다.

그런데, 혹시 집안에 암에 걸린 사람 있어요?

내가 묻자 남편은 왜 그러냐고 되물었다.

암은 유전된다니까.

남편은 어찌되었든 걸릴 사람은 걸리고 안 걸릴 사람은 안 걸리는 거라고 했다.

나도 암으로 죽게 될까요?

남편은 매년 건강검진만 잘 받으면 암에 걸려도 안 죽으니 걱정 말고 자라고 했다.

다음에 나도 정말 같이 가도 돼요?

남편은 잠이 들었는지 대답이 없었다. 나와 함께 자는 남자들은 언제나 나보다 먼저 잠이 들었다.

짐보가 간다는 곳이 어디였더라. 덴마크? 아니, 네덜란드였나? 어쨌든 간다 해도 아마 말을 못 배워서 금방 쫓겨나겠지. 그가 쫓겨나는 모습을 상상하니 웃음이 났다. 나는 손으로 입을 막고 큭큭거리며 웃었다. 남편은 깨어나지 않았고 침대가 작게 움직였다. 짐보와의 일들을 떠올리다가 문득 시집에서 찢어온 페이지가 생각났다. 코트 주머니에서 꺼낸 기억이 없었다. 내일 남편이 출근하면 찾아보아야겠다 마음먹었지만 잠은 오지 않고 의식은 더 또렷해졌다. 남편의 숨소리가 깊어진 지 한참이 지났다. 나는 조용히 자리에서 일어나 드레스 룸으로 가서 코트 주머니에 손을 넣었다. 아무것도 만져지지 않았다. 다른 쪽 주머니에 손을 넣었다. 혹시나 없으면 어쩌나 걱정했던 마음이 안도감으로 바뀌었다. 나는 종이를 주먹에 숨기고 화장실로 가 변기 위에 앉았다. 그리고 몰래 연애편지라도 읽는 사람처럼 숨죽인 채 구겨진 종이를 조심스레 펼쳐보았다.

　후진하는 비행기가
　궤도를 지우는 소리
　나는 그 소리를 흉내내어 휘파람을

　자전거나 고라니나 목 없는
　나타나면 어떡

읽을 수 있는 글자는 이것이 전부였다. 몇 번 더 찬찬히 읽어보았다. 그러다 읽기를 멈추고 가만히 벽을 응시했다. 화장실 등에서 윙, 하는 소리가 났다. 그 소리를 듣는 순간 조금 추운 기분이 들었다. 나는 다리를 굽혀 무릎을 껴안고 작은 소리로 휘파람을 불어보았다. 휘파람을 불어본 지 너무 오래되어 소리가 잘 나오지 않았다. 눈을 감으니 하늘에 후진해서 날아가는 비행기가 보였다. 나는 길가에 서서 종이 위에 '서울 아무데나'라고 썼다. 그러다 금방 지웠다. 마음에 드는 곳이 떠오르지 않아서 나는 거기에 '지저스'라고 썼다. 휘파람을 부는 입에서 아이보리색이 흘러나왔다. 아무렇지도 않은 색이었다. 너무 아무렇지도 않아서 나조차도 겨우 알아볼 정도였다. 나는 눈을 뜨고 일어서서 종이를 잘게 찢었다. 변기에 종잇조각들을 던져넣고 물을 내렸다. 물과 함께 사라지는 조각들을 바라보며 휘파람, 하고 조용히 발음해보았다. 화장실에서 나와 다시 남편의 옆에 누웠다. 나는 잠을 자기 위해 머리를 비우고 휘파람만을 생각하기로 했다. 휘파람이라는 단어가 낯설어질 때까지.

음악의 도움 없이

식당 종업원이 묵직한 접시들을 테이블 위에 차례로 올려놓았다. 상일은 산마늘장아찌가 담긴 접시에 휴대폰을 대고 사진을 찍으며 말했다. 내가 정말 먹고 싶었던 거.

상일은 우리가 마지막으로 본 것이 육 년 전이라고 했다. 나는 그게 육 년 전인 줄도 몰랐다. 압구정의 시끄러운 술집에서 만나 술을 마셨던 것과 며칠 뒤 그가 집에 놀러오고 싶다고 연락해왔지만 거절했던 기억 정도가 남아 있었다. 초라한 자취방도 문제였지만 그보다 사생활을 공유할 만한 사이는 아니라는 생각에 이런저런 핑계를 댔었다. 다니던 회사를 그만두고 여진과 사업을 준비할 때였다. 그게 벌써 육 년이나 됐구나. 그때까지만 해도 너는 애 같았는데. 나의 말에 그는, 완전 애였지, 라며 긍정했다. 나는 그를 흉내내어 똑같이 말해보았다. 완전 애였지. 우리는 서로를 바라보며 함께 웃었다. 마치 이제는 그때와는 다른, 아주 먼 사람이 된 것처럼. 그러나 그는 십사 년 전 처음 만났을 때의 모습과 크게 다르지 않았다. 다만 스타일은 조금 달라져서 빡빡머리에 테니스공 색깔의 비니를 쓰고 손가락에는 커다란 반지 몇 개를 끼고 있었는데, 그 모습이 우스꽝스럽지는 않았다. 느긋한 태도가 몸에 배어 과해 보이는 스타일도 자연스럽게 여겨졌다. 그리고 또하나 달라진 점이라면 그가 더이상 한국인이 아니라는 것. 국적만 달라졌을 뿐인데 나는 그 점이 좀 낯설었다.

십사 년 전 우리는 대학에서 사진 실기 수업을 함께 들었다. 영화과 전공 수업이라 타과생은 나와 상일이 유일했다. 우리는 자연스레 한 팀이 되었다. 어느 날 상일이 내게 제안했다. 우리 누드 찍어볼래?

우리는 모텔에서 촬영을 하기로 했다. 상일과 나는 일주일에 한 번 같은 수업을 들었을 뿐 서로에 대해 아는 것이 사실상 거의 없었다. 그때 우리가 어디에 있는 모텔에 갔었는지, 누가 먼저 옷을 벗었는지, 어떤 카메라로 촬영했었는지 지금은 전혀 기억나지 않는다. 그러나 몇몇 장면은 필름처럼 각인되어 있다. 어색한 공기를 바꾸기 위해 상일이 컴퓨터 앞에 앉아 음악을 고르던 장면이나 둘 다 알몸으로 취했던 포즈, 그렇게 찍었던 사진들 중 한두 장, 그리고 또…… 기억나는 것들을 떠올려보면 얼마 되지 않은 일 같은데, 기억나지 않는 것들을 생각해보면 까마득히 오래전 일 같았다.

육 년 전, 그가 한국에 왔다며 만나자고 했을 때는 반가운 마음이 먼저였다. 그러나 이번에는 잠깐 망설여졌다. 바쁘다고 할까. 그런데 주말이었고 식전인데다 선약도 없었다. 그는 선선히 내가 사는 동네로 오겠다고 했다. 그도 나와 비슷한 마음이었을 것이다. 약속이 깨졌거나 마침 딱히 만날 사람이 없었거나.

육 년 만에 만난 우리는 육 년 전 일도 십사 년 전 일도 잘 기억하지 못했다. 그런데 얼굴은 잘도 알아보았다. 상일은 북적이는 지하철역 앞에서 반가운 얼굴로 나를 안았다. 왜 이렇게 안 변하냐고, 예전이랑 똑같다고 마치 칭찬하듯 웃으며. 너도 그래.

우리는 식사를 마치고 거리로 나왔다. 함께 걸으며 상일은 행인들의 비슷한 옷차림이나 지나치게 화려한 간판들에 관해 이야기했다. 겉으로는 맞장구를 쳐주었지만 외국에서 온 사람들은 하나같이 똑같은 이야기를 한다고 생각했다. 나는 상일의 신발을 슬쩍 보았다. 이탈리아 브랜드의 회색 운동화. 일부러 오래 신은 것처럼 때가 타고 낡은 스타일로 유명한 모델이었다. 모르는 사람들이 보면 신발 좀 빨아 신으라고 할 만한 모양이었지만, 보통 운동화의 다섯 배가 넘는 가격에도 인기가 높았다. 내가 전에 살던 동네는 이제 못 알아보겠더라. 완전히 바뀌어서. 상일이 말했다. 서울이니까. 나는 당연한 듯 답했지만 서울에는 오랜 시간이 지나도 잘 변하지 않는 동네도 있다는 것을 알았다.

나는 상일을 근처 카페로 데려갔다. 우리는 커피를 주문하고 테라스로 나와 앉았다. 대로변과는 떨어진 골목 안에 위치한 카페였는데도 늦은 시간까지 북적였다. 커피 맛이 괜찮군. 상일은 에스프레소를 홀짝이며 말했다. 무슨 인플루언서들이 종종 찾아서 유명해졌다나봐.

상일은 그 나라에서 바리스타로 일하며 돈을 번다고 했다. 나는 상일이 디제이라는 건 알았지만 바리스타로도 일하는 줄은 몰랐다. 난 구두를 팔아. 내 말에 상일은 고개를 끄덕이며 알고 있다고 했다. 화학공학과를 나온 상일은 디제이를 하며 커피를 내리고 영문과를 나온 나는 구두를 파는 사람이 되었다. 우리는 오랫동안 만나지 못했어도 SNS 덕분에 마치 계속 연락을 하고 지낸 사이 같았다. 삶의 소소한 디테일까지 알고 있다는 착각마저 들었다.

참, 다음 주말에 파티가 있어. 너도 와. 내가 디제잉하거든.

파티? 어디서?

문래동. 공장 하나를 통째로 빌렸어. 이젠 트렌드…… 라고 하기에도 좀 뭣하지. 공장 파티. 서울도 그렇더라. 문래동, 성수동……

성수동이라는 이름이 그의 입에서 나오자 나는 피식 웃어버렸다. 공장이라는 말을 할 때부터 성수동을 떠올리고 있었기 때문이었다. 공장이 좋아?

공간감 때문에 소리가 달라. 그리고 공장 냄새라고 해야 하나, 그런 게 있거든. 힙한 거.

공장 냄새. 그게 뭐냐고 묻지 않았지만 무슨 말을 하는지 알 것 같았다. 그게 힙하구나.

상일은 다음주 토요일이라며 공연 포스터를 휴대폰으로 전송해주었다.

성수동에는 아버지의 구두 공장이 있다. 아버지는 제대하자마자 공장에 취직해 기술을 배웠다고 했다. 남의 공장에서 일한 지십 년이 훌쩍 넘어 처음으로 독립해 차린 공장이 지금의 성수동 공장이었다. 아버지의 손끝은 항상 까맸고 지문은 닳아 없어진 지 오래였다. 나는 어릴 때부터 공장에는 잘 가지 않았다. 그곳의 냄새와 쪼그려앉아 일하는 아버지의 모습을 보면 내가 다 피곤해졌다. 구두에는 관심도 없었다.

아버지는 사장으로 불렸으나 항상 혼자 일했고 오십대가 넘어서야 직원을 한 명 두었다. 나보다 네 살 많은 친오빠였다. 이제는 아버지 대신 오빠가 사장이 되었다. 성수동은 최근 몇 년간 공장을 개조한 갤러리나 카페가 들어서면서 소위 핫 플레이스로 유명해졌다. 한강이 인접한 곳으로는 초고층 아파트가 들어섰다. 지하철역 주위가 깨끗해졌고 주말이면 화려한 차림의 젊은이들이 몰려들었다. 얼마 전에는 골목 초입의 장갑 공장이 일본식 빵집으로 바뀐 것을 보았다. 환하게 꾸민 사람들이 빵집 앞에 길게 줄을 서서 사진을 찍고 있었다. 불과 몇 달 전만 해도 목장갑을 짜는 기계 소리가 하루종일 들리던 곳이었다. 이제는 텁텁한 실 냄새 대신 고소한 빵 냄새가 진동했다. 그 장갑들은 다 어디로 갔을까? 그러나 작고 어두운 공장들이 다닥다닥 붙어 있는 골목 안쪽은 여전했다. 아직도 온종일 두드리고 자르고 붙이며 쪼그려앉아 노동하는 사장들이 공장마다 한두 명씩 있었다.

상일은 카페에서 나오는 음악에 대해 이야기했다. 그러나 음악에 조예가 없는 나로서는 별로 할말이 없었다. 나는 건성으로 고개를 끄덕였고 상일은 내게 주로 무슨 음악을 듣는지 물었다. 클래식. 상일은 자기도 클래식은 잘 모른다고 했고 나는 내심 다행스러웠다. 좋아하는 음악 장르를 알면 섹스 스타일도 알 수 있는데. 상일의 말에 나는 커피잔을 내려놓았다. 뭐라고? 웃음기 섞인 나의 물음에 대답하는 대신 상일은 자신의 휴대폰을 건넸다. 내가 뭘 좀 썼는데 한번 봐줄래? 맞춤법도 맞지 않는 문장 몇 개가 영어 문장들 사이에 간혹 섞여 있는 짧은 글이었다. 이게 뭔데?

이제 글을 좀 써보려고. 생각을.

영어가 너무 많은데.

십삼 년째야. 이젠 한글이 어색해. 일부러 멀리했거든.

지금부터 십 년 넘게 다른 나라에서 살면 나도 외국 사람처럼 외국말을 하게 될까. 외국어가 익숙한 나는 상상이 되지 않았다. 이미 한국에서 너무 오래 살아버려 불가능할 것이다. 게다가 일과 관련된 것을 제외하고는 메모조차 하지 않은 지 꽤 되었다. 청혼을 할까 해서. 상일의 말에 나는 다시 휴대폰으로 눈을 돌렸고 상일은 전화기를 돌려달라는 시늉을 했다. 나는 일부러 휴대폰을 쥔 손을 높이 들었는데 상일은 너무 쉽게 빼앗아갔다. 보라면서. 내가 짐짓 억울한 척 말했다. 그만 봐. 상일은 웃으며 휴대폰을 주머니에 집어넣었다. 엄마가 문제야. 너무 까다로워. 나는 잠깐 할말을 잃었다. 너희 엄마는? 상일이 물었다.

우리 엄마? 우리 엄마 뭐?

압박. 결혼하라거나.

죽었잖아. 나 애기 때. 말 안 했나?

처음 들어. 상일의 눈이 커졌다.

한 것 같은데. 그러나 말하지 않았다는 것을 알고 있었다. 암이었대.

미안. 상일은 울 것 같은 표정으로 내 손을 잡았다. 얼굴에 미안함이 너무 보여서 웃음이 났다. 작년에는 아버지도 돌아가셨다는 말은 하지 않기로 했다. 우리 그때 했었나?

갑작스러운 나의 질문에 상일은 나를 잠깐 바라보고는 곧 시선을 돌렸다. 했지. 했었어. 사실 자세히는 기억 안 나지만.

나는 그의 말에 고개를 끄덕였다. 그때 상일은 모텔에 비치된 컴퓨터 앞에 앉아 가사가 잘 들리지 않는 음악을 틀었고 나는 긴장하고 있다는 사실을 들키고 싶지 않았다. 어떤 식으로 우리가 알몸이 되었는지는 기억나지 않았다. 분명히 사진은 열심히 찍었는데 집중을 할 수 없었다. 콘돔 사올까? 상일이 갑자기 말했고 나는 뭐라고 했더라. 고개를 끄덕이며 의연함을 가장한 채 천천히 이불을 끌어당겨 덮었던가. 분명히 존재했던 시간인데 이제는 떠올릴 수 없는 공백들이 있다. 그때 그가 옷을 입고 있었는지 벗고 있었는지, 카메라를 들고 있었는지 컴퓨터 앞에 앉아 있었는지. 키스를 했었는지 안 했었는지. 다프트 펑크였는지 매시브 어택이었는지.

부드럽고 따뜻했다. 그는 능숙하진 않았지만 조급함이 없었다. 그게 내가 기억하는 그날의 상일이었다. 모텔을 나와 상일을 남겨둔 채 나는 먼저 택시를 잡아탔다. 택시 안에서 느꼈던 감정. 그날 내가 메고 있던 알록달록한 숄더백. 이상하게 그런 것들이 왜 기억에 남아 있는지. 아마 상일이 기억하는 부분은 다른 조각일 테고 거기에 대해 듣고 싶은 마음도 있었지만 나는 더이상 묻지 않았다. 어쩌면 상일은 정말로 기억하는 것이 없는지도 몰랐다. 그런 일이 있은 후로도 우리는 아무렇지 않게 수업을 함께 들었고 각자의 근황은 인터넷으로나 확인했다. 아닌가. 언젠가 맛있는 샌드위치집을 안다고 해서 함께 샌드위치를 먹은 적이 있었나. 상일은 그때도 가족 이야기를 했었고 나는 듣고만 있었던가. 별다른 대화도 없이 카페 테이블에 앉아 샌드위치 같은 감정을 느꼈던 기억이 있다.

나는 상일을 찬찬히 훑어보았다. 팔뚝이 굵어졌고 어깨도 더 넓어진 것 같았다. 우리는 다시 이십대로 돌아간 것처럼 유치한 농담을 하며 아무렇지 않게 웃었다. 우리 내일모레 마흔이다. 믿어져? 그런데 아직도 엄마 얘기나 하고 있고. 내 말에 상일은 고개를 끄덕이며 대답했다. 대단하다. 대단하다는 대답은 예상 밖이어서 나는 과장되게 그의 팔뚝을 한 번 때리는 것 외에는 다른 말을 할 수가 없었다. 상일은 나의 무릎 위에 가볍게 손을 올리고 물었다. 오늘은 집 구경시켜줄 거지?

다음에.

또 다음? 상일은 장난스레 입을 삐죽 내밀어 보였다. 하여간 주말 파티에는 꼭 와. 나는 고개를 끄덕였지만 정말로 갈 생각은 없었다. 나는 그를 버스 정류장까지 데려다주었고 버스는 곧 도착했다. 상일은 자연스럽게 나를 안았다. 다음에는 집 구경 꼭 시켜줘. 내 귓가에 속삭인 후 그는 버스에 올랐다. 손을 흔들어주려고 그를 눈으로 좇으며 계속 서 있었는데, 그는 창가 자리에 앉자마자 휴대폰을 꺼내들었다. 버스는 곧 출발했고 나는 괜스레 머쓱해져 종종걸음으로 집에 돌아왔다. 상일은 이 주 후면 다시 돌아간다고 했다. 밤공기는 아직도 꽤 서늘했지만 곧 여름이 올 것 같았다. 그런 냄새가 났다. 어느새 나무들은 꽃잎을 떨어뜨리고 초록색 잎사귀를 틔우고 있었다. 이제야 그게 눈에 보였다.

문을 열고 실내로 들어서자 새 구두 냄새가 훅 끼쳤다. 나는 간만에 창을 열고 청소를 시작했다. 현관과 거실에 널브러져 있는 신발 샘플들을 챙겨 발코니로 옮겼다. 발코니는 오래된 구두와 잡동사니들로 이미 엉망이었다. 나는 세탁기를 돌리고 신발들을 정리했다. 쇼룸으로 가져가 세일 상품으로 팔 것들과 버릴 것들로 나누었다. 그중에는 도매시장에서 사온 것도 있지만 대부분이 오빠, 아니면 어릴 적부터 알던 아저씨들이 만든 것이었다.

여진과 나는 시세보다 공임을 조금 더 쳐주고 있지만 그럼에도 구두 가격에 비해서는 터무니없이 적은 금액이었다. 신발 하나를 만드는 노동의 대가라고 생각하면 더더욱 그랬다. 우리 가족은 아무도 백화점에서 신발을 사지 않았다. 여진은 원가의 2.5배 가격으로 구두를 팔았고 대부분의 고객은 합리적인 가격으로 고급 수제화를 샀다고 만족해했다. 그런데 이렇게 누구의 신발도 되지 못한 채 방치된 구두들을 보고 있으니 오빠가 떠올랐다. 멍하게 낡아가는 것보다는 헐값이라도 받고 팔려나가 열심히 소모되는 편이 더 나은 걸까. 상자를 하나씩 열어보다가 유행이 지난 초록색 옥스퍼드화를 발견했다. 내가 구두 모델을 하던 초창기 때 만든 제품이었다. 여진과 둘이서 구두를 나눠 신고 낮에는 공원이나 카페에 앉아 사진을 찍고 밤에는 포토샵을 하며 고생하던 때가 불과 몇 년 전이었다. 사업이 성장하기 시작하면서 우리는 가장 먼저 모델부터 구했다. 여진은 얼굴까지 나와야 매출이 뛴다며 예쁜장

하고 날씬한 모델을 뽑았다. 여진의 말은 옳았다.

나는 발코니 구석에 놓인 낡고 찌그러진 박스를 열어보았다. 아, 이게 여기 있었네. 너무 낮지도 높지도 않은 오 센티 힐에 발등에는 큐빅 꽃 장식이 놓인 빨간 구두. 새 구두였지만 오랜 시간이 지난 탓에 큐빅은 빛을 잃어 부옇게 변해 있었다. 어찌 보면 촌스럽고 또 어찌 보면 복고풍의 멋스러운 느낌도 났다. 나는 일어서서 구두를 신어보았다. 대학 입학 선물로 아버지가 나만을 위해 만들어준 유일한 구두였다. 그러나 빨간색이 너무 튀는데다 큐빅 장식도 좀 나이들어 보이는 것 같아서 박스 안에 넣어둔 채 간혹 열어보기만 하고 신고 나간 적은 없었다. 언젠가부터 아예 잊고 있었는데 이 구두를 선물받은 때로부터 거의 이십 년 가까이 흘렀다는 사실이 믿기지 않았다. 아버지는 알고 있었을까? 내가 이 구두를 신고 나간 적이 한 번도 없다는 것을.

일할 때 항상 낮은 굽의 신발만 신고 다녀서 이제는 힐이 어색했다. 사업을 시작한 후 거의 매일 여진을 태우고 공장과 시장에 다녔다. 주문을 확인하고 장부를 정리하고 직원들과 나누어 댓글을 달기도 했다. 사무실에 나가 배송 체크를 하고 여진과 함께 홈페이지에 올릴 사진을 골랐다. 사람과 대면하는 일이나 SNS 홍보는 주로 여진이 해서 나는 힐을 신고 만날 사람이 딱히 없었다. 그 점이 마음에 들었다. 컴퓨터 작업을 많이 한 탓에 눈이 조금 나빠지긴 했지만.

나는 구두를 다시 상자에 넣었다. 갑자기 청소할 의욕이 달아나 버렸다. 하던 일을 놓아두고 거실 소파에 앉아 텔레비전을 켰다. 체육복을 입은 사람들이 건물 안에서 열심히 달리기를 하고 있었다. 누군가를 잡으러 다니며 끊임없이 소리를 지르거나 웃었다. 나는 사람들의 목소리와 말투가 거슬려서 볼륨을 죽이고 대신 음악을 틀었다. 스피커에서는 바이올린 소리가 흘러나왔다. 음악과는 전혀 맞지 않는 리듬으로 사람들은 뛰고 숨고 뒤에서 옷을 잡아당겼다. 화면에서는 쉴새없이 두근두근, 개인기 폭격! 같은 원색의 자막이 튀어나왔다. 날카롭고 섬세한 바이올린 선율과 그것과는 전혀 다른 동작들 사이에서 나는 말할 수 없이 고요해졌다. 두 세계 모두 내게는 너무 멀었다. 둘 중 무엇을 꺼야 할지 쉽게 정할 수가 없었다.

예전에 아버지는 공장 안에 항상 크게 라디오를 틀어두었는데 지금의 오빠는 무선 헤드폰을 쓰고 무언가를 들었다. 내가 가면 헤드폰을 빼서 목에 걸었다. 아버지는 때가 타도 크게 티가 나지 않는 검은색이나 짙은 회색 계열의 낡은 티셔츠를 입고 일했던 반면, 오빠는 얇고 부드러운 송아지 가죽으로 만든 에이프런을 착용했다. 외양만으로 보자면 아버지보다 훨씬 전문가처럼 보였다. 사장이 된 오빠는 공장도 새롭게 단장했다. 검은 먼지로 얼룩진 벽은 베이지색 친환경 페인트로 칠했고 켜켜이 쌓인 재료들도 새 가구를 짜서 말끔하게 정리했다. 아버지가 쓰던 낡은 작업용 의자

대신 자신의 키에 맞게 주문 제작한 의자를 들여놓았다. 작은 공장은 좀더 깔끔해졌지만 본드와 가죽 냄새는 변함없었고 오빠의 손은 조금씩 투박해졌다. 오빠에게 지나가는 말로 최근 공장 시세에 대해 물어본 적이 있었다. 오빠는 자신도 잘 모르겠다고 무심하게 답했고 정말로 잘 모르는 것 같아서 나는 그 이후로 더이상 묻지 않았다.

여진과 나는 오빠와 주로 구두 얘기를 했다. 주문량, 반품 온 제품, 제작 기간, 신상품 디자인 등. 사실 오빠는 나보다 여진과 더 많은 대화를 했다. 가끔은 셋이 저녁을 함께 먹으러 가기도 했다. 오빠는 매년 공임을 조금이라도 인상해달라고 버릇처럼 말했고 여진은 이미 너무 많이 올려줬다고 언성을 높였다. 그 사이에서 나는 특별히 할말이 없었다. 술을 마시고 헤어질 때면 언젠가부터 내가 먼저 가기를 바라는 눈치여서 혼자 집으로 돌아오곤 했다.

텔레비전에서는 키가 큰 남자가 주위 사람들에게 둘러싸여 물총 세례를 받고 있었다. 물을 맞는 사람도 쏘는 사람도 똑같이 인상을 써가며 웃었고 나도 모르게 그들과 비슷한 표정을 짓게 되었다. 우아한 바이올린 선율 사이로 도어 록 번호 누르는 소리가 들렸고 곧이어 여진의 모습이 보였다. 너 표정이 왜 그래? 여진이 대뜸 물었다. 넌 연락도 없이 아무때나 남의 집에 들어오고 그래. 나는 언성을 높였다. 숨길 것도 없는데 뭔가 들킨 기분이었다. 여진은 의아한 얼굴로 나를 보더니 다시 문을 열고 밖으로 나갔다. 나는 머쓱해져 급히 여진을 부르러 일어났다. 그런데 바로 초인종이 울렸다. 문을 열자 여진이 혀를 날름했다. 됐지? 웃고 있는 여진의 눈가가 불그스름했다. 여진은 내게 검은 봉지를 내밀었다. 거기에는 삼각김밥과 컵라면, 감자칩, 사이다가 들어 있었다. 대학 시절 술을 많이 마신 다음날 우리가 먹던 메뉴였다. 여진은 들어오자마자 망설임 없이 음악부터 껐다. 우리는 여진이 좋아하는 시트콤을 틀어놓고 나란히 앉아 삼각김밥과 컵라면을 먹었다. 사이다를 마신 후 여진이 트림을 했다. 역시 사이다는 칠성이야. 여진의 말에 나는 웃었다. 그러나 여진은 웃지 않았다. 너, 오빠한테 여자 있는 거 알았어? 갑작스러운 질문에 나는 화면에서 시선을 거두었다. 여자?

몰랐어? 유부녀라던데.

여진의 목소리가 떨렸고 나는 여진에게 휴지를 건넸다. 몰랐어. ……미친놈이네.

나는 여진을 더 위로할 자신이 없어 테이블 정리를 시작했다. 여진이 감정을 추스를 시간도 줄 겸 불편한 이야기도 피할 겸 쌓여 있던 설거지까지 일부러 했다. 설거지를 마친 후 차를 우려 여진에게 갔을 때, 여진은 언제 그랬냐는 듯 감자칩을 와삭와삭 씹으면서 텔레비전을 보며 웃고 있었다. 나 지금 진짜 웃는 거 아니야. 그리고 너, 너무 남 얘기하듯 좀, 그렇다?

넌 그 얘기 어디서 들었어?

지금 그게 중요해? 오빠가 유부녀 좋아한다는데. 나 오빠랑 잤단 말이야.

내 인상이 좋지 않게 변하는 것을 눈치챈 여진은 말을 멈추었다. 그리고 혼잣말처럼 덧붙였다. 하여간 더럽게 됐어.

여진의 입에서 나온 오빠 이야기는 너무 낯설었다. 여진은 전부터 자신의 사생활에 대해 시시콜콜 얘기했지만 나는 한 귀로 듣고 흘렸다. 여진 역시 유부남이나 연인이 있는 남자를 만난 적도 있었다. 그러나 이렇게 오빠와 관계된 이야기를 내게 일방적으로 하는 것은 불편했다. 오빠의 사생활은 궁금하지 않았고 그렇게 살아온 지 오래되었다. 오빠도 자신의 연애사에 관해 내게 결코 말하지 않을 것이었다. 그러면서 여진과는 왜 잤던 것일까. 내가 결국 알게 될 것이 뻔한데. 생각이 여기까지 미치자 여진보다 오빠가 더 미워졌다. 나는 깊고 짧은 한숨을 내쉬었다. 여진이 내 눈치를 보며 코맹맹이 소리로 작게 물었다. 그런데…… 오늘 주문 몇 개 들어왔어?

상일에게서는 거의 매일 문자메시지가 왔다. 나는 일부러 천천히 답했다. 오빠에게는 평소대로 주문서를 보냈고 메시지나 업무관련 통화만을 짧게 주고받았다. 하루이틀 지나고 나니 화는 가라앉았지만 어색한 기분은 어쩔 수 없었다. 오빠 역시 여진이 내게 말했다는 사실을 짐작하고 있을 터이기 때문이었다. 일 때문에 공장에 가야 했을 때, 여진에게 같이 갈 것인지 물었다. 당연하지. 일은 일이고. 대신 올해 공임 인상은 얄짤없어. 여진은 차갑게 말했다. 일은 일이라며? 나는 묻고 싶었지만 참았다. 지금은 저렇게 말해도 또 언제 마음이 바뀔지 모르는 일이었다.

오빠는 평소와 다름없는 표정으로 우리를 맞아주었다. 그러나 여진은 오빠와 필요한 말만 겨우 했고 눈은 마주치지 않았다. 나는 이 상황이 난처하기도 하고 한편으로는 우습기도 해서 벽으로 시선을 돌리며 딴청을 피웠다. 오빠는 완성된 구두를 들고 나와 바닥에 하나씩 늘어놓았다. 쪼그려앉은 오빠의 뒤통수에 흰머리 두 가닥이 유난히 도드라져 눈에 띄었다. 뽑아줄까 하다가 말았다.

여진은 그날따라 검수를 꼼꼼히 했다. 본드 칠이 조금이라도 보이면 후기에 불만이 올라온다는 둥, 굽 종류나 발볼 넓힘 옵션 실수하지 말라는 둥 잔소리가 이어졌다. 오빠가 그런 실수를 한 적은 거의 없었는데. 그래도 오빠는 말없이 고개를 끄덕여주었다. 그 모습에 은근히 화가 치밀었다. 입 좀 닫아. 여진의 목소리가 신경을 긁었지만 이번에도 말하지는 않았다. 본드 냄새 때문인지 여진의 목소리 때문인지, 아니면 오빠의 답답함 때문인지 관자놀이가 쑤시고 속이 메스꺼웠다. 바깥공기를 쐬러 혼자 밖으로 나왔다. 오늘 집에 올래? 나는 상일에게 충동적으로 메시지를 보내고 잠시 후에 다시 공장으로 들어왔다.

여진은 검수를 끝내고 새 디자인에 관해 설명하고 있었다. 여진의 새된 목소리는 변함없었다. 작업대 위에 오빠의 헤드폰이 놓여 있었다. 나는 헤드폰을 써보았다. 그러나 아무런 소리도 나오지 않았다. 헤드폰을 벗고 버튼을 찾아보았다. 그것은 무선 헤드폰이 아니었다. 유선 헤드폰에 케이블만 뽑아버린 것이었다. 고개를 돌려 오빠를 보았다. 오빠는 미간을 찌푸린 채 여진의 말에 귀를 기울이고 있었다.

상일은 공연 팀과 미팅이 잡혀 있어 밤 열시 이후에나 시간이 난다고 했다. 나는 집주소를 알려주었다. 상일이 오기 전까지 집 정리를 마무리하기로 했다. 발코니에 쌓여 있는 구두 박스를 정리하고 상자들이 보이지 않게 천으로 덮어두었다. 오랫동안 창을 열어 환기를 시켰고 청소기를 돌렸다. 침대 위의 옷가지들을 세탁기에 넣고 마지막으로 향수를 공중에 몇 번 뿌린 후 샤워를 하고 옷을 갈아입었다.

상일의 입에서는 술냄새가 희미하게 났다. 우리는 나란히 소파에 앉았다. 잠시 후 상일은 내가 텔레비전을 보는 동안 끼고 있던 안경을 벗겼다. 안경알을 만진 적이 없는데 자꾸만 지문이 묻어 있어. 난 정말 건드린 적이 없거든. 이해돼? 내 말에 상일은 조용히 미소만 지었다.

상일은 나를 만지면서도 내 눈을 피하지 않았다. 몸에 힘을 좀 빼봐. 상일이 말했다. 나는 어떻게 힘을 빼야 하는지 잘 모르겠다고 했다. 그럼 눈을 감아보라고 했다. 나는 상일이 시키는 대로 눈을 감았다. 그리고 상일이 음악을 틀었는데 몰입은 되지 않고 케이블을 빼버린 헤드폰이 갑자기 떠올라서 감았던 눈을 떴다. 상일의 상체가 눈에 들어왔다. 쇄골 아래로 길게 문신이 새겨져 있었다. 그림도 아니고 그저 검은 선이 몸을 따라 길게. 나는 그 선을 만져보았다. 손끝이 달아올랐다. 나는 몸을 이완시키는 방법을 기억해냈다. 이 순간이 영원히 지속되기를 바라는 만큼이나 빨리 끝나버리기를 원했다. 그러나 언제나 그랬듯 이상한 순간에 끝날 것이 분명했다.

상일은 내게 팔베개를 해주었다. 청혼은 했어? 적절한 질문이 아니었다고 후회하기도 전에 상일이 무감하게 대답했다. 끝났어. 완전히. 그리고 맘에 드는 여자가 생겼는데 거절당했다. 그냥 같이 자고 싶었을 뿐인데. 아직 한국에서는 쉽지 않은가봐. 뭐가? 그런 관계가. 그런 관계가 좋아? 좋고 싫다기보다는 그냥 자연스러운 거지 뭐.

있잖아, 이제 너는 외국인인 거지? 너도 네가 한국 사람이 아닌 것 같아?

내 질문에 상일은 답이 없었다. 잠이 들었나 했는데 한참 뒤에 상일이 대답했다.

하여간…… 나는 결혼도 하고, 아이도 낳을 거야.

……공연이 언제랬지?

비누로 한번 닦아봐.

응?

안경 말이야.

상일은 잠이 들었고 나는 한참을 뒤척였다. 정오가 다 되어 일어난 상일은 약속이 있다며 내가 만든 주스 대신 물 한 잔을 마시고 씻지도 않은 채 급히 떠났다. 여진에게서 부재중 전화 세 통과 문자메시지가 와 있었다. 홈피 확인해봐. 빨리.

나는 상일을 위해 만든 주스를 들고 컴퓨터 앞에 앉았다. 홈페이지에는 구두 주문 열두 건과 상품 문의 여덟 건, 그리고 후기 세 건이 올라와 있었다. 나는 후기를 읽어내려갔다. 여진이 연락했다면 그 때문일 것이었다. 기대가 너무 컸다거나 딱 가격만큼 한다는 등의 시큰둥한 댓글은 이제 익숙해져서 더이상 우리에게 타격을 주지 못했다. 별 네 개가 달린 후기를 클릭했다. 세세한 칭찬의 글이었다. 디자인도 맘에 들고 착화감도 좋은데 배송이 너무 느려 별 하나 빼요. 깔창 여분 주신 것도 좋았어요. 나는 칭찬 후기에 다는 댓글을 복사해서 붙여넣고 마지막 줄에는 배송 관련 사과 멘트를 적어넣었다. 그 아래 별표 두 개짜리 후기가 있었다. 왠지 묘하게 구림. 한 시간 정도 착화. 반값에 사실 분 연락 주세요.

나는 한 줄짜리 후기를 반복해서 읽었다. 얼굴이 달아올랐다. 잠시 후 여진에게 전화를 걸었다. 뭐야, 바람났어? 여진이 대뜸 물었다. 이거 뭐라고 해야 돼? 나는 여진의 말을 무시하고 본론을 꺼냈다. 뭐라고 하긴, 여기서 재판매는 금지라고 해야지. 인간들이 예의가 없어. 나는 그것보다, '왠지 묘하게 구림'이 더 거슬리지 않냐고 묻고 싶었다. 구체적인 불만 사항을 조목조목 설명한 후기는 흔히 봤지만 이런 식의 글은 처음이었다. 나는 그 글을 삭제하고 싶었다. 그러나 그랬다가는 구매자가 항의 글을 올려 더 큰 부작용이 날 수 있다는 것을 알았다. 네가 봐야 할 거 같아서 연락한 거야. 괜히 열받지 말구, 그냥 기계적으로 응답해. 누구 맘대로 거기서 재판매질이야.

나는 전화를 끊고 여진의 말대로 사무적인 문장으로 댓글을 달았다. 그리고 한 모금 마신 주스를 그대로 싱크대에 부어버렸다.

저녁에는 오빠에게서 메시지가 왔다. 고기 먹으러 갈래?

나는 답을 미루다가 한두 시간 후에 답했다. 다음에.

상일이 말한 파티는 토요일 밤이었는데 상일에게서는 금요일 저녁까지도 아무런 연락이 없었다. 연락이 오면 못 간다고 할 작정이었는데 막상 연락이 없으니 궁금했다. 토요일이 되었고 무심결에 자꾸 휴대폰에 눈이 갔다. 파티는 여덟시부터였다. 여덟시가 넘어가자 갑자기 조급해졌다. 상일에게선 여전히 연락이 없었다. 나는 마치 누가 부른 것처럼 급히 준비를 하기 시작했다. 빠르게 화장을 하고 오랫동안 입지 않은 짧은 가죽 핫팬츠와 몸에 붙는 톱을 꺼내 입었다. 입으면서도 그 차림으로 나갈 생각은 없었고, 그저 어떤 모습일지 보고 싶었다. 현관의 전신 거울에 비친 모습은 역시 과하고 어색했다. 나는 톱을 벗고 옷장을 뒤져 헐렁한 흰 셔츠로 갈아입었다. 무슨 신발을 신을까 고민하다 아버지가 만든 빨간 구두를 꺼내 신어보았다. 핫팬츠와 복고풍의 힐은 완벽하게 어울리진 않았지만 그렇다고 완전히 꽝도 아니었다. 어중간한 힐보다는 하이힐이나 워커, 아니면 아예 스니커즈를 신는 게 훨씬 잘 어울리고 편안할 게 분명했다. 그냥 전처럼 신어만 보고 다시 넣어둘 생각이었지만 다른 신발로 바꿔 신는 대신 자꾸 구두 신은 모습을 거울에 이리저리 비춰보게 되었다. 나는 빨간 구두를 그대로 신고 가기로 했다.

택시를 잡아타고 문래동으로 향하는 도중에 몇 번이나 거울을 꺼내어 화장을 고쳤다. 주말 저녁이라 차가 막혔고 나는 자주 휴대폰을 보았다. 문래동이 젊게 바뀌었다고는 하나 여전히 거리에는 공장지대 특유의 서늘하고 음습한 기운이 깊게 배어 있었다. 문을 닫은 공장들이 늘어선 길은 적막했다. 낯선 탓도 있겠지만 성수동과는 또다른, 좀더 차갑고 묵직한 어둠이었다.

파티가 열리는 곳은 붉은 벽돌로 지어진 이층 정도 높이의 오래된 공장 건물이었다. 미림철강. 건물 위에는 글자가 몇 개 떨어진 낡은 간판이 그대로 붙어 있었다. 파티는 이미 시작되었고 음악소리가 건물 밖까지 들려왔다. 문 앞에 검은 모자를 쓴 남자와 긴 머리의 여자들이 보였다. 그들은 한 손에는 맥주병을, 다른 손에는 전자 담배를 들고서 나를 흘끔 쳐다보았다. 여진이라도 불러서 함

께 올 걸 그랬다고 후회했다. 오랜만에 구두를 신어서인지, 꼭 맞
는다고 생각했는데 좀 작은 건지, 걸을 때마다 뒤꿈치가 아팠다.

출입문 옆에는 종이 포스터가 여러 장 붙어 있었고 출연하는 디
제이들의 이름이 나열되어 있었다. 나는 그제야 상일의 디제이명
을 모른다는 사실을 깨달았다. 등뒤로 사람들의 웃음소리가 들려
왔다. 나 때문에 웃는 게 아니라는 걸 알면서도 신경이 쓰였다. 그
냥 돌아갈까 생각도 했지만 그랬다가는 저들이 정말 내 얘기를 할
것 같았다. 상일에게 전화를 해보았지만 받지 않았다. 문 앞에는
표를 파는 사람도 지키는 사람도 없었다. 나는 조심스레 문을 밀
고 들어갔다.

예상대로 안은 어둡고 시끄러웠지만 크게 넓지는 않았다. 천장
이 통째로 뚫려 있어 볼륨을 한껏 높인 음악이 크고 깊게 쿵쿵 울
렸다. 실내는 이미 사람들로 가득했다. 이 화려한 차림의 사람들
이 내가 걸어왔던 길을 따라 이곳에 도착했다는 사실을 믿기 어려
웠다. 비트에 맞추어 색색의 조명이 깜빡였다. 디제이 박스는 무
대 중앙에 있었고 사람들은 박스를 둘러싼 채 술을 마시거나 팔을
들고 음악에 맞추어 몸을 흔들었다. 디제잉을 하고 있는 사람은
상일이 아니었다. 어둠이 익숙해지자 내부의 모습이 좀더 자세히
눈에 들어왔다. 벽에는 나무 박스나 철제 조형물이 걸려 있었는데
가까이서 보니 원래 공장에 있던 물건들은 아니었다. 일부러 공장
의 느낌을 살리기 위해 가벼운 재질로 흉내내어 장식해둔 것들이

었다. 지나치게 반짝이는 쇠사슬이 걸려 있거나 빈 맥주병을 담은 와인 박스가 놓여 있는 식이었다. 나는 피식 웃음이 났다.

구석의 바로 가서 맥주를 주문하고 천장을 올려다보았다. 이 천장은 어떤 표정을 짓고 있을까. 기계 돌아가는 소리 대신 비트가 강한 음악이 흐르고, 작업복이 아닌 미니스커트와 힐, 고급 운동화와 핫팬츠 차림의 젊은이들이 환호성을 지르며 몸을 흔드는 모습을 내려다보면서. 내 시선은 천장 대들보 끝 구석에 길게 늘어져 묶여 있는 밧줄에서 멈추었다. 사람들의 시선이 거의 가지 않는 구석지고 어두운 공중에. 그것은 예전부터 있던 것이 틀림없었다. 조명이 보라에서 파랑으로, 빨강에서 노랑으로 바뀌는 찰나마다 밧줄에 목을 매달고 죽어 있는 사람이 보였다. 남자도 여자도 아니고 그냥 사람 모양이었다. 나는 눈을 깜빡깜빡해보았다. 사실이 아니라는 걸 알면서도 소름이 돋았다. 피하고 싶었는데 맥주를 마시며 고개를 들 때마다 자꾸만 바라보게 되었다. 갑자기 누군가 내 어깨를 톡톡 건드렸다. 나는 흠칫 놀라 돌아보았다. 진짜 너네? 혼자 왔어?

상일 옆에는 처음 보는 여자가 서 있었다. 뭐라고 소개를 해주었는데 음악소리 때문에 잘 들리지 않아서 그저 알아들은 척 웃으며 인사를 했다. 그녀의 입은 웃고 있었지만 컬러 렌즈를 낀 회색 눈은 나를 뚫어져라 쳐다보았다. 그녀 앞에서 나는 갑자기 늙은 기분이 들었다. 상일은 내 옷차림을 과장되게 훑고는 엄지손가

락을 들어 보였다. 여기 괜찮지? 상일은 딱히 대답을 바라지 않는
질문을 던졌지만 나는 중얼거리듯 대답했다. 왠지 묘하게 구린데.
그러나 상일은 제대로 듣지 못한 것 같았다. 네 차례는 끝났어? 내
가 큰 소리로 묻자 상일은 자신이 세번째이고, 이다음이라고 대답
했다. 넌 무슨 이름 써? 내 질문을 금방 알아듣고 상일은 내 귀에
입을 가까이 댔다. 사일런스. 그리고 멋쩍은 듯 과장되게 이를 드
러내고 웃으며 손가락으로는 브이를 만들어 보였다. 그의 이가 조
명을 받아 파랗게 빛났다. 상일은 새로 딴 맥주를 내게 건넸다. 여
자가 잠깐 자리를 비운 사이 상일이 나를 구석으로 데려갔다. 그
리고 갑작스레 입을 맞추었다. 그의 혀가 빠르게 내 입으로 들어
와 무언가를 남겨놓고 사라졌다. 동그랗고 씁쓸한 알약. 내가 놀
라서 바라보자 상일은 내 귀에 대고 말했다. 재밌을 거야. 나는 그
것을 뱉는 대신 맥주와 함께 삼켰다. 얼마나 재미있나 한번 보자
는 심정으로.

　여자가 돌아와서 상일의 손을 잡고 어디론가 가버렸다. 나는 홀
로 술을 마시며 벽에 등을 기대고 섰다. 어디든 좀 앉아서 구두를
벗고 싶었다. 신발 한쪽을 벗어보았다. 발끝이 발갛게 부어 있었
다. 사람 발이 계속 자란다고 했던가. 발이 아니라 코였나. 어떤
부분은 죽을 때까지 계속 자란다고 했는데. 엉뚱한 생각을 하며
나는 눈을 감고 음악을 들었다. 소리는 지나치게 컸고 리듬은 단
조롭게 반복되었다. 그러나 가슴과 머리를 심장박동처럼 울리는

그 리듬과 지나치게 큰 볼륨이 싫지 않았다. 얼마 후에 볼륨이 조금 줄어들었고 사람들의 환호성과 박수 소리가 터져나왔다. 이어서 상일이 디제이 박스 뒤로 모습을 드러냈다. 상일은 팔이 드러난 민소매 셔츠에 전에 보았던 연두색 비니를 쓰고 있었다. 그는 허리를 살짝 굽히고 디제잉을 시작했다. 아주 신중하고 진지한 표정으로 손을 움직이다가 중간중간 머리를 흔들거나 팔을 들어 관객들의 흥을 돋우었다. 가볍게 춤을 추며 음악을 트는 그의 모습이 낯설어서 내가 아는 상일 같지 않았다.

얼마간의 시간이 흐르자 그의 움직임이 슬로모션처럼 보이기 시작했다. 몸의 움직임을 따라 잔상이 사진처럼 한동안 남아 있었다. 무대에는 멈춰 있는 조금씩 다른 모습의 상일과 여전히 움직이고 있는 상일이 동시에 보였다. 소리는 점점 더 깊게 몸안으로 들어와 쿵쿵 울렸다. 나는 몸을 움직여보았다. 잔상이 따라다니는 상일의 몸처럼 나도 여러 겹으로 나뉘고 깊어졌다. 나를 따라다니는 또다른 나는 만질 수 없고 볼 수만 있었다.

나는 반복되는 비트에 맞춰 어깨를 흔들며 춤을 추기 시작했다. 발이 아팠지만 몸을 흔들다보니 기분이 좋아졌다. 유연하게 움직이는 팔은 여러 개로 나뉘어 충실하게 나를 따라다녔다. 내가 팔을 아무리 빠르게 움직여도 집요하고 정확하게 따라왔다. 오래된 빨간 구두는 조명을 받아 색깔이 조금씩 바뀌었다. 왠지 묘하게 구린가? 그 말을 마음속으로 되뇌다가 혼자 히죽거렸다.

등뒤로 진한 향수 냄새와 체온이 느껴졌다. 나는 춤을 추며 천천히 몸을 돌렸는데 키가 크고 귀에 검은 피어싱을 한 앳돼 보이는 남자가 나를 보며 웃었다. 나는 자연스럽게 그에게서 떨어지려 했다. 그런데 남자는 계속 다가왔다. 그가 내 귀에 대고 혼자 왔냐고 물었다. 향수 냄새가 너무 독해서 얼굴이 찌푸려졌다. 내가 시선을 피하고 등을 돌리자 그는 내 등뒤에 붙어서 은근히 스킨십을 하기 시작했다. 술에 취했는지, 분위기 때문인지, 아니면 동그랗고 씁쓸했던 알약 때문인지 고작 스무 살 정도로밖에 안 보이는 남자가 내게 그러는 것이 참을 수 없이 우스웠다. 음악에 묻혀 웃음소리 같은 건 아무에게도 들리지 않을 거란 생각에 나는 고개를 들고 마음껏 소리 내어 웃었다. 그러다 대들보에 걸린 밧줄에 시선이 갔다. 거기 걸려 있는 시체가 나를 바라보고 있었다. 나는 그게 진짜가 아닌 줄 알기에 시선을 피하지 않기로 했다. 나는 좀더 격렬하게 몸을 흔들었다. 남자는 내 허리에 손을 올리고 몸을 조금씩 밀착시켰지만 나는 천장 구석에 매달린 시체에서 눈을 떼지 않았다. 그것의 몸은 축 늘어져 있었으나 상일이 음악에 비트를 줄 때마다 팔다리가 조금씩 흔들렸다. 시체의 눈은 검은 공동일 뿐이었는데도 나를 보고 있다는 것을 알 수 있었다. 나는 일부러 남자의 팔을 더 가까이 끌어당겼다. 우리가 밀착해서 함께 몸을 움직이자 시체도 점점 크게 흔들렸고 좌우로 발이 흔들릴 때마다 빨갛게 물이 들었다. 그 빨간 것이 조명 같기도, 구두 같기도, 피 같기도 했다. 이어서 나는 그것의 입이 천천히 벌어지는 것을 보았다. 치아도 없고 혀도 없는 그저 검은 구멍이 나를 향해 점점 크게 벌어졌다. 마치 나를 알아본 듯이. 오싹해진 나는 급히 몸을 돌리다가 남자의 발을 밟았다. 허리가 휘청했다. 발을 밟힌 남자가 순간 미간을 찡그렸다. 남자는 내 허리를 감싸안아 내가 넘어지는 것을 막아주었다. 그러나 내가 균형을 잡았는데도 그 팔을 풀지 않았다. 내가 밀어내도 그는 팔에 힘을 주며 웃고 있었다. 나는 그의 얼굴에 가볍게 투, 하고 침을 뱉었다. 허리를 감았던 손이 금방 풀렸다. 그의 퉁퉁한 얼굴이 황당한 표정에서 순식간에 화난 표정으로 바뀌었다. 나는 뺨이라도 한 대 맞을 줄 알았는데 그는 좆같은 년이 어쩌고 하며 욕을 한바탕 퍼붓고는 다른 곳으로 가버렸다. 가까운 곳에서 상일의 여자가 나를 보고 있었다. 아까와 같은 눈빛으로. 상일은 여전히 어깨와 머리를 흔들며 열심히 디제잉 중이었다.

나는 구석으로 가서 벽에 등을 기댔다. 취기 때문인지 음악소리에 머리가 더 크게 울렸다. 반복되는 리듬과 그 속에서 조금씩 어긋나는 몸짓들. 그가 만들어내는 멜로디와 비트에 자꾸 무언가 기대하게 되었다. 나는 두 손으로 귀를 막았다. 귀를 막아도 음악이 눈과 피부로 침투해서 아무 소용이 없었다. 나는 다시 천장을 바라보았다. 순간 웅, 하는 공기의 압력만이 머리를 채웠다. 음악이 멈추었다. 거기에는 아무도 없었고 늘어진 밧줄만이 쓸쓸하게 조명을 받아 색을 조금씩 바꾸고 있을 뿐이었다. 나는 귀를 막은 채 천천히 주위를 둘러보았다. 그러자 상일과 사람들의 움직임이, 그들의 리듬이, 모두 이해되었다. 아무런 감정 없이 마치 신문이나 사전을 읽는 것처럼. 나는 이 장면을 하나도 빠짐없이 담아두고 싶었다. 그러나 눈도 깜빡이지 않고 집중해서 보고 있는데도 자꾸만 희미해졌다. 점점 멀어졌다. 이러다가 결국 내가 무엇을 이해했는지조차 기억하지 못하게 될 거란 사실을 이미 알고 있었다. 그걸 알고 있는데도 할 수 있는 것이 아무것도 없었다.

잠시 후 나는 홀로 문을 열고 밖으로 나왔다. 길에는 여전히 몇몇 사람이 이야기를 하거나 서서 담배를 피우고 있었다. 똑바로 걷기 위해 다리에 힘을 주었지만 자꾸 힘이 빠졌다. 사람들의 시선이 내게 따라붙었다. 노란색 스니커즈를 신은 외국인이 담뱃불을 손으로 튕겼다. 담뱃불이 직선으로 바닥에 내리꽂히며 반짝, 몇 개의 불꽃을 퍼뜨렸다. 사일런스? 나는 작게 속삭이고 크게 웃었다.

여진은 성수동에 있다고 했다. 내가 공장에 도착했을 때는 자정이 넘은 시각이었다. 둘은 족발을 안주로 소주를 마시고 있었다. 나는 가자마자 구두를 벗어던졌다. 뒤꿈치가 피가 날 정도로 까진 것을 보고 여진은 인상을 썼다가 곧 깔깔대며 웃었다. 이 촌스러운 구두는 뭐야? 역시 바람이 난 거야. 여진이 오빠를 보며 말했지만 오빠는 말없이 구두를 챙기고 슬리퍼를 던져주었다. 내가 오빠를 아는 게 싫다, 정말. 여진의 말에 오빠는 잔을 들었고 둘은 건배를 했다. 싸운 사람들 같지 않았다. 나는 둘이 하는 이야기를 들으며 족발을 집어먹었다. 달짝지근하고 고소했다. 이런 맛이었구나, 족발이. 젓가락질을 하다가 고기가 미끄러져 바닥으로 떨어졌다. 여진은 고개를 저으며 혀를 찼고 오빠는 떨어진 고기를 주웠다. 오빠. 내가 부르자 오빠가 나를 보았다. 오빠는 어떤 음악 좋아해?

음악? 오빠가 멍하니 나를 바라보았다. 갑자기 뭔 음악? 여진이 옆에서 물었다.

있잖아, 음악이…… 그거래. 자기가 좋아하는 음악이……

나는 갑자기 웃음이 터졌다. 둘의 시선이 동시에 내게서 멈추었다. 왜 저래. 그게 뭔데? 나는 답을 하지 못한 채 배를 부여잡고 꺽꺽대며 웃었다. 그러다 어느 순간 속이 부대끼고 몸에 힘이 빠졌다. 나는 웃음을 멈추었다. 입안에서 본드 냄새가 나는 것 같았다. 내 얼굴을 보고 있던 둘의 표정이 굳어졌다. 얘 완전히 갔네. 여진이 말하는 순간 나는 공장 밖으로 튕겨지듯 뛰쳐나와 하수구에 주저앉아 토하기 시작했다. 누군가 따라 나와 등을 두드려주었다. 눈알이 뻐근해질 정도로 토악질을 하고 겨우 일어섰는데 뒤에 오빠가 서 있었다. 못마땅한 얼굴이었다. 그 표정을 보자 생각지도 못한 말이 튀어나왔다. 나 오늘 엄마 봤어.

오빠는 미간을 찌푸렸다. 뭘 봤다고?

엄마. 우리 엄마 말이야. 목매달았잖아. 오빠는 봤어? 나는 봤어.

오빠 옆으로 여진이 놀란 눈을 하고 다가왔다. 지금 쟤가 뭐라는 거야?

오빠는 팔짱을 끼고 섰다. 그래서?

나는 할말을 잃었다. 기대하던 반응이 아니었다.

엄마는 그러면 안 돼? 자기 목도 마음대로 못 매달아, 엄마는?

오빠의 나직하고 차가운 음성이 내게 와서 박혔다. 나는 일부러 둘 사이를 거칠게 뚫고 집으로 향했다. 아무도 나를 잡지 않았다. 오빠, 쟤가 지금 뭐라는 거야? 진짜 어머님이, 하는 여진의 말에, 아니야, 저건 술만 처먹으면 꼭 한 번씩, 하는 오빠의 목소리를 들었다.

말을 하고 나면 진위 여부와 무관하게 사실처럼 여겨질 때가 있다. 그러나 공장에서 보았던 그것은 내가 말을 내뱉는 순간 엄마가 아닌 다른 것으로 바뀌었다. 그건 엄마가 아니라 나였다고, 오늘 보았던 것은 사실 나였다고 말하면, 그 역시도 내가 아닌 다른 얼굴로 바뀔까. 그렇게 내가 아는 사람들을 차례로 거쳐 모르는 이들의 얼굴로 무한하게 바뀔 수 있을까. 그러나 나는 그것이 멈춰버릴까봐 두렵다. 말을 해도 바뀌지 않을까봐. 내가 잘 아는 얼굴에서 멈춰버릴까봐.

나는 어둡고 좁은 공장 골목을 슬리퍼를 일부러 찍찍 끌며 빠져나왔다. 밤공기에 따뜻한 나무 냄새와 퀴퀴한 공장 냄새가 섞여 있었다. 술에 취한 아저씨가 움찔거리며 걷고 있었는데 위협적인 구석이라고는 하나도 없었다. 휴대폰을 꺼내보았지만 아무런 연락도 오지 않았다. 조금 전에 내가 있었던 공간과 보았던 장면들이, 몸을 울리던 음악소리가 까마득하게 여겨졌다. 기억나지 않는 옛날처럼. 상상할 수 없는 미래처럼.

아직도 상일은 거기에 있을까. 문득 다시 문래동 공장으로 돌아가고 싶었다. 가서 아무것도 모르는 척 춤을 추고 술을 마시고 남자들이 만지면 눈을 감을까. 그러다가 목을 맨 시체가 보이면 무서운 만큼 있는 힘을 다해 비명을 지를 것이다. 택시를 잡을까. 돌아가서 상일의 여자가 보는 앞에서 상일의 목을 끌어안아볼까. 아무것도 참지 않고 최선을 다해 불청객이 되고 싶었다.

고개를 들어보았다. 가로수의 나뭇잎들이 꽤 무성해져 있었다. 그 위로 밤인데도 캄캄하지 않은 서울 하늘이 보였다. 이제 그게 눈에 보였고, 그건 너무 무표정해서 아무런 소리도 들리지 않았다.

백지은(문학평론가)

부정도 탐색도 없이

1. 모르는 것을 따라가기

소설집의 해설이 소설 속 인물이나 사건의 모호함에 대한 명확한 의미를 알려주는 글은 아니고, 소설이 본래 명확함을 모호하게 처리하는 양식도 아니나, 어떤 소설은 읽고 나서 그 이야기에 대해 궁금한 것이 생겨나 다른 독자의 생각을 묻고 싶어지기도 하는 법이고 그런 때면 해설을 기대하게도 될 것이다. 『은의 세계』의 독자들은 어떨까. 위수정의 이야기는 굵직한 사건을 마련하지 않고 명료한 사실을 도입하지 않고 단순한 인과관계를 부각하지 않으므로 사건이나 사실의 맥락을 세상의 의미로 파악하는 독자라면 어떤 장면이나 상황에 대해 부연이나 해명을 기다리게 되는 경우가 없지 않을 것이다. '은의 세계'라는 제목부터, 아마도 주요 인물인 '명은(과 경은)'의 세계를 가리키는 것이라 짐작하지만 그것이 어떤 세계인지, 왜 그 세계를 제목으로 삼았는지 확연하지는 않아서, 누군가 이러저러한 이유로 그 제목이 타당하다는 분석을 내놓는다면 반가울 수도 있겠다.

그런데 정말 위수정의 소설에는 반드시 해명되어야 할 것들이 있는 것일까? 말하는 이가 뭔가를 가리거나 숨기는가? 속마음이나 진실과 반대로 말하고 행동하는가? 또는 말로 표현되지 못하는 관념이나 심상이 유난히 많은가? 소설을 읽으면서 사건의 전모나 인물들 사이의 분위기를 명확하게 파악하지 못했을 수 있다 해도 그것이 소설에 감춰진 것, 부정확한 것, 난해한 것이 많아서는 아니다. 위수정의 이야기는 모순되지도, 부조리하지도, 일그러지지도 않았다. 다만 어떤 서사를 구성하기 위해 알려져야 할, 혹은 알리고 싶은 정보가 무엇인가에 대한 작가의 감각이 조금 독특하다고 할 수 있을지는 모르겠다. 위수정의 소설은 인과관계가 명확한 화소들이 주요 사건을 중심으로 유기적으로 연결되는 스타일이 아니기 때문에 이야기가 진행되는 동안 확정적이지 않은 느낌이 지속될 수도 있겠으나, 매 장면들은 전혀 희미하지 않고 그 연쇄는 결코 헐겁지 않다.

둘은 빵집에 들러 케이크를 하나 사서 선주의 작업실로 향했다.

가는 길에 머리에 비닐봉지를 쓴 작은 노파가 낡은 유아차를 밀며 위태롭게 길을 건너는 모습을 보았다. 둘은 노파가 길을 다 건널 때까지 멈춰 서서 노파를 지켜보았다. 무사히 길을 건넌 노파가 골목으로 사라지자 유리는 낮게 한숨을 쉰 뒤 걸음을 옮겼다. 은빛 공룡 풍선이 앞뒤로 흔들리며 유리를 따라갔다. (47쪽)[1]

이런 길거리 풍경은 이 소설의 전체적인 서사에 반드시 필요한 화소가 아니다. 그러나 가는 비가 내리는 거리에서 작은 노파가 낡은 유아차를 밀며 걸어가고 두 여자가 잠시 멈춰 서서 그 모습을 지켜보는 이 장면은 바로 그때 그 자리에 있었던 무언가를 선명하게 드러내고 있다. 여기에 더 말해져야 할 것이 있을까? 더 말하지 않음으로써 다른 무언가를 암시하는 것 같지도 않다. 그럼에도 이 장면이 무엇을 '의미'하는지 말로 '해명'해보려 한다면 난감한 기분이 될 터인데, 왜냐하면 이것이 지시/암시/의미하는 바가 따로 없고 오로지 이 장면의 경험만이 거기 있기 때문이다. 이것은 다른 무엇을 전달하는 이야기가 아니고 오직 그 장면 자체를 전달하는 이야기다.

커피를 다 마신 홍은 빈 종이컵을 야무지게 구겨서 어제 들고 다

---

1) 이 글에서 인용되는 소설 본문의 구절은 소설의 문맥이 아니라 이 글의 문맥에 맞춰 발췌한 것임을 밝힌다. 이하 인용시 쪽수만 표시한다.

넜던 비닐봉지 안에 넣었다. 그리고 방 정리를 시작했다. 그가 대충 접어놓은 이불을 다시 깔끔하게 개어 베개와 함께 가지런히 포갰다. 휴지로 바닥을 훔쳐 먼지와 머리카락을 모아 봉지에 담았다. 홍이 청소를 하는 동안 준우는 엉거주춤 일어서서 괜히 가방을 들었다 놨다 하며 서성였다. 엎드려서 방을 쓸고 다닌 홍의 무릎이 빨개져 있었다. 이마에는 땀이 맺혔다. 준우는 선풍기의 버튼을 눌렀다. 오래된 선풍기가 털털거리며 돌아가기 시작했다. 회전 버튼을 눌렀는데 딱딱 소리만 나고 회전은 되지 않았다. 홍은 괜찮다고 했지만 준우는 그녀 쪽으로 선풍기를 돌려주었다. 바람이 너무 세서 머리카락이 뒤로 넘어갔고 홍은 웃었다. 웃고 있는 그녀의 눈을 준우는 똑바로 볼 수가 없었다.(199~200쪽)

이 책은 대개 이런 식의 장면들이 형성하는 서사들로 채워져 있다고 말해도 과언이 아니다. 여기에 등장하는 경험들, 인물의 말이나 몸짓을 포함한 어떤 사태들은 스토리를 구성하는 데 꼭 밝혀져야 할 요소가 아닐뿐더러 스토리 외부의 다른 현실을 가리키거나 끌어당겨 또다른 맥락을 드러내는 장치도 아니다. 인물은 어떤 의미를 알고 그것을 매개 또는 전달하고자 행동하는 것이 아니라 그런 것 없이, 알지 못한 채 움직이고 있다. 어린 딸의 죽음 이후 이혼한 홍과 준우가 딸의 기일에 떠난 하룻밤의 여정을 그린 「마르케스를 잊어서」는 이들이 함께 겪은 과거의 고통이나 따로 느끼는 현재의 고충 등을 '의미화'하는 이야기가 아닌 것이다. 위 인용문에서 보이듯, 이 여행중에 홍과 준우는 오히려 자신들의 과거와 현재에 드리운 그런 의미 작용으로부터 빠져나온 신체로서 말하고 행동한다. 이들은 의미 또는 앎을 수행하는 신체가 아니라 앎에 실패한 몸짓을 발현하는 신체다.

위수정의 소설을 이 세계의 사실 또는 인식을 읽어낼 수 있는 여러 통로 중 하나로, 또는 세상에 알려진 특정한 의미를 조망해줄 만한 거울로 대한다면 어딘가 불투명하고 군데군데 너덜너덜한 이야기로 읽힐 수밖에 없을 것 같다("거울은 너덜너덜해", 53쪽). 그의 인물은 아는 것을 드러내기보다는 모르는 것을 따라가는 신체들이어서, 그의 소설은 마치 감독의 머릿속을 잘 헤아리지 못한 배우들의 몸짓 사이에서 흘러나오는 이야기 같다. 그들의 신체를 지켜보며 그 세계로 진입한 우리는 그들이 모르는 것을 알게 되는 게 아니라 다만 그들이 겪은 것을 함께 경험하게 될 것이다. 그의 이야기는 사소하거나 중대하거나 특이하거나 똑같이, 이미 알려져 있는 또는 비로소 알려지거나 알아내야 할 세계의 의미를 알려주려 하지 않는다. 의미를 알지 못하는 세계를 헤매며 어느새 우리를 이끌 뿐이다.

2. 착각과 거짓말

「은의 세계」의 하나와 지환은 어느새 일상이 된 재앙을 범상하게 지나는 중이다. 팬데믹이 일 년 넘게 지속되고 "이게 다 전염병 때문이야"(38쪽)라고밖에 할 수 없는 뒤숭숭한 세상이지만, 일상은 지루하고 재앙은 "거의 매일 같은 말을 반복하는"(26쪽) 얼굴처럼 익숙하게 피로할 뿐이다. 그 대신 지환에게는 종종 사고事故/思考의 망상이 전 세계를 마비시킨 전염병과는 비교도 안 되게 강력한 실감으로 찾아오는데, 그는 "이것이 진짜가 아니라는 것을 알"면서도 압도적인 힘이 육박해오는 순간의 "물리적인 충격과 무기력함"(28쪽)을 분명하게 감각한다. "그때 빠른 속도로 달려오던 검은색 SUV가 지환을 그대로 치고 지나갔다. 지환은 무기력하게 그 속도와 무게를 온몸으로 받을 수밖에 없었다. (……) 차갑고 육중한 금속 덩어리가 몸을 치고 지나가던 순간은 생생했다."(같은 쪽) "운전을 해서 집으로 가는 도중 덤프트럭이 중앙선을 넘어 지환의 차를 정면으로 들이받았다."(30쪽) "날이 바짝 선 식칼이 아무런 망설임도 없이 뱃속으로 쑥 들어오는 찰나의 그 낯설고 깊숙한 서늘함은 생생했다."(21쪽) "지환은 십이층에서 바닥으로 추락했다. 머리가 땅에 부딪히며 퍽 소리를 내고 깨졌다."(37쪽) 그는 무서워하기보다 오히려 "은근한 흥분"(38쪽)을 느낀다.

이런 환각은 표면상 그의 꿈, 스트레스, 읽던 책 등과 연계된 듯 보이나, 이 밖에 기억(없음)이나 오인과 관계된 착각은 다른 소설에도 수차례 등장한다. 「안개는 두 명」의 선주는 오랜만에 만난 화영과 이야기하다가 "넷이 더블데이트를 했던 기억이 떠올랐는데 정말 그런 일이 있었던가 싶"(49쪽)고, 예전에 화영이 준 선물을 자신이 버렸다는 얘기를 들었을 때 "말도 안 되는 소리라고 생각하면서도 쓰레기를 버리는 손의 감각"(71쪽)을 실제처럼 느낀다. 「마르케스를 잊어서」의 준우는 죽은 딸이 은빛 상자에서 토마스 기차를 꺼내는 것을 "아무 의심도 없이. 마치 완벽하게 밀봉되어 있던 기억을 꺼내보는 듯" 떠올리지만 그는 "딸에게 토마스 기차를 사준 적이 없었다. (……) 자신의 체험과 무관한 이야기라는 걸 깨달았지만 실제로 있었던 일처럼 생생했고 감미로웠다"(187쪽). 「무덤이 조금씩」의 인영은 비석 앞에 누워 "이 비석 앞에 검은 상복을 입은 이들이 모여 애도했던 날"이 "오늘과 겹쳐지는 듯한 착각"(113쪽)에 휩싸이고, 진욱은 "어쩌면 죽은 건 베티가 아니라 내가 아닐까. 나는 내가 살아 있다고 착각하는 게 아닐까"(140쪽) 생각한다.

　　감각이란 신체가 세계와 만나는 접점에서 생겨나는 것이므로, '진짜'가 아님에도 뚜렷하게 현현하는 이런 환각/착각은 이들의 신체가 세계와 만나는 지점이 불안정하거나 불확실함을 뜻할 터이다. 신체는 고유한 감각을 통해 세계 속의 자기를 동일화하는 자리다. 착각하는 신체는 세계와의 접점을 자기동일성으로 집중시키지 않는 대신 자기 신체를 세계의 여러 방면으로 개방해버린 신체다. 매번 자기 몸의 감각에서 출발하는 이들은 현실화된 세계의 의미를 따라가는 대신 의미화되지 않은 다른 앎 혹은 다른 세계에 대한 앎을 만난다. 「은의 세계」에서 지환은 하나의 부모가 어린 명은과 경은 남매를 맡아 키운 것에 대해 "고개를 크게 끄덕이며 동의를 표"하지만, "우리 셋은 거의 친남매들처럼 지냈거든"이라고 하나가 말할 때마다 "정확히 어디에서 새는지 알 수 없"으나 "마음 어딘가에 끊임없이 누수가 생기는 기분"(15쪽)에 젖는다. 대개 "이해가 안 되는 구석이 많"(16쪽)거나 "하여간 좀 그런 면이 있다"(25쪽)는 식으로 말해지다가 종국에는 "정신이 나간 거"(36쪽)가 되고 "머리 검은 짐승은 거두는 거 아니라"(35쪽)는 말까지 듣게 되는 '은의 세계'에 대해 이 소설은 어떤 해명도 해주지 않지만, 지환에게 간헐적으로 육박해오는 힘의 충격만은 "언제나 다른 쪽으로 흘러 고"(15쪽)이는 '은의 세계'가 이 세계에서 그렇게 존재하고 있음을 감각하게 해주는 듯하다.

다른 소설들에 나오는 착각에 대해서도 이와 비슷하게 생각해보게 된다. 「안개는 두 명」의 선주가 화영과의 예전 일을 기억하지 못하거나 착각할 때, 지난날 화영의 오만함에 마음을 닫았던 자신 역시 언젠가 화영에게 상처를 주었을지도 모른다는 사실을(사실이 아니더라도) 어렴풋이 감지함으로써, 명료한 화해는 없지만 두 사람의 어색한 이번 만남이 꼭 후회할 일로만 남지는 않으리라 기대하게 된다. 「마르케스를 잊어서」의 준우도 이제는 떠나와 잊고 싶은 옛 시절, 아마도 홍과 아이와 함께 행복했었을 그때 분명히 있었을 감미로움을 (자기 체험이 아닌데도) 생생히 감각함으로써, 아직도 위태로운 홍을 바라보는 그의 눈 고랑에 자기도 모르는 새 눈물이 고인 것은 아니었을까. 요컨대 헛것을 실감한다는 것은 확정된 의미가 아니라 그 외부를 감각하는 것이다. 착각하는 신체는 현실화된 세계의 의미를 아는 데는 실패하지만, 그 의미의 외부를 감각함으로써 다른 앎으로, 다른 이해로 나아간다.

확정된 의미가 아닌 그 외부의 앎은 또다른 방식으로 상연되기도 하는데, 그것은 이들의 '거짓말'이다. 「은의 세계」에서 죽은 경은이 십이층에서 사고로 떨어졌는지 스스로 뛰어내렸는지 하나와 명은의 진술이 다를 때, 최소한 둘 중 하나는 거짓말일 테지만 그것이 어느 쪽인지는 밝혀지지 않은 채 이야기는 진행된다. 「무덤이 조금씩」의 인영이 처음 만난 외국인에게 농담인지 진담인지 모르게 건네는 남편에 대한 거짓말, "약물중독이에요. 그리고 저 사람은 사실 내 남편이 아니에요. 난 그저 간병인일 뿐"(125쪽). 「Take Me Somewhere Nice」의 해영, 민수 등이 잘 몰라서 또는 잘못 알아서, 아니면 알면서도 모르는 척, 모르면서 아는 척 말해대는 참인지 아닌지 모를 얘기들. 위수정 소설 곳곳에 출몰하는 이런 사소한 거짓말은 끝까지 진위를 바로잡지 않은 채로 남음으로써 해당 사건의 의미를 흐릿하게 만든다. 사실을 부정하거나 왜곡한다는 뜻은 아니다. 「안개는 두 명」에서 화영이 제안하는 '거짓말 게임'처럼, "진짜라고는 생각 안"(69쪽) 한다 해도 그 "진위 여부는 확실히 밝혀지지 않"는 대부분의 경우 "아무도 그 말이 완전한 허위라고 생각하는 것 같지 않"(77쪽)게 될 뿐이다. 어떤 이야기가 처음부터 끝까지 진실이기 어렵다면 "모두 다 거짓말"(149쪽)일 수도 있다.

절대 진실을 말하지 않기가 오직 진실만을 말하기보다 더 "부담이 없"(63쪽)는 것은 아닐 것이다. 진실이 의미를 이어가게 하는 힘이라면 거짓말은 의미를 이어가지 못하게 하는 방해물이다. 진실을 복구하지 않는 이들의 거짓말은 의미를 파편화하고 의미를 종합하지 못하게 한다. 거짓말은 의미 작용의 망을 빠져나가는 말이며 의미 작용으로 접근이 안 되는 말이다. 그래서 거짓말은 의미를 만드는 말이 아니라 의미에 한계를 짓는 말이다. 거짓말은 의미의 파편을 번식시키고 의미들 사이의 틈이 발각되게 한다. 헛것을 실감하는 착각과 진실을 복구하지 않는 거짓말을 통해 이들은 주어진 현실 또는 세계의 의미를 비껴가는 중이다. 확정된 세상의 바깥을 더듬는 중이다.

3. 불청객의 이름으로

이들, 착각하고 거짓말하는 신체가 의미화된 현실의 내부를 순순히 따라가지 못하는 이유는 무엇일까. 현실에 둔감하거나 우둔해서가 아닐 것이다. 「은의 세계」의 명은처럼 "엄청 빠릿빠릿하고 그렇지는 않"(25쪽)은 사람으로, 「안개는 두 명」의 화영처럼 "좀 미친 거 같긴 하지만" "재밌"(66쪽)는 사람으로 취급받는다 해도, 언뜻 무례하거나 엉뚱해 보이는 이들의 결핍 혹은 과잉은 단지 이들이 무신경하거나 무모해지는 이 세계의 어떤 지점을 드러낼 뿐이다. 「무덤이 조금씩」의 인영처럼, 누군가에겐 "예의 없이 웃음을 터뜨리거나 엉뚱한 말로 상대를 당황시키는"(133쪽) 버릇 때문에 "실수라도 하지 않을까 싶어 신경이 곤두"(135쪽)서게 하는 사람이 다른 누군가에겐 "자신의 눈빛이 얼마나 솔직한지 전혀 알지 못하는"(156쪽) 사람으로 보일 수 있다. 다만 이들은 은혜와 예의와 인정과 성공 등으로 의미화된 세계 속에서 살기가, 그런 의미를 추종하기는커녕 그 속에서 그저 가만히 있는 것만으로도 마치 "젖은 옷을 입은 사람들"(53쪽)처럼 불편하고 찝찝해 보인다. 이들은 그곳에 둔감한 것이 아니라 그곳에서 버티기가 힘든 것이다. 「은의 세계」의 명은이 "하나의 부모님은 말할 것도 없고, 하나 역시 그들에게 내어준 것이 분명 많았을"(15쪽) 그 세계에서 친오빠가 그렇게 죽어버린 후 어떻게 버티며 지내왔을지 헤아려

보기는 그리 어렵지 않다.

「풍경과 사랑」과 「화양」의 그녀들은 어떤가. '평범한 가정'을 이루고 아내/엄마 역할을 수행하며 살아가는 중이지만, 고등학생 아들의 친구에게 야릇한 연정을 느끼거나 애인 역할 대행을 고용하는 그녀들의 나른한 일상은 조금도 명랑하지 않다. 대외적으로 성공한 남편의 출장중, 의심하기도 확신하기도 애매한 그 부재로부터 희미한 불안감을 느끼는 그녀들은 고독하기보다 고립돼 보인다. '정상 가족'이라는 울타리가 스스로 선택한 욕망의 대상인 줄 알았으나 어느새 그 속에서 자신이 대상화되고 마는 처지임을 자각하게 된 기혼 여성들. 주어진 체제를 스스로 택한 셈이므로 모종의 예속감이나 치욕감을 느끼면서도 그런 자신을 정당화하기 어려운, 그러나 체제의 속박과 폐해에 둔감할 수도 없는 그녀들의 몸부림이 비어져 나올 때, 그것은 어떤 이야기로 이어질 수 있을까. 꼭 결혼이라는 체제에 얽힌 기혼 여성만의 이야기가 아니다. 「음악의 도움 없이」나 「Take Me Somewhere Nice」에 등장하는 모든 미혼 남녀들에게 "결혼 안 하는 사이"(225쪽)의 상호성은 불투명하고 불안정하다. 결혼과 무관한, "좋고 싫다기보다는 그냥 자연스러운"(288쪽) 관계 같은 건 "난처하기도 하고 한편으로는 우습기도"(286쪽) 해서, "하여간 더럽게"(285쪽) 되거나 "왠지 묘하게 구림"(289쪽)으로 처박히기 쉽다는 걸 이들은 누구보다 현실적으로 이해하고 있는지도 모르겠다. "아직 한국에서는 쉽지 않"(288쪽)아서가 아니다. 남들의 손가락질이 없어도 스스로 묘한 모욕감과 수치심에 휩싸인 가운데 감행하는 "아무한테도 말하면 안"(106쪽) 되는 그 이야기들이 현실의 '화양연화'가 되리라 기대하는 건 이 시대에 찾아보기 어려운 순진한 만용일 것이다.

　순진하지도 우둔하지도 않은 이들에게 자기 자신이 이미 속해 있는 이 세계—선택의 외양을 띠고 주어졌기에 거부할 수도 없으나 아무래도 끝내 동의할 수는 없는 현실 또는 현실의 체제—는 두렵고 무섭다기보다 어렵고 무거운 것 같다. 그래서 이들의 행동은 종종 무엇을 잘 모른다기보다 잘 견디기가 힘들어서, 그 어려움과 무거움을 조금 덜기 위해 터져나오는 몸짓처럼 보인다. 간헐적으로 터지는 폭소들, "웃는 것 말고는 할 수 있는 게 없"(56쪽)어서, "이상하게도 자꾸 웃음이 나려"(244쪽) 해서, "갑자기 웃음이 터"(299쪽)져서 "손으로 입을 막고 큭큭거리며 웃"(265쪽)고, "너무 우스워서 말 그대로 배를 잡고"(257~258쪽) "숨넘어가는 웃음소리"(194쪽)를 내며, "우는 게 아니라 웃는 것이라는 사실을 알려주려고 일부러 계속"(258쪽) 웃을 때, 이들의 무력감이나 패배감은 불현듯 "박살 내고 싶"(204쪽)은 충동으로 전화되고 이들이 마주한 그 세계는 잠시나마 망쳐진다. 이런 때 분명 "폭소는,//포효의/대체물이다".[2]

---

　2) 김언희, 「관시(串柿)」 중에서

우울증이나 불안증이 동반된 경미한 광기처럼도 보이는 이런 신체는 흔히 '상징계' 바깥의 비의미를 체현하는 여성화된 히스테리와 연관되어 상징계의 언어로는 이름 붙일 수 없고 접근 불가능한 실재의 증상으로 분석되곤 한다. 그런데 위수정의 인물들은 조금 다르게 말해질 수 있을 듯하다. 이들은 자신이 이곳에 잘못 초대된 불청객이라고 생각한다. 아니, 만약 이 세계가 자신을 초대한 것이라면 차라리 "아무것도 참지 않고 최선을 다해 불청객이 되고 싶"(301쪽)다. 이 '불청객'이라는 단어는 상징적 질서에서 "아련하면서도 불안한 냄새"(131쪽)를 맡는 자리, "묘한 비대칭을 이루는 얼굴. 순한 눈동자와 언뜻언뜻 비치는 그 안의 공허"(94쪽)를 알아보는 자리를 지정하는 의미심장한 기표다. 남들이 "바본 줄 알"(같은 쪽)거나 "어디가 망가진"(105쪽) 줄 알거나 "멍청한 건지 미친 건지"(32쪽) 모르겠는 자리로 스스로 이탈해버린 신체는 그런 정체성을 동일시하는 기표를 찾기 힘든 상징계에서는 아마도 '말해질 수 없는' '말해진 것 사이에 존재하는' '상징계에 탈존하는' 등의 결여로 (비)의미화되기 쉽다. 그런데 거기에 '불청객'이라는 기표를 기입하고 스스로 동일시함으로써 이들은 상징계의 결여가 되기를 거부한다. 상징계의 틈이나 공백에서 흘러나오는 침묵이 되지 않고, 의미의 구멍이나 영원한 수수께끼로 묻히는 비의미가 되지 않는다.

불청객이 되는 여자들이 주어진 체제 속에서 착각하고 거짓말하고 폭소를 터뜨릴 때, 현실의 체제 혹은 주어진 질서의 의미를 모른 채 헤매거나 때로 그것을 망치며 지나가는 그녀들은 "미친년"(34쪽, 71쪽, 143쪽) 또는 "쌍년"(257쪽)의 이름으로 체제에 기입되기도 한다. 명은, 유리, 화영, 인영, 홍, 민수 등 이 책의 거의 모든 여성 인물들은 누군가에게 미친년이나 쌍년으로 보일지도 모르지만, 그녀들이 등장하는 모든 이야기는 그녀들 스스로 미친년-되기 또는 쌍년-되기를 수행하는 이야기이기도 하다. 그 욕된 기표의 자리를 스스로 맡아야만 그녀들은 이 세계에서 이름 없이 떠도는 신체가 되지 않을 수 있는지도 모른다. 이 세계의 (남성적) 언어 질서의 빈자리를 떠안는 것이 아니라 그 질서의 독단과 무능을 뒤집음으로써, 마치 퀴어queer라는 이름을 자처하는 퀴어의 전략처럼. 어쩌면 그녀들은 미친년 또는 쌍년의 자리에서의 경험이 이 세계에서 '말해질 수 없는 여성성' 또는 '가면 쓴 여성성'의 혼돈으로 가려지고 마는 사태에 저항하는 것 같기도 하다. 이 세계의 (남성적) 이야기를 비추는 것이 아니라 그런 이야기 너머의 세계를 감각하는 서사를 구성함으로써, 마치 "아무 얘기나 하"(36쪽)는 듯 착각과 거짓말을 섞어 "아무한테도 말하면 안"(106쪽) 되는 이야기를 "솔직하고 싶은 욕망"(102쪽)으로 이렇게 풀어냈듯이.

4. 정념 없이 해방

위수정의 소설에 난해한 것, 희미한 것, 모순된 것이 없음에도 모호하고 불확정적인 느낌을 받는다면 어떤 이야기가 구성되기까지 나타나는 정보(화소)의 선별에 그 이유가 있으리라는 생각을 이 글의 서두에서 말했었다. 이야기를 구성하는 장면들의 질감이 독특하다는 뜻이었는데 이제 이렇게 말해봐도 될 것 같다. 그 장면들은 이 세계의 불청객이 포착하고 감각하는 경험을 전달한다. 가시적인 맥락 없는 (비)현실을 환기하는 착각, 진실의 맥락을 교란하고 의미를 중단하는 거짓말, 체제의 난관과 무게를 떨쳐버리려는 폭소 등. 지금까지 읽어온 바를 정리하면서 다시 말해본다면, 위수정의 소설은 주어진 체제에 대한 감응이 아니라 그것을 이탈한 감각을 따라가는 경험, 자기 삶이 놓인 세계에 대한 이해가 아니라 그 세계를 견디기 위해 터져나오는 충동, 자기 동일시의 앎을 추구하기보다 앎이 되지 않는 삶을 포기하지 않는 욕망을 이야기하는 소설이라고 할 수 있다.

우리가 이 책에서 선명하게 마주치는 이런 장면들은 이 세계의 명백한 의미가 아닌 그 이면, 그 외부 또는 그 사이에 닿아 있는 경험이라는 점에서, 이를테면 삶 이면의 죽음, 규칙 외부의 위반, 질서 사이의 혼란 등을 환기시킴으로써 가시적 현실의 안정성을 흔든다. 예컨대 위수정의 첫 발표작 「무덤이 조금씩」에서, '죽음은 조금씩 움직인다'라는 제목의 전시를 위해 잠든 이들의 사진을 모으는 헨리에게 찍힌 진욱과 인영은 살아 있는 육신에 대한 불쾌를 유발하는 이미지가 될 수도 있다. "남자가 마치 사진을 찍는 그 순간에 죽어버린 사람 같았다면 여자는 죽은 지 어느 정도 지난 사람 같았다."(162쪽) 하지만 백 년 전 죽은 이의 무덤 위에서 잠시 쉬는 병들고 불안한 육신의 이미지는 "너무도 정적이고 무채색에 가까워 오히려 주위의 푸른 이파리나 나뭇가지, 야생화들 그리고 햇살의 생동감이 돋보"(같은 쪽)이게 한다. 요컨대 무덤/죽음의 이미지는 삶의 안정감에 그늘을 드리우는 동시에 그 옆으로 난 길의 이미지에 오히려 어떤 생生, 동動, 감感을 부여한다.

그런 생, 동, 감을 느끼는 시간, 주어진 세계 외부의 무질서한 길에서 더 똑바로 보이고 더 정확하게 이해되는 것들, 위수정 소설은 그곳으로 우리를 이끈다. 미리 알지 못하는 시나리오를 연기하는 듯한 인물들을 따라가며 그들의 말과 몸짓을, 그들의 상상과 지각을 함께 겪다보면 문득 "사람들의 움직임이, 그들의 리듬이, 모두 이해되"(298쪽)는 순간을 맞는 것이다. "아무런 감정 없이 마치 신문이나 사전을 읽는 것처럼."(같은 쪽) 이것이 위수정 소설을 경험하며 우리가 느끼는 해방감이다. 그들이 이 세계에 초대받지 못한 불청객의 시선으로, 어쩌다보니 심지어 미친년 또는 쌍년이 되어 이야기를 이끌 때, 우리는 거기서 이 세계에 대한 앎을 보충하는 어떤 의미나 정신을 섣불리 찾으려 해서는 안 될 것이다. 그들은 비극적 정념이나 신성한 낭만을 추앙하지 않으며 부정의 정신도 운명의 탐색도 도모하지 않는다. 다만 이 불청객들이 "창백한 얼굴로 허공을 향해 누군가와 끊임없이 대화하는 사람"(103쪽)처럼 보일 때, 우리는 문득 "나도 말이 하고 싶어졌다"고, "내 얘기도 좀 들어줘요"(105쪽)라고 요청하고 싶어질지도 모르겠다. 그 '은恩의 세계'를 만나고 보니 내가 경험한 '을乙의 세계'가 생각난다고, 내가 기억하는 '음陰의 세계'는 이런 것이었다고. 우리는 "대단한 비밀을 들려주는 것처럼 조심스레"(같은 쪽) 우리의 이야기를 들여다보게 된다. 또다른 '은의 세계'를 따라가게 된다. 그리고 언젠가 내 입을 막았던 내 손을 내려놓을 것이다.

작가의 말

「은의 세계」는 어떤 소설을 읽고 썼다. 그 작가의 작품을 모두 아끼지만 왜 유독 그 작품에 더 끌렸는지는 아직도 잘 모르겠다. 왜 좋은지 설명할 수 없는 기분에 빠지게 하는 작품을 좋아한다. 그런 감상을 기록으로 남기고 싶었는데 감상문으로는 불가능하여 소설로 대신했다.

「안개는 두 명」의 제목은 친구와 술을 마시다가 발음의 오해로 만들어졌다. 결과적으로 나는 이 제목이 무척 마음에 들었고 그 친구와 앞으로도 오래 술잔을 기울이며 즐거운 오해가 쌓이길 바란다.

「풍경과 사랑」을 쓸 때에는 뜨거운 마음에 대해 생각했다. 그 마음을 글 안에 잘 담아두고 싶었다. 살다보면 다시 뜨거워질 수 있을까 의문이 들 때가 있다. 이미 모든 게 지나가버린 것 같아서. 그러나 감정은 의지와 무관하게 불현듯 찾아온다는 것을 안다. 때로는 그런 마음들이 다 무슨 소용일까 생각하기도 한다. 그러나 역시 감정이란 의지나 유용성과 무관하여 아름다운 것. 나를 나로, 나를 내가 아니게 만드는 것.

「무덤이 조금씩」을 떠올리면 생각나는 친구가 셋 있다. 신춘문예 마감을 코앞에 두고 풀리지 않는 작품 이야기를 나누다 불현듯 떠오른 생각 덕분에 이 작품을 완성할 수 있었다. 나의 지리멸렬한 이야기를 한결같이 경청해준 지희야 고마워. 앞으로도 이런저런 이야기를 나눌 수 있으면 좋겠는데. 그리고 이 작품뿐만 아니라 항상 내게 섬세한 조언을 아끼지 않는 정우, 응모 마감 당일 우편을 대신 보내준 형래 선배. 이 세 친구는 나를 계속 쓰게 만드는 사람들이어서 더욱 소중하다.

「마르케스를 잊어서」를 쓸 때에는 이십대 시절에 즉흥적으로 특별한 계획도 없이 갔던 섬을 떠올렸다. 어떤 장면은 아직도 생생한데, 어쩌면 생생하다고 착각하는 것인지도 모르겠다는 생각을 한다.

「Take Me Somewhere Nice」는 사실 산울림의 노래 〈아마 늦은 여름이었을 거야〉에서 시작한 작품이다. 이 책에 실린 소설 중에서 가장 먼저 쓴 것인데 가장 나중에 대대적인 수정을 거쳐 발표하게 되었다. 제목도, 인물들의 이름도, 디테일도 달라졌지만 나는 크게 다르지 않다는 느낌이 든다. 왜일까.

「화양」은 '화양연화'가 아니라서 마음에 들었다. 어쩌면 내 소설들은 모두 어떤 종류의 절정 '이후'에 대해 말하고 있는 것은 아닐까, 하는 생각이 들어 인물들에게 미안해지지만.

「음악의 도움 없이」는 예전에 몇 년간 살았던 성수동을 기억하며 썼다. 나는 공간에 대한 애착이 없는 편인데 성수동에서의 몇 년도 크게 다르지 않다. 다만, 띄엄띄엄 보이는 공장과 그곳의 사람들, 한강과 서울숲, 너무 높게 세워지는 건물과 너무 낮은 시장, 어린 쪼무와 다녔던 수많은 산책들이 기억에 남아 있다. 지금은 그렇게 핫한 동네가 되었다는데, 다시 돌아가고 싶지는 않다. 이렇게 쓰고 보니 내가 정말 공간에 대한 애착이 없는 게 맞나 하는 의문. 애착을 갖고 싶지 않다, 라고 정정해야겠다.

이 소설집의 작품들을 떠올려보면 생각나는 사람들이 많다. 왜냐하면 학교를 다니면서 썼기 때문에. 나는 언젠가부터 평균적인 삶의 속도를 놓쳐버려 항상 좀 늦게 걸어가고 있는 느낌이다. 여전히 달리지는 않고. 그래도 학생으로서 여러 동료들과 선배들, 더없이 훌륭한 선생님들을 만나서 기쁘게 배우고 쓸 수 있었다. 그래서 내겐 이 소설집이 일종의 졸업 작품집처럼 여겨지기도 한다. 여전히 졸업은 못한 채로.

무엇보다 나를, 말 그대로, 물심양면으로 지원해준 부모님, 가족들에게 감사를 전합니다.

정성껏 작품을 읽어주신 오윤 편집자님, 글을 쓰는 일은 혼자만의 작업이라 생각했는데 함께 책을 만들면서 따뜻하고 든든했습니다. 섬세하고 정확한 조언에 감사드립니다.

최은미 작가님과 백지은 선생님께도 감사 인사를 전합니다. 저의 첫 소설집에 제가 많이 존경하는 두 분의 글을 싣게 되어 영광입니다.

*

이렇게 좋은 사람들을 주위에 두고도
종종 나는 혼자라고 느낀다.

그러한 마음이 나를 글쓰는 사람으로 만들었다고 생각한다. 그게 좋은지 나쁜지는 잘 모르겠다. 다만 나는 언제부턴가 아무도 없는 허공에 손을 내밀고 있었는데, 누구의 손을 잡고 싶었던 건지도 이제는 잊었다. 잊을 것이다. 그러나 빛이 있는 쪽으로 무한히 향하는 식물들처럼 나 역시 손을 거두지는 못하리라. 끝내 닿지 못할 것을 알면서도.

나로서는 사랑이라고 부를 수밖에 없는 이 작고 얕은 마음의 힘

으로

이 글들을 썼다. 그러나

사랑이라는 말을 정작 입 밖으로 꺼내면 그건 내게는 불가능한, 가장 먼 곳에 있는 무언가라는 것을 깨닫는다.

이렇게, 당신의 세계에서 나의 사랑이란

사랑이라고도 할 수 없는 작고 하찮은 마음일 뿐이겠으나

그 안에서 홀로 분투하고 있음을, 이 쓸쓸한 시간들이 내게는

가장 빛나는 순간임을,

나만은 오래 기억하고 싶어서

이렇게 기록으로 남겨둔다.

다른 생이 있었으면 좋겠다. 살아보고 싶다.

2022년 1월

위수정

| 수록 작품 발표 지면 |

은의 세계 …… 『문학동네』 2020년 겨울호

안개는 두 명 …… 『현대문학』 2019년 11월호

풍경과 사랑 …… 『자음과모음』 2021년 봄호

무덤이 조금씩 …… 2017년 동아일보 신춘문예 당선작

마르케스를 잊어서 …… 『문학들』 2019년 봄호

Take Me Somewhere Nice …… 웹진 비유 2021년 7월호

화양 …… 『현대문학』 2017년 4월호

음악의 도움 없이 …… 문장 웹진 2020년 10월호

문학동네 소설집

은의 세계

ⓒ위수정 2022

1판 1쇄 2022년 1월 13일
1판 2쇄 2022년 4월 11일

지은이 위수정
책임편집 오윤 | 편집 김필균 이상술
디자인 엄자영 유현아
마케팅 정민호 이숙재 한민아 김혜연 이가을 안남영 김수현 정경주 이소정
브랜딩 함유지 함근아 김희숙 정승민
제작 강신은 김동욱 임현식 | 제작처 천광인쇄사

펴낸곳 (주)문학동네 | 펴낸이 김소영
출판등록 1993년 10월 22일 제2003-000045호
주소 10881 경기도 파주시 회동길 210
전자우편 editor@munhak.com | 대표전화 031) 955-8888 | 팩스 031) 955-8855
문의전화 031) 955-3579(마케팅) 031) 955-8864(편집)
문학동네카페 http://cafe.naver.com/mhdn | 트위터 @munhakdongne
북클럽문학동네 http://bookclubmunhak.com

ISBN 978-89-546-8468-2 03810

• 이 도서는 2019년도 한국문화예술위원회 아르코문학창작기금지원사업에 선정되어 발간
  되었습니다.

잘못된 책은 구입하신 서점에서 교환해드립니다.
기타 교환 문의: 031) 955-2661, 3580

www.munhak.com